Management of Novice Alchemist
A Little Troublesome Visitor
Iris Lotze
アイリス・ロッツェ
採集者。サラサに命を救われるが、
大きな借金を背負うことに
Kate Starven
ケイト・スターヴェン
アイリスのパ
アイリスと共
サラサに返済

DATE: ○○ / △△

錬金生物と意識を同調させると、自分の身体の方が疎かになる。
本当は寝た状態が一番なんだけど、不安に揺れるロレアちゃんの瞳を見ると、
『ちょっとベッドで横になってくるね！』とは言いづらい。
私は椅子に腰を落ち着かせ、両手をテーブルに置いて身体を安定させると、
ゆっくりと魔力を練り始めた。

にゃん…
DATE: ○○ / △△
「アイリスさんに、可愛い台詞を言わせてみたかった」
「サラサさん……」
ロレアちゃんの呆れたような声に、
ちょっぴり刺激される私の罪悪感。
でもむしろ、そのために共鳴石を
作ったといっても過言ではない！

04
Management of
Novice Alchemist
A Little Troublesome
Visitor
DATE: ○○ / △△
この姿形の理由は、半分ぐらいが
作りやすさの問題で、
残り半分は私の趣味。
少なくともこの国に於いては、
人と見紛うような錬金生物の
作製は禁止されている。
技術的に不可能かどうかは……
禁止されている時点で、解るよね？

Lorea
ロレア
ヨック村の雑貨屋の娘。
サラサの店でお手伝いをする
Sarasa Feed
サラサ・フィード
新米錬金術師。学校を卒業後、
師匠にもらったヨック村の店舗
で錬金術師のお店を開く

新米錬金術師の店舗経営04
ちょっと困った訪問者

いつきみずほ

ファンタジア文庫

2980

口絵・本文イラスト　ふーみ

Contents

Management of Novice Alchemist A Little Troublesome Visitor

第四章

A Little Troublesome Visitor

ちょっと困った訪問者

04

Management of
Novice Alchemist A Little Troublesome Visitor

Prologue

プロローグ

ロッツェ家の借金騒動《そうどう》から少しの時間が流れ、調停手続き、お世話になった各方面へのお礼状と品物の送付など、諸々の処理を終えた私たちの元に平穏《へいおん》が戻《もど》った。

サラマンダーの討伐《とうばつ》はちょっとドキドキだったけど、最終的に私の手元には、ある程度の現金とレア物の素材が残ったので、プラスと言っても良《い》いかな？

一番の目的だった、アイリスさんを救うことには成功したしね。

そして、借金の返済に追われることがなくなったアイリスさんたちは、というと――。

「サラサ、戻ったぞ」

「店長さん、ただいま帰りました」

「お帰りなさい、お二人とも。ご無事で何よりです」

今まで通り私の家に起居して、採集者を続けていた。

私は『領地からの税収で少しずつ返してもらえれば』と言ったんだけど、アイリスさん曰《いわ》く『お金を返すことと、恩を返すことは別だ』と、そういうことらしい。

正直なことを言えば、私もアイリスさんとお別れになっちゃうのは寂《さび》しかったから、そう言ってもらえてちょっと嬉《うれ》しかったり。

何やらアデルバート様まで『儂《わし》も採集者になって、借金の返済を……』なんて言っていたらしいけど、さすがにそれは奥方に止められて、しぶしぶ諦《あきら》めたとか。

あの方なら実力的には十分そうだけど、当然だよね。

小さいとはいえ、領地を持つ貴族。実務では役に立たない（アイリスさん談）とはいえ、ずっと留守にしているわけにはいかないいんだから。

ただ一つ気になるのは——。

「アイリスさん、その呼び方、続けるんですか？」

「……ダメだろうか？」

「いや、ダメというか……」

本気か冗談《じょうだん》か、先日、アイリスさんとの結婚云々《けっこんうんぬん》の話が出てから変わった呼び方。

理由が『結婚』にあるのなら、はっきり『ダメ！』と言いたいところだけど、アイリスさんから寂しそうな目を向けられると……。

「サラサと呼ばれるのは構わないんですけど、結婚するつもりはないですよ？　アイリスさんも別に男嫌《おとこぎら》いというわけでも、女同士が良いってわけでもないんですよね？」

「まぁな。だが、奴《やつ》のことを思うと、少し男が嫌《いや》になったところはある」

アイリスさんは深いため息をつきつつ、首を振《ふ》る。

詳《くわ》しくは聞いていないけど、実家に帰ったとき、なかなかに嫌な思いをしたらしい。

『お金のことがなければ、生きては返さなかった』と言ったケイトさんの表情に冗談の色はゼロだったので、話半分としても余程だったのだろう。

「アレと結婚するならサラサの方が一〇〇倍マシ——いや、この言い方は失礼だな。一〇〇倍嬉しい……これも違《ちが》うか。マイナスは何倍してもマイナスだしな。う〜む」

しばらく悩《なや》んだアイリスさんは、ポンと手を打つと、私をまっすぐに見つめる。

「うん、私はサラサと結婚したい。これだな！」

「は、はっきり言われると、テレてしまいます……」

真っ正面から、真剣《しんけん》な表情で話すアイリスさん、マジ、イケメン。

アイリスさんが女で良かった。

男だったら落ちてたね。うん。

「ア、アイリスさんのことは嫌《きら》いじゃないですが、一応私も、素敵《すてき》な男性が現れてくれることを夢見る乙女《おとめ》なんですけど」

カッコイイ王子様、なんて贅沢《ぜいたく》は言わないけれど。

「むむっ。そこは、『素敵な男性』じゃなくて、『素敵な人』ぐらいに負からないか？」

「負けたとしても、アイリスさんは……惜《お》しいですね！　あと一歩！」

「何が⁉」

「いや、基本的には素敵な人だと思いますが……」

外見は……良い。可愛《かわい》いし、時々凛々《りり》しくてカッコイイ。

たまに残念なところが見《み》え隠《かく》れするから、スペック的にはプラスマイナスで、若干《じゃっかん》プラス。『ステキ！』と夢を見るにはちょっと足りない。

その他のステータス《社会的地位》に関しては、曲がりなりにも貴族の継嗣《けいし》。

結婚すれば、それが一緒《いっしょ》に付いてくることを考えれば、商売人としては結構なプラス。

義父母との関係は……アデルバート様は如何《いか》にも実直な騎士《きし》という感じの人で付き合いやすそうだし、『私と結婚したら』的なことを言ったのは、奥方だとチラリと聞いたので、そっち方面での障害はないっぽい。

……うん、優良物件なんだよね。性別を考えなければ。

性別を考えなければ！

ここ、一番大事なところ。

私にはそれ《性別》をなんとかする方法があるのが、更《さら》に厄介《やっかい》。

「まぁ性別は措《お》いて、結婚じゃなくてパートナーとしてなら、女同士でも許容できますけど、それなら公私共にサポートしてくれるような人が良いですね」

この業界、結婚していない女性って結構多いから。

錬金術師《れんきんじゅつし》って、女でもかなり稼《かせ》げるし、結婚適齢期《けっこんてきれいき》に他のお店で修業に明け暮れることになるから、結婚する機会を逃《のが》しがち——らしい。悲しいことに。

「……どんなサポートをすれば認めてくれる？　素材を集めるぐらいならできるが」

「素材集めも悪くないですが、どうせなら私の苦手な分野を任せられる人が良いですね」

その気になれば、素材は自分で集めに行けるし、それは別に苦手じゃない。

時間を浪費《ろうひ》してしまうことが問題といえば問題だけど、買うことだってできる——というか、普通《ふつう》の錬金術師ならそれが本筋。それ以外となると——。

「美味《おい》しい料理ができる人が良いかなぁ……？　掃除《そうじ》・洗濯《せんたく》、その他の家事もしてくれたら、なお助かります。錬金術に専念できますから」

「りょ、料理か。それはあまり得意じゃないな。——そこは、一緒に付いてくるケイトに頑張《がんば》ってもらうってことでどうだろう？　ケイトは家事もできるぞ？」

私の希望にアイリスさんは困ったように目を泳がせると、隣《となり》にいるケイトさんの肩《かた》にポンと手を置いて前に押し出した。

対して、差し出されることになったケイトさんの方は、戸惑《とまど》ったように目をパチパチと瞬《しばた》かせ、アイリスさんの方を振り返った。

「え、あれ、本気だったの？　アイリス？」

「ケイトさんですか。悪くないですが、それなら、料理だけじゃなくて店番もできるロレアちゃんの方が、一粒《ひとつぶ》で二度美味しいですね」

「わ、私ですか？」

当事者を差し置いて、アホなことを言い合う私とアイリスさん。

「あの、サラサさん。お気持ちは嬉しいですが、私もそっちの趣味《しゅみ》は……」

「も、もちろん、冗談だよ？　あくまでパートナーと考えたら、だから。助かっているのは本当だけど」

ちょっと身を引くロレアちゃんに、慌《あわ》てて言い訳。

でも、ロレアちゃんが来てくれて色々楽になってるから、レオノーラさんじゃないけど、気を付けておかないと、本当に婚期を逃しそうで怖《こわ》い。

「アイリス、もし店長さんとあなたが結婚するなら、私にとっても主家になるから、公私ともにサポートするのも当然だけど、オマケ的な扱《あつか》いは嬉しくないかな？」

そしてケイトさんの方も、少し困ったような表情で、アイリスさんに苦言を呈《てい》する。

それを聞いたアイリスさんは、ちょっと考えて、納得したように頷《うなず》く。

「……ならば、私の方がオマケでも。名目上、正妻は譲《ゆず》れないが」

「そういう問題じゃないでしょ！　まったく。店長さんにその気がないんだから」

そうです、そうです。

言ってあげてください、ケイトさん。

「まずは、店長さんにその気になってもらうのが先でしょ？」

……おや？　なんだか、雲行きが。

「ふむ。正論だな。オマケを付けて振り向かせようなどと、烏滸《おこ》がましかったか」

「えぇ、そうね。まずはあなた自身の魅力《みりょく》を高めないと」

「い、いや、そういう問題じゃ――」

アイリスさんを応援《おうえん》するようなことを言ってますけど、ケイトさん、本気ですか？

ここは止めるのが、臣下としてのありようなのでは？

私に借金があるから、そう単純じゃないのかもしれないけどさぁ。

「……ふむ。少し急ぎすぎたようだ。取りあえず、呼び方は元に戻そう。店長殿《どの》」

「あ、いえ、本質はそこじゃ――」

「店長殿に選んでもらえるよう、花嫁《はなよめ》修業を頑張るとしよう。期待していてくれ！」

「え、えっと……が、頑張ってください……？」

なんかおかしいと思いつつも、力強く宣言するアイリスさんに、私は思わずそう返す。

そんな、キラキラした瞳《ひとみ》で見られると、『頑張らなくて良いです』とは言いづらいよ！

「うむっ！　――あ、いや、この場合は花婿修業か？　ケイト、どう思う？」

「そうね、アイリスの花嫁姿も捨てがたいけど、店長さんが花婿というのはちょっと違う気もするのよね」

「だが、稼ぎは確実に店長殿の方が上になりそうだぞ？　ウチの領地から得られる税収など、大した額でもないしな」

「そこよね。ここは一つ、二人とも花婿というのはどうかしら？」

「なるほど、それもありだな。そしてそこに、ケイトも加わるわけだな！」

「それに関しては、また話し合うとして……」

「ん？　なんだ？　ケイトは花婿姿の方が好みか？」

「そうじゃなくて――」

何やら相談し始めた二人。そんなこと決められても、ちょっと困る。

どうしたものかと戸惑う私の肩に、ポンと手が置かれた。

振り返れば、そこにいるのは、優《やさ》しい笑《え》みを浮《う》かべたロレアちゃん。

「モテモテで大変ですね、サラサさん」

「他人事だね、ロレアちゃん」

むむっと視線を向ければ、ロレアちゃんはちょっと肩をすくめて笑う。

「他人事ですからね。サラサさんも頑張ってください。色々と」

だが、他人事でいられたのはそこまでだった。

「お、何だ、ロレア。そんな――あぁ、そうか。すまなかった」

「え？　何がですか？」

「一人だけ仲間はずれは寂《さび》しいよな。大丈夫《だいじょうぶ》だ。別にもう一人増えても問題ない」

「い、いえ、私は普通に結婚する予定で――」

「遠慮《えんりょ》する必要はないぞ？　当家は細かいことにこだわらないからな。できれば、第二夫人はケイトにして欲しいが……」

「あら？　私は気にしないわよ？　ロレアちゃんが第二夫人でも」

「こ、困ります！」

「確かにな。家中《かちゅう》の収まりは陪臣《ばいしん》のケイトが上の方が――」

「そっちじゃなくて……!?」

慌て始めたロレアちゃんを尻目《しりめ》に私はそっと立ち上がり、静かにフェードアウト。

『ファイトだ、ロレアちゃん！』。そう心の中で、応援しながら……。

Episode 1
The Researcher's Visit

研究者の来訪

そんななんやかんやを除けば、平常運転に戻《もど》った私たち。花嫁云々《はなよめうんぬん》はロレアちゃんの頑張りで棚上《たなあ》げにされ、私は今日も今日とて工房《こうぼう》に籠《こ》もり、錬金術に邁進《まいしん》中。

そこに顔を覗《のぞ》かせたのは、眉根《まゆね》を寄せたロレアちゃんだった。

「サラサさん、今、ちょっとよろしいですか？」

「ん……？　良《い》いよ、何かな？」

お仕事に慣れてきたロレアちゃんは、一般《いっぱん》的な素材であれば買い取りの査定もできるようになり、私が呼ばれる機会も減っているんだけど……錬成具《アーティファクト》の注文でも入ったかな？

「実は、レオノーラさんの紹介状《しょうかいじょう》を持ったお客様が……」

「レオノーラさんの？　それは、会わないわけにはいかないね。すぐに行く」

彼女とは持ちつ持たれつの関係……いや、どちらかといえば、持たれる方が多いかも？

どちらにしろ、そんな相手からの紹介状となれば、やはり配慮《はいりょ》は必要。

できるだけ急いで後片付けを終え、店舗《てんぽ》スペースに向かえば、そこで待っていたのは左目の上に傷跡《きずあと》がある、眼鏡《めがね》を掛《か》けた二〇代半ばの男性だった。

身体《からだ》は細身ながら筋肉質で引《ひ》き締《し》まり、顔の造形も整っていて素材は悪くない。

でも、灰色がかった赤毛は、短く切りそろえてありながらもボサボサ、着ている服は丈《じょう》夫《ぶ》そうな実用性重視の物で、やや草臥《くたび》れている。採集者ではなさそう、かな——？

「お待たせしました」

「いやいや、ボクの方こそ、突然《とつぜん》訪問して申し訳ない」

少し待たせてしまった私にも、彼は気を悪くした様子もなく穏《おだ》やかに笑った。

「恐《おそ》れ入《い》ります。それで今日はどのような？　紹介状があると聞きましたが」

「そうだね。まずはそれを読んでもらうのが早いかな？」

「拝見致《いた》します」

差し出された手紙を受け取って一読。ふむふむ……。

「魔物《まもの》の研究者、ですか。調査に協力して欲しい、と？」

「そう。ノルドラッド・エヴァンス——ノルドと呼んで欲しい。頼《たの》めるかな？」

う～む、これは少々厄介《やっかい》かも。レオノーラさんの紹介だけに、協力もやぶさかでないけど、手紙に『無茶を言われても聞く必要はない』の一文があったのが気になる。

「ほへー、魔物を研究する人っているんですね」

「数は多くないけどね。中でも生態を研究しているボクは、更《さら》に珍《めずら》しいと言えるかな」

口を丸くするロレアちゃんに、ノルドさんは頷きつつ、そんな注釈《ちゅうしゃく》を入れる。

一般的に魔物の研究というと『魔物の素材を何に使うか』というものが主流。

なので、少し金銭的余裕《よゆう》がある、中級ぐらいに到達《とうたつ》した錬金術師《れんきんじゅつし》が行うことが多い。

成果が出ることは少ないものの、これまではゴミとして捨てられていた素材に利用価値が見つかれば、その錬金術師には大きな利益と、それに勝る名声が齎《もたら》される。

対して、ノルドさんが研究している魔物の生態は、それ自体はあまり利益に結びつかないため、ほとんど研究対象とされることのない分野である。

「だから、大半の研究者は、お金がある貴族の道楽とか、そんな感じなんだよね」

「となると、ノルドさんも、どこかの貴族様……？」

「いやいや、ボクは数少ない例外さ。しっかりと成果も出しているからね。何冊か本も書いているんだけど、知らないかな？」

「すみません、寡聞《かぶん》にして……」

どこか得意げに口角を上げ、こちらを窺《うかが》うノルドさんから私は視線を逸《そ》らす。

「そ、そっか。――うん、ボクもまだまだってことだね。もっと頑張《がんば》らないとダメだね」

少し肩《かた》を落としたノルドさんだったが、すぐに気を取り直し、笑みを浮かべた。

でも、本なんて高価な物に関して、私に訊《き》かれても困るだけである。

節約生活を送っていた私が、自分で本を買えるはずもないのだから。

これでも錬金術師。一般人よりも魔物について調べているし、かなり頑張って勉強したことは事実だけど、それは利用方法――つまり、素材としての知識に偏《かたよ》っている。

学校の図書館にある本もそっち方面が主体だし、そこに入っていなければ、ノルドさんの本がどんなに売れていても、私の目に触《ふ》れることはない。

――まぁ、まかり間違《まちが》っても、そんな本が大量に売れることはあり得ないんだけど。

そしてそれは、ロレアちゃんにも容易に想像が付くことだったようで。

「えっと、本を出してそんなに売れるんですか？」

「もちろんさ！　最近出した『グライムティースの生態とその秘密』は二八冊も売れたんだ！　業界では話題騒然《そうぜん》さ！」

嬉《うれ》しげにパンと手を叩《たた》き、両腕《りょううで》を広げたノルドさんの様子に、ロレアちゃんが困ったようにチラリとこちらを見たので、私は控《ひか》えめに首を振《ふ》った。

本の出版形態には色々あるけれど、利益を求めて出す本が二八冊というのはどう考えても少ない。ついでに言えば、端数《はすう》まできっちり把握《はあく》しているあたりが、妙《みょう》に生々しい。

もし〝錬金術大全〟並みに高価だとしても、研究費を考えれば絶対に赤字だと思う。

「あ、たくさん売れても、さすがにこれだけじゃ研究費は出ないから、メインは別だよ？　魔物に関しては、研究費助成制度ってあるんだけど、知らない？」

「一応、知ってはいますが……」

身近に生息している割に、その生態があまり知られていない〝魔物〟。

その情報を集めるために王国の採っている施策《しさく》が、研究費助成制度である。

でもこれって、あんまり使い勝手が良い制度じゃないんだよね。

褒賞金《ほうしょうきん》という形でお金が貰《もら》えるのは、あくまで研究結果として提出した論文に対して。

事前に申請《しんせい》して研究費を貰うことはできないし、貰える額も論文の内容次第《しだい》で、研究にかかったコストは勘案《かんあん》されない。つまり、最初に自己資金がなければ研究は始められないし、その結果に対する評価が低ければ、費用の回収すらできないのだ。

あまりにも博打《ばくち》すぎて、とてもじゃないけど生業にはできず、これまで貴族が趣味《しゅみ》で行っていた研究の成果を、死蔵させずに公表させる程度の効果しか生んでいない。

「じゃあ、ノルドさんも、お金持ち……？」

「いや、ボクはこっちでも例外さ。これまで一度も赤字になったことはないからね！」

得意げに胸を張るノルドさん曰《いわ》く、あまり費用の掛からない研究から始めた彼は、常にかかった研究費以上の褒賞金を受け取り続けているらしい。

「これでも、魔物の生態研究界隈《かいわい》では、それなりに有名なんだよね」

「凄《すご》く狭《せま》そうな『界隈』ですね、それ」

「……うん、まぁね。一般人は全然知らないよね」

ロレアちゃんの遠慮のない言葉に、ノルドさんは一瞬沈黙《いっしゅんちんもく》し、しぶしぶと頷《うなず》く。

「専門家のサラサさんでも知らないみたいですけど……？」

「……うん、まぁね。研究者じゃないと知らないよね」

「それって、一体何人ぐらい――」

「け、研究で利益を出せるって凄いですよね！　普通《ふつう》、損失が出て当たり前なのに！」

「だ、だろう⁉　提出しても、銅貨一枚もらえない研究も多いんだよ？」

あまり詳《くわ》しくない私でも、研究者の数が少ないことぐらいは理解できる。

でも、彼も一応お客さん。なかなかに容赦《ようしゃ》のないロレアちゃんの追及を遮《さえぎ》り、私が話を変えれば、ノルドさんも救われたような表情で話に乗ってきた。

「でしょうねぇ。しかし、何故《なぜ》グライムティースみたいな、超《ちょう》マイナー魔物を……」

一般人は名前すら知らず、知っている人でもあまり興味を持たないような、そんな魔物であるグライムティース。錬金術でも、それを素材にする物があったかどうか、すぐには思いつかないぐらいにマイナーで使い道に乏《とぼ》しい。

そんな研究でも褒賞金を出しているあたり、研究費助成制度の審査《しんさ》はかなり緩《ゆる》いのか、それとも、それ以上にノルドさんの研究論文が素晴《すば》らしいのか。

けど、せめてもう少し一般的な……いや、名前は知られているけど、生態はあまり知られていないような魔物の研究をすべきじゃないかなぁ？

「うん。それは審査委員会からも指摘《してき》されてね。今回はメジャーな魔物にしたんだ」

だよねっ！　指摘しない委員がいたら首にすべきだと思う。

グライムティースの新たな使い道ならともかく、その生態を調査・報告されても、審査する方としても困ったんじゃないかな？　生息地に行けば普通に捕《つか》まえられる魔物だし。

「それが良いでしょうね。何にしたんですか？」

そう尋《たず》ねた私に、ノルドさんはニヤリと笑うと、おもむろにその名前を口にした。

「サラマンダー。それが今回の、ボクの研究テーマだ」

「……はい？　サラマンダー、ですか？」

「うん。あるよね？　この近くに。生息地が」

「ありますが、既《すで》にいませんよ？　斃《たお》して素材にしてしまいましたから」

素材を売却《ばいきゃく》した以上、情報が流れるのは必然だけど、逆に言えば既に斃していることも判《わか》るはず。生態調査なんて、できるわけがない。

それとも、素材を譲《ゆず》ってくれという話？

私が訝《いぶか》しげに眉《まゆ》をひそめれば、ノルドさんはパタパタと手を振った。

「あ、それは大丈夫《だいじょうぶ》。他《ほか》の生息地で、既にある程度の調査は終わっているからね。補完的に、サラマンダーが生息していた洞窟《どうくつ》の調査がやりたいんだ」

「そうなんですか？　であれば、そこで研究を続ければ良かったと思うんですが……」

私が『何故場所を変えるのか』と言外に匂《にお》わせれば、ノルドさんはばつが悪そうに笑《え》みを浮《う》かべ、頭を掻《か》いた。

「いや、それが護衛を頼んでいた人たちが負傷してね。代わりの護衛も探したんだけど、その周辺だと、引き受けてくれる人がいなかったんだよ」

……それって、何か問題があったってことじゃ？

仕事として魅力《みりょく》的なら、引き受けてくれる人はいるはずだし。

私の脳裏に、紹介状にあった『無茶を言われても聞く必要はない』の一文が過《よ》ぎる。

「もちろん報酬《ほうしゅう》はしっかり払《はら》っていたし、金額も妥当《だとう》だったと思うよ？　でも、ほら、サラマンダーの棲《す》み処《か》に行くには、特別な装備が必要だろう？　さすがにボクも、装備品すべてを負担できるほど、お金持ちじゃないから」

「それは……そうですね」

サラマンダーの生息地は、熱から身を守る錬成具《アーティファクト》なしには近付くことすらできない。

多少割が良い程度の日当では、それらを新たに揃《そろ》えることも難しいだろう。

「それに、生息地をしっかりと調査するという意味では、サラマンダーはいない方が都合が良いんだよ。けど、簡単に斃せる相手でもないから――」

「それで私の所に来たということですか。ここなら既にサラマンダーは斃されているし、サラマンダーを斃した私なら、既に必要な装備は持っていると」

「そう。といっても、お店があるサラサ君を連れ出すのが難しいのは解《わか》ってる。だから協力者を紹介《しょうかい》してもらえないかな、と。ここにいるんだよね？　その採集者が」

サラマンダー討伐《とうばつ》の詳細《しょうさい》について、レオノーラさんに話したことはないけれど、常識的に考えて一人で挑《いど》むはずもなく、誰《だれ》か協力者がいると考えるのは必然。

そして、その協力者がこの村の採集者であると予測するのも、また必然だろう。

「……解りました。面談の段取りだけは承《うけたまわ》ります。ですが、護衛の依頼《いらい》を請《う》けるかどうかは本人たち次第、私は特に口添《くちぞ》えしませんが、よろしいですね？」

サラマンダーがいなくとも、あの辺りは決して安全とは言えない。

溶岩《ようがん》トカゲはともかく、ヘル・フレイム・グリズリーが戻《もど》ってきている可能性もゼロではないわけで、あまりアイリスさんたちに行って欲しい場所ではない。

しかし、ここで拒否《きょひ》しても、アイリスさんたちのことは調べれば判ること。

それならば、私も一緒《いっしょ》に話を聞いた方がマシである。

「もちろん構わないよ。そのあたりの交渉《こうしょう》をするのは、研究者として当然のことだからね」

笑顔で自信ありげに頷くノルドさんに、私は少し不安を覚えたのだった。

ノルドさんが帰った後、共音箱でレオノーラさんに連絡《れんらく》を取ってみたところ、重ねて『無理のない範囲《はんい》でお願い』と頼《たの》まれると同時に『研究のことになると周りが見えなくなるヤツだから、無理ならキッパリと断って良いし、おかしなことをしたら制裁しても構わない』との言葉も頂いた。

これで一安心——できないよね！

不安材料が補強され、どう考えても厄介事《やっかいごと》の香《かお》りしかしない。

レオノーラさんに言われるまでもなく、そんな雰囲気《ふんいき》のある人だったけど、許可されたところで『制裁』とか、どう対応すれば良いのか……拳《こぶし》？　拳《ふく》かな？

帰宅したアイリスさんたちに、そのあたりのことも含め、包《つつ》み隠《かく》さず伝えて相談。

「魔物《まもの》の生態か。そんな研究をしている人がいたんだな」

「私も初めて聞くわ。店長さんから見て、どんな人だったの？」

「そうですね……ある意味、典型的な研究者、でしょうか」

研究第一で、それには人一倍の情熱を傾《かたむ》けるけど、それ以外のことには頓着《とんちゃく》せず、髪型《かみがた》や服装は適当、野暮ったい格好でも気にしない。

錬金術師《れんきんじゅつし》養成学校でも、一定数はあのタイプの教授、講師がいた。

学校だったから、不潔な人はいなかったけど。

……ん？　人のこと言えない？

いやいや、さすがの私も、外出時はそれなりに気を付けていた――つもりだから。

まぁ、先輩《せんぱい》に選んでもらった服一式を、上下含めてそのまま着てただけなんだけどね。

上手《うま》く組み合わせを変えられるほど、服もセンスも持ってなかったから！

「会ってみるしかないだろうな。断ることもできるのだろう？」

「もちろんです。無理だと思えば、気にせず断ってください」

レオノーラさんへの義理はあるけれど、アイリスさんたちの方が大事なのだから。

◇　◇　◇

最近、ウチのお店には応接室が新設された。

といっても、店舗《てんぽ》スペース裏の倉庫を改造しただけで、建て増しをしたわけじゃない。

大半のお客さんは、カウンター前のテーブルを使えば用事が済むのだ。

滅多《めった》にない利用機会のために、そこまでお金は掛《か》けられない。

そんなわけで、今日、この部屋《へや》を使うノルドさんが、最初の利用者である。

「初めまして、ノルドだ。君たちがサラマンダーの討伐に参加した人かな？」

改めて挨拶《あいさつ》をしたノルドさんの格好は、昨日とあまり変わらず。

不潔ではないけれど、ボサボサの髪《かみ》も、垢抜《あかぬ》けない服もそのままだった。

「アイリスだ。最初に言っておくが、私たちは店長殿《どの》について行っただけだからな？」

「ケイトです。討伐にはほぼ寄与《きよ》していませんので、お間違《まちが》えなきよう」

過剰《かじょう》な期待をされても困ると予防線を張る二人に、ノルドさんは問題ないと首を振《ふ》る。

「君たちに頼みたいのは、調査中の警戒《けいかい》さ。ボクも筋肉を鍛《きた》えてるからね。道中の魔物にすら勝てないようじゃ困るけど、それは大丈夫なんだろ？」

「群れで襲《おそ》われたりしなければ大丈夫だと思うが……。そもそも、お前に護衛は必要なのか？　かなり鍛えられているように見えるが……」

「お、判るかい？」

アイリスさんの視線を受け、嬉《うれ》しそうに笑みを浮かべたノルドさんが、両手を合わせて「ふんっ！」と力を込めれば、筋肉がムキッと盛り上がる。

なかなかに見事――でも、暑苦しいから止《や》めて。

私、筋肉フェチじゃないので。

そんな私の願いが届いたのか、それとも常識を思い出したのか、ノルドさんはすぐに力を緩めて首を振る。

「でも、戦闘《せんとう》技術は別だよ。逃《に》げ足《あし》にも、耐久《たいきゅう》力にも自信はあるけどね。それに周囲を警戒しながら細かい調査なんて、できないからね」

「なるほど。道理ではあるな」

調査の方に集中していれば、周囲への注意力はどうしても散漫《さんまん》になる。

逃げられる足を持っていても、攻撃《こうげき》される瞬間《しゅんかん》まで気付かないのでは何の意味もない。

それを考えれば、近くで警戒してくれる人がいるだけでも、安心感は違《ちが》うだろう。

「ふむ、警戒だけなら……となると、請けるかどうかは報酬次第《しだい》になるが」

「そうだね、そこまで多くは出せないんだけど、二人だから……」

ノルドさんは顎《あご》に手を当てて考え込む。討伐と違い、調査では素材を得られないわけで、出せるお金は、ノルドさんの懐《ふところ》次第だろうけど――。

「うん、そうだね、村を出て帰ってくるまで、一日一人当たり金貨二〇枚でどう？」

「承った！」

「ちょ、アイリス!?」

即座《そくざ》に答えたアイリスさんに、ケイトさんが目を剝《む》く。

だが、その即答《そくとう》がちょっと理解できるほど、ノルドさんが提示した金額は多かった。

田舎《いなか》や地方都市は疎《おろ》か、王都ですら庶民《しょみん》が一月《ひとつき》かけても、金貨二〇枚はそう稼《かせ》げない。

それに比べると採集者の稼ぎは多いが、それでも毎日のように金貨二〇枚を稼げるのは、一部の腕利《うでき》きのみ。あえて言えば氷牙《ひょうが》コウモリを乱獲《らんかく》していた時には、アイリスさんたちもそのぐらい稼げてたけど、アレは例外。

放置されて異常繁殖《はんしょく》していた氷牙コウモリ、私の魔法《まほう》、普段《ふだん》よりも高い買い取り価格。

それらが揃っての非日常だったから。

つまり、それぐらいに高額。普通なら護衛にこの額は出さない。

レオノーラさんの紹介でなければ、この時点で怪《あや》しすぎると追い出している。

「えっと、ノルドさん、大丈夫なんですか？」

「まぁ、なんとか？　それなりに危険な所に行くわけだから、ある程度は出さないとね。その代わり、必要な装備や食料は全部自前で用意してもらうことになるけど」

なるほど。防熱装備のコストを含めて考えると、妥当な報酬なのかも？

「もっとも、今回の論文が認められなかったら、しばらくは別の仕事で資金を貯めないと、次の研究に取りかかれないんだけどね。ハッハッハ！」

訊《き》いてみれば、これまでに貯めた褒賞金《ほうしょうきん》、書籍《しょせき》の売り上げ（これは微々《びび》たる額みたいだけど）、それらすべてを今回の調査の原資に充《あ》てているらしい。

しかし、前の調査地でも同じように報酬を払っているはずで――。

「褒賞金って、結構たくさんもらえるんですね？」

「認められれば、だけどね。下手《へた》に褒賞金を見込んで、研究費を借金で賄《まかな》ったりすると、失敗したときに人生終了《しゅうりょう》のお知らせが届いちゃうから、なかなかに厳しいけどね」

「ですよねぇ、やっぱり……」

この国で奴隷《どれい》は認められていないけど、借金から簡単に逃《のが》れられるほど甘くもない。

半強制的に重労働をさせられるぐらいは当たり前。

違法行為《いほうこうい》でさえなければ、仕事を選ぶことなんてできなくなるし、若い女の多くは娼館に放り込まれ、需要《じゅよう》さえあれば男も例外ではない。噂《うわさ》によると、借金の額次第では違法《いほう》スレスレ、ちょっとまともじゃない所を斡旋《あっせん》されるらしい。

孤児院《こじいん》を出た子たちの中にも、身を持《も》ち崩《くず》した人は少なからずいる。

借金はとても怖《こわ》いのだ！

「ちなみに、ノルドさんに借金は？」

「大丈夫《だいじょうぶ》。一応ボクは、失敗しても無一文になるだけに抑制《よくせい》しているから」

それは、〝抑制〟と言って良いのだろーか？

「それで、どうかな？　請けてもらえるのかな？」

「私は先ほど言った通り、請けたいと思っている。ケイトはどう思う？」

「そうね……店長さん、リスクはどうかしら？」

「──危険性は低いかと。前回のことを考えても、おそらくヘル・フレイム・グリズリーはいないでしょうし、行き帰りで危険な魔物に遭遇《そうぐう》することもないと思います」

少し考えて出した私の答えを聞き、ケイトさんは腕《うで》を組んでしばらくの間、思案。

やがてゆっくりと頷《うなず》いた。

「なら、私も賛成、かしら。店長さんにも早く借金を返したいし」

「急《せ》かすつもりはありませんが……返してくれたらくれたで、ありがたいですね」

ロッツェ家のように、農村が領地の貴族に税収が入るのは、秋の収穫《しゅうかく》後。

大抵《たいてい》は農作物で納められ、それをそのまま貯蔵したり、一部を売却《ばいきゃく》して現金にしたり。

ただ、収穫直後は相場が一番下がる時期でもある。

それでも借金返済のためには売るしかなかったわけだけど、今後の債権者《さいけん》は私。

『時宜《じぎ》を得て現金に換《か》え、返済してください』と伝えたので、まだ返済はない。

でも、別に困ってないしね……アイリスさんの微妙《びみょう》なアプローチ以外は。

「では、ノルド。その依頼、正式に請けよう」

「ありがとう！　いやー、助かるよ。――この前の所じゃ、これだけ出しても請けてくれる人がいなかったから」

「……ん？」

笑顔《えがお》で握手《あくしゅ》を求めるノルドさんから、ボソリとなんだか不穏《ふおん》な発言が。

けど、私がそのことを聞き返す前に、彼はさっと立ち上がった。

「それじゃ、早速《さっそく》向かおうか！」

「――は？　いやいや、私たちにも準備は必要だぞ？　ノルド、お前もだろう？」

一瞬《いっしゅん》呆《ほう》けたアイリスさんが尋《たず》ねれば、ノルドさんは自慢《じまん》げに片頬《かたほお》を上げる。

「ふっ。研究者たるもの、いついかなる時でも研究に打ち込めるよう、保存食の貯蓄《ちょちく》は万全さ！　……あ、でも、今回はテントの準備が必要かな？　アイリス君たちのテントにお邪魔《じゃま》するわけには――いかないし」

ケイトさんが首を振るのを見てとると、ノルドさんは私の方に視線を向けた。

「前回の護衛は男だったから入れてもらえたんだけど……サラサ君、テントって売ってるよね？　錬金術師のお店なら」

「ええ、フローティング・テントがありますよ。受注生産なので、少しお時間を頂くことになりますが。でも、特急料金を頂ければ、短縮は可、です」

テント作りで時間がかかるのは、革の縫製《ほうせい》。

今は村のおばちゃんたちに頼んでいるので、私一人でやるよりも短時間で完成するようになったけど、それでも数日では無理。おばちゃんたちにだって予定はあるし、私だってテントだけに取り付いて、ずっとチクチクやってられるほど暇《ひま》じゃないし。

けど、そんな問題を一挙に解決する逸品《いっぴん》がこちら！

革専用の強力接着剤《せっちゃくざい》〝カワック〟!!

……うん、変な名前だよね。だけど、その効果は驚異的《きょういてき》。

ちょいちょいと塗《ぬ》りつけて革同士を密着させれば、乾《かわ》いた時には完全に一体化してしまうのだ。単に接着するだけじゃなく、文字通りの意味で。

隙間《すきま》なんてないし、剝《は》がれることもない。

上手く貼《は》り合《あ》わせれば、元から一枚の革だったかのようにくっつけられるので、複雑な形状の革製品を一切《いっさい》の継《つ》ぎ目《め》なく作ることだって可能。

唯一《ゆいいつ》の欠点は、その価格かな？

安価な実用品に使うと、カワックのコストだけで、お値段が何倍にも跳《は》ね上がる。

フローティング・テントぐらい本体価格が高く、縫製に手間がかかる製品なら、相対的にコストは下がるけど、それでも決して安くはない。

少なくとも、この村の採集者なら、縫製の方を選ぶぐらいには。

「一人用を最速で作るといくら？――あぁ、ならそれで。完成には何日かかる？」

私が『買えるのかな？』と思いながら提示した値段に、ノルドさんはあっさりと頷く。

そのことにやや驚《おどろ》きつつ、私は頭の中でスケジュールを調整。

他《ほか》の仕事をそっちのけに、テントに集中するなら三日もかからないんだけど……。

「五日、でしょうか。それぐらいを見て頂ければ」

少し思うところがあり、余裕《よゆう》を持ってそう言えば、ノルドさんは今度もすぐに頷いた。

「それぐらいなら問題ないかな。早く調査に行きたい気持ちはあるけど」

「いいんですか？」

「うん。実はボク、大樹海に来るのは初めてなんだ。準備が終わるまでは、この村の近くを歩いてみるよ。次の研究テーマが見つかるかもしれないからね！」

さすが研究者、貪欲《どんよく》である。

それこそが成功の秘訣《ひけつ》なのかもしれないけど、周りの人は大変そうだよね。

「それじゃ、普段ボクは宿にいると思うから、何かあったら呼びに来て。あ、新しい方の宿屋ね。良い宿だよね、あそこ。こんな田舎村に不釣《つ》り合いなほど」

なかなかに失礼なことをズバッと言うノルドさんに、私たちは揃《そろ》って苦笑《くしょう》する。

「ははは……新築したばかりですからね、あそこは」

「タイミングが良かったな。もう少し前だったら地獄《じごく》だったぞ？」

「もしくは、野宿で我慢《がまん》するか、よね」

「野宿は勘弁《かんべん》して欲しいなぁ。調査のためならまったく苦にならないけど、ボクも人里にいる時ぐらいは、ゆっくり休みたいからね」

なんやかんやで、氷牙コウモリの牙《きば》バブルが終焉《しゅうえん》を迎《むか》えた結果、この村に滞在《たいざい》する採集者の数は減っている。

でも、予想外にというべきか、村を離《はな》れた採集者の数はさほど多くなく、宿の新館の稼《か》働率《どうりつ》は十分に高いため、ディラルさんからの返済は滞《とどこお》ることもなく行われていた。

アンドレさん曰《いわ》く、『元々、採集者が拠点《きょてん》とするには良い場所だったことに加え、信頼《しんらい》できる錬金術師《れんきんじゅつし》のお店ができたと認知《にんち》されたことが大きい』らしい。

しっかり稼げて、居住環境《かんきょう》に問題がなければ、村に残ることを選択《せんたく》するのも必然、ってことなのかな？

難点は娯楽《ごらく》が少ないことらしいけど、そのへんは私にはどうしようもないね。

まさか、歓楽街《かんらくがい》を作るわけにもいかないから、適宜《てきぎ》、サウス・ストラグに遊びに行ってくださいって、ことで。

村にそんな物ができたら、ロレアちゃんの教育にも良くないしね？

◇　◇　◇

「さて、護衛のお仕事を請《う》けたわけだけど……大丈夫よね？　店長さん」

「はい、大丈夫だと思いますよ――普通なら」

訊いてみればアイリスさんたち、これまで護衛の仕事なんて請けたことがないらしい。

でもそれも当然で、採集者を護衛として雇《やと》う機会なんて、ほぼないのだ。

街道を行くのであれば、採集者である必要なんてないし、あえて雇うのであれば、大樹海のような、採集者ぐらいしか足を踏《ふ》み入れない場所に行くときぐらい。

そして普通の人は、そんなところに用事なんてない。

そういえば、錬金術師養成学校の実習で護衛に付いてくれたのが採集者だったけど、そんな仕事を請けるのは、王都周辺で活動している極《ご》く一部の人たちだけだからね。

「普通なら？　サラサさん、何か問題があるんですか？」

「だって、相手は研究者《へんじん》だよ？　警戒《けいかい》は必要です」

森を通り抜《ぬ》けたいから、とかいう理由の護衛なら、心配はない。

サラマンダーの棲《す》み処《か》を一度見てみたい、とかいう金持ちの道楽なら、少し心配だけど、まだマシ。多少のわがままは言っても、安全を優先するだろうから。

だけど相手は研究者。研究のためなら自身の安全すら二の次になりかねない人種。

場合によっては、素人《しろうと》よりもどう動くか読めない。

「研究者《へんじん》って……ある意味、錬金術師も同類と言えるんじゃないの？」

「だからこそ、ですよ。研究のためなら何をするか判《わか》らない。それが研究者です」

単純にサラマンダーの棲み処まで往復するだけなら危険性は低い。

でもそこに、研究者という変数が加わると、どうなるか。

確実に危険性はアップ。甘いお菓子《かし》にロレアちゃんが飛びつくぐらいに確定的なこと。

「つまり、あんまり危険じゃないんですね」

「「それは危険だな（ね）」」

「はい。〝成果〟を出しているあたり、かなり怪《あや》しいですね。他人と同じことをしていたら、認められるはずないですもん」

「わ、私、食《く》いしん坊《ぼう》じゃないですよ……？」

手をパタパタ振《ふ》りながら抗議《こうぎ》するロレアちゃんを余所《よそ》に、アイリスさんは口を開く。

「では、やはり断った方が良かったのだろうか？」

「いえ、本当に危ないと思っていたら、私も止めてますよ。危険がないとはいえませんが、保険も用意しますから、危機的状《じょうきょう》況になっても切り抜けられる、かもしれません」

「保険？　もしかして、店長さんも一緒《いっしょ》に？」

「それはさすがに無理ですよ。お店もありますから」

ケイトさんの期待の籠《こ》もった視線を遮《さえぎ》るように手を上げ、私は首を振る。

前回のような事態ならともかく、アイリスさんたちも採集者。

ある程度は自分たちで頑張《がんば》ってもらわないと。

「その代わり、錬金術師的なアイテムを用意しようと思っています」

「おおっ！　もしかして、凄《すご》い錬成具《アーティファクト》とか⁉」

身を乗り出したアイリスさんに、私は唇《くちびる》に人差し指を当てて少し考え、こくりと頷く。

「少し特殊《とくしゅ》ですけど錬成具《アーティファクト》といえば、錬成具《アーティファクト》ですね。錬金生物《ホムンクルス》って知っていますか？」

「あぁ、名前だけならな。詳《くわ》しいことは知らないが」

「私は初めて聞きます。サラサさん、それって何なんですか？」

「いくつか種類はあるけど、今回作るのは――簡単に言うと、使い魔《ま》みたいなものかな？　無制限ではないですが、私と感覚の共有ができるので、ここからでもアイリスさんたちの状況を知ることができます」

「そんなことができるの？　なら、共音箱みたいな錬成具《アーティファクト》とか必要ないんじゃ……？」

「単に話すだけなら、共音箱の方がよっぽど使い勝手が良《い》いんですよ。——あれだけ使い勝手が悪そうに見えても」

まず単純に、共音箱で音が届けられる範囲《はんい》と、錬金生物《ホムンクルス》と感覚の共有ができる範囲、同じ魔力《まりょく》を消費するのなら、前者の方が圧倒《あっとう》的に広い。

魔力消費が多くて扱《あつか》いづらいといわれる、共音箱と比べてすら。

その上、錬金生物《ホムンクルス》は作製者が直接、定期的に魔力を供給しなければ崩壊《ほうかい》してしまう。

その期間を延ばす方法はあるけど、必要コストを考えれば、遠方にずっと置いておくなんてことは非現実的。基本的に錬金術師の傍《そば》で運用するモノなのだ。

「それに作るのも大変ですからね、錬金生物《ホムンクルス》は」

ロレアちゃんたちの手を借りて、カワックも使用すれば、テントの作製時間は……一日ぐらい？　合間に必要な乾燥《かんそう》時間なんかを入れても、たぶん三日ほど。

錬金生物《ホムンクルス》を作る余裕は十分に確保できる。

「あと、錬金生物《ホムンクルス》に加えてもう一つ。〝共鳴石〟も作る予定です」

これは二つ一組の石で、片方を割るともう一つも割れて、音が響《ひび》くという錬成具《アーティファクト》。

使い捨てで、共音箱のように会話をすることはできないが、魔力を持たなくても使える上に、かなり遠くまでその効果が及《およ》ぶ。

どのくらいの距離《きょり》まで『共鳴』するかは、これまた作製者の腕《うで》と込める魔力次第《しだい》だけど、サラマンダーの棲み処までの距離なら、私が作る物でも問題なく使えるはずだ。

「つまり、何か問題があれば、その石を壊《こわ》せば良いのか？」

「はい。そうすれば、私が錬金生物《ホムンクルス》で状況を確認します。手助けができるかは……状況次第ですが」

「当然だな。……店長殿《どの》、その際に何もできなくとも、気に病む必要はないからな？　お父様たちに最期《さいご》の言葉を伝えてもらえるだけでも十分にありがたい」

その言葉を聞いたロレアちゃんが、ガタリと椅子《いす》を鳴らして立ち上がった。

「ええ!?　そ、そんなに危険な場所なんですか!?」

「ロレア、万が一だ、万が一。そもそも家を出て採集者になった時点で、どこかで横死する可能性は常に考えている。そも今私がここにいるのは、店長殿に出会えた幸運があったからにすぎない」

唇を震《ふる》わせるロレアちゃんの肩《かた》に、アイリスさんが手を置き、ゆっくりと椅子に座らせれば、ケイトさんもその背中を優《やさ》しく撫《な》でる。

「そうね。普通《ふつう》ならあの時にアイリスは死んでいたわけだし。もっとも、家を出るときに別れを告げているから、最期の言葉を伝えられなくても問題はないんだけど」

「うむ。言葉が残せれば嬉《うれ》しい、という程度だな」

「そ、そんな……」

改めて採集者の危険性を認識したのか、ロレアちゃんの顔から血の気が引くが、そんな彼女を見て、ケイトさんが空気を変えるように笑い、肩をすくめた。

「ま、それ以降も何度か家に帰ってるから、ちょーっと微妙《びみょう》なんだけどね。毎回、愁嘆場《しゅうたんば》を演じるわけにもいかないし？」

「うむ。それをやった後、『ただいま～』と普通に帰っているわけだからな」

その場面を想像したのか、ロレアちゃんの表情が少し緩《ゆる》む。

「そんなに心配しなくても、危険は少ないと思うよ？　本当に万が一の備えだから。そもそも前回のサラマンダー討伐《とうばつ》の方が、よっぽど危険だったんだけど……」

「それは、そうなんでしょうが……サラサさんならあんまり心配ないかなって。あの大きなヘル・フレイム・グリズリーとか、凄くあっさり斃《たお》してましたし」

あぁ、なるほど。

ロレアちゃんはサラマンダーを直接見ていないから、実感が湧《わ》かなかったのか。

「店長殿の無双《むそう》っぷりを見れば、ロレアの気持ちは理解できるな」

「サラマンダーとヘル・フレイム・グリズリー、比較《ひかく》にならないんですが……」

「一般人《いっぱんじん》から見たら、どちらも強い。そんなものなんじゃない？」

「むむ……そんなものですか。まぁ、良いです」

あんまり続けてもロレアちゃんを不安にさせるだけだろうし、話を戻《もど》そう。

「本当に保険ですけど、助けが欲しいときには躊躇《ためら》わずに共鳴石を使ってください。直接手は出せなくても、アドバイスだけならできるかもしれませんし」

「錬金生物《ホムンクルス》で定期的に確認しないのは、魔力の問題ですか？」

「うん。あそこまで離れると、錬金生物《ホムンクルス》と同調するのも大変だと思うから。普段《ふだん》のお仕事にも魔力は必要だしね」

私もまだ錬金生物《ホムンクルス》を作ったことはないので聞いた話だけど、数百メートル離れるだけでも、魔力消費がかなり多くなるらしい。

同調する感覚を制限して魔力を節約する予定だけど、それでもアイリスさんたちの状態を頻繁《ひんぱん》に確認することは難しいだろう。

「もっとも、錬金生物《ホムンクルス》を作れないとそれらも画餅《がべい》なんですけどね。本来は素材を集めるのに大金が必要なんですけど、幸いなことに今回は使えそうな物が揃《そろ》っているので、この機会に試《ため》してみようかと」

絶対に必要で、代えの効《き》かないのが、強力な魔力の籠もった素材。

これはサラマンダーの鱗《うろこ》と狂乱《きょうらん》状態のヘル・フレイム・グリズリーの眼球で賄《まかな》える。

ちょっと属性が〝火〟に寄ってるけど、そこは氷牙《ひょうが》コウモリの牙《きば》で調整できるし、今回行く場所に関しては、火属性の方が都合が良いので、多少の偏《かたよ》りは許容範囲。

かなり高価なこれらの素材、先を見越《みこ》して取っておいた私の勝利、だね！

「少し変わった物としては、髪《かみ》の毛《け》を使います。私と誰《だれ》かもう一人……」

ちなみに血液とか、乙女《おとめ》的には手に入れづらい、男のナニカとかを使う方法もある。

特に後者を使うと、錬成の難易度がだだ下がり。

そして、入手難易度が爆上《ばくあ》がり。

血液だと髪の毛と大差ないし、ナニカは検討もしていない。乙女なので。

「サラサさん、私のでも良いですか？　ちょっとぐらいなら切っても構いませんよ？」

「ありがと。数本もあれば十分だから、髪を梳《と》かしたときに抜けた物で良いよ」

「解《わか》りました。――でも、私とサラサさんの髪の毛を使って生まれる生き物ですか。なんだか、二人の子供みたいですね？」

ロレアちゃんが少し悪戯《いたずら》っぽく笑ってそんなことを言えば、アイリスさんがピクリと眉《まゆ》を上げ、艶《つや》やかな髪に覆《おお》われたその頭を、ずいと突《つ》き出《だ》してきた。

「なぬ？　それはいかん。店長殿、私の髪を提供しよう！　さあ！」

「アイリス……そんな小さなことにこだわらなくても」

「いや、ケイト。蟻《あり》の一穴だぞ？　油断はいかん」

「油断って……ロレアちゃんは、別にライバルってわけじゃないでしょうに。ねぇ？」

「ええ、そうです……ね？」

頷《うなず》きつつ、ちょっと首を傾《かし》げるロレアちゃんを見て、アイリスさんが瞠目《どうもく》する。

「危険だ！　危険だぞ、ケイト！　ロッツェ家のためにも、正妻の座を譲《ゆず》るわけには！」

「ええ!?　まさか、本当に？」

二人から鋭《するど》い視線を向けられ、ロレアちゃんがプルプルと首を振った。

「あ、いえ、別に私がサラサさんと結婚《けっこん》したいというわけじゃなくて、サラサさんが結婚してお店をやめてしまったら、困るかなって。私のお仕事が」

「あぁ、そっか。人生に関わる問題よね、錬金術師《れんきんじゅつし》のお店で働けるか否《いな》かは」

「なるほど、そっちか。給料、違《ちが》うものな。特にこんな小さな村では。大丈夫《だいじょうぶ》だぞ、ロレア。ウチの陪臣《ばいしん》は優秀《ゆうしゅう》だ。店長殿が領主の仕事をせずとも、問題はない」

「ええ、そうね。むしろ、錬金術師として頑張ってもらった方がありがたいわよね」

「そうですか。なら、私の将来も安泰《あんたい》ですね」

「うむ。店長殿の配偶者《はいぐうしゃ》になれば、更《さら》に安泰だぞ？」

ホッと息をつくロレアちゃんの肩に、アイリスさんがニコリと笑って手を置く。

……あれ？　先日のお話は、ロレアちゃんの頑張りで棚上《たなあ》げにされたはずじゃ？

このまま放置すると、ロレア防波堤《ぼうはてい》が決壊《けっかい》しそうですよ？

早急な補修が必要そうですよ？

「あ、あの！　髪の毛は、私とロレアちゃんの物で、良いんですよね？」

「ん？　あぁ、その話だったたな。ちなみに髪の毛は何のために入れるのだ？」

「えっとですね。錬金生物《ホムンクルス》も普段は自立的に活動するんですが、そのときの性格というか、行動指針というか、そのあたりに影響《えいきょう》すると言われています」

落ち着きがない人の髪を使えば錬金生物《ホムンクルス》も落ち着きがなく、おとなしくてあまり活動的でない人なら、錬金生物《ホムンクルス》もまた同様に。

外見にも影響を与《あた》えるという説もあるけど、基本的な外見設定は術者のイメージに依《よ》って行われるし、今回私が作るのは人型ではないので、ほぼ関係ないはず。

「――複数の人の髪を入れると？」

「その場合は、平均的になるはずです。特徴《とくちょう》がないとも言えますが、逆に言えば尖《とが》ったところがなくて、安心かもしれませんね」

「なら全員の髪を使いましょ。アイリスだけにして、無鉄砲《むてっぽう》な錬金生物《ホムンクルス》になると困るし」

「酷《ひど》いな⁉ 私、そんなに無鉄砲か？」

「騎士爵家《きししゃくけ》の継嗣《けいし》なのに、命の危険がある採集者になろうとするぐらいには、ね？」

「うぐっ！」

ケイトさんにニコリと微笑《ほほえ》まれ、アイリスさんが言葉に詰《つ》まる。

でも、納得。いくら小さな貴族家とはいえ、跡継《あとつ》ぎが家を出て危険な仕事に就《つ》くようなことなど、普通はしない。つまり、十分に無鉄砲。

それを許してしまうアデルバート様も、アデルバート様だと思うけど。

「ははは……。それじゃ、三人にお願いします。これであと必要なのは、お豆と少しのお塩、それに錆《さ》びた釘《くぎ》とか、簡単に手に入る物なので、すぐに作製に入れます」

「お豆？ お塩？ 何というか……変な物を使うんですね。ちょっと料理みたいで」

「うーん、案外、こんな感じだよ？ 錬金術って。普段使っている植物の葉っぱや鉱石の欠片《かけら》なんかも似たような物だし」

台所にあるからそう思うんだろうけど、錬成薬《ポーション》の材料は普通に食べられる物も多い。

というか、美味《おい》しいかどうかは別にして、病気や怪我《けが》に使う錬成薬《ポーション》の大半は服用可能なので、食べられない物は入れない。

「ほら、この前の腐果蜂《ふかばち》の蜂蜜《はちみつ》だって錬金術に使う素材だけど、無毒化処理して普通に食べたりするし？」

「「うっ」」

　ポロリと漏《も》らした私の言葉に、あのときの醜態《しゅうたい》を思い出したのか、アイリスさんとケイトさんが、揃って顔を顰《しか》める。

　そういえばあの蜂蜜、買い取るだけ買い取って、倉庫に仕舞《しま》ったままだ。

　とても美味しいし、使い道が多い素材だけに、売ってしまうのは勿体《もったい》ないと思って。

「て、店長殿、あれは忘れてもらえると……。私、これでも一応、嫁入《よめい》り前なので」

「おや、忘れた方が良いですか？　あの蜂蜜、美味しいんですけど」

　腐《くさ》ったりはしないから、しばらく忘れていても全然問題はないんだけど、まさか本当にそのまま忘れてしまうわけにはいかない。錬成の素材として使う分は取っておくとして、残りは売ってしまうか、それとも自分たちで食べるか……。

　ちょっと残念だけど、アイリスさんたちが嫌《いや》な思いをするのなら、ウチの食卓《しょくたく》には上らせず、売ってしまう方が良いのかも？

「私としては、半分ぐらいは食べようかな、と思っていたんですが……」

「そ、そう言われると……悩《なや》むな」

「凄《すご》く美味しかったものねぇ、あの蜂蜜。——その後は地獄《じごく》だったけど」

味を思い出したのか、少しうっとりしたような表情を浮《う》かべたケイトさんだったが、その表情はすぐにどんよりと沈《しず》む。

「私は食べてません……。サラサさん、その蜂蜜って、やっぱり高いんですか？」

「そうだね。普通《ふつう》の蜂蜜と比べると、かなり高いね。食用にもなるけど、錬金術の素材としても使われる物だし」

蜂蜜ですら高級品だった私には、手の届かなかった高嶺《たかね》の花《はな》。

……まぁ、師匠《ししょう》の所にお呼ばれすると、普通にテーブルに載《の》っていたけどね。

私が味を知っているのもそのおかげ。

「腐果蜂の蜜蠟《みつろう》と蜂蜜を使って、マリアさんがカヌレっていうお菓子《かし》を作ってくれたんだけど、あれも美味しかったなぁ。表面はサックリ、中はしっとり、甘くて……」

「ゴクリ……。そんなに美味しいんですか？」

「うん。普通の蜂蜜でも凄く美味しいけど、腐果蜂の蜂蜜を使うと、それに少しだけ含《ふく》まれる酒精が良い風味になるんだよ」

正直、あれほど美味しいお菓子を食べたのは、生まれて初めてだった。

あの味はマリアさんの卓越《たくえつ》した腕《うで》に加え、腐果蜂の蜂蜜を使ったからこそだろう。

でも、それも当然。蜂蜜のお値段を考えれば、あのカヌレは超高級菓子《ちょうこうきゅうがし》。

今ならまだしも、あの頃《ころ》の私には絶対に手が出ない価格になる。

そしてその蜂蜜が手元にあるわけで……貰《もら》った本にあれのレシピは載ってるかな？

「た、食べてみたいです！」

「でも、アイリスさんたちが嫌な気持ちになるなら――」

「あー、店長殿《どの》？」

「何ですか、アイリスさん」

「あれは確かに苦い記憶《きおく》だが、私たちはそれを克服《こくふく》できると思うんだ。なぁ、ケイト？」

「ええ、そうね。むしろ、良い思い出で上書きして、消し去るべき。そう思ったりするんだけど、どうかしら？」

つまり、カヌレを食べたいということですね。

とても判《わか》りやすい表情の二人だったが、すぐに困ったように眉尻《まゆじり》を下げる。

「あ、だが、資金的に厳しいようなら……」

「いえいえ、それは大丈夫ですよ。幸い、今は余裕《よゆう》がありますから」

頑張《がんば》ってるご褒美《ほうび》に、少しぐらい食生活に彩《いろど》りを添《そ》えても問題はないはず。

「ふふっ、解りました。では、やはり半分ほどは食べるために取っておきましょう」

そう言った途端《とたん》、表情を輝《かがや》かせる三人を見て、私もまた笑《え》みを漏らしたのだった。

◇　◇　◇

「さて。最初は錬金生物《ホムンクルス》から」

おおよその方針を決めたところで、私は早速《さっそく》、準備に取りかかった。

今回作製する物の中で一番時間がかかるのは、やはり錬金生物《ホムンクルス》。

突貫《とつかん》作業でなんとかなる共鳴石やフローティング・テントに比べ、錬金生物《ホムンクルス》は培養《ばいよう》時間を確保しないと、どうやっても完成しない。

「一応、今回作るサイズなら三日もあれば十分なはず、だけど……」

初めて作る物だけに、少し不安。

失敗したら、ダメージが大きいだけに——私のお財布《さいふ》への。

「手順通りにやれば大丈夫、だよね？」

もう一度、しっかりと錬金術大全を読み込み、錬金釜《がま》を用意する。

今回使うのは、片手鍋《かたてなべ》サイズの錬金釜。これにサラマンダーの鱗《うろこ》、ヘル・フレイム・グリズリーの目玉、大きめの氷牙コウモリの牙を複数放り込み、魔晶石《ましょうせき》と水を少々。

魔力を注ぎ込みながら数分ほどかき混ぜれば、最初はカチャカチャ、コロコロと転がっていた素材がだんだんと形を失い、赤くドロリとした液体へと変化する。

「ここまでは問題なし。更に素材を加えて……」

工房《こうぼう》の棚《たな》に並ぶ素材をパラパラ、ポチャポチャと投入。それらが溶《と》けるまでかき混ぜ、台所から持ってきた豆や塩、錆びた釘を削《けず》った物なども加える。

「これを、形が完全になくなるまで煮《に》込む、と」

この時点では、芸術的に失敗した豆入りスープにしか見えない。

しかしそこは錬金釜。根気よく混ぜ続ければ、やがて豆も溶けてなくなり、赤く濁《にご》っていた液体がだんだんと透《す》き通《とお》った色に変化する。

「全部消えたら、培養槽《ばいようそう》に移して、井戸《いど》水《みず》で薄《うす》める」

円筒《えんとう》形で高さ三〇センチほどのガラス製培養槽が、薄桃色《うすももいろ》の液体で満たされる。

「あとはこの中に、私の髪《かみ》の毛《け》と、三人の髪の毛を入れる、っと」

はらりと落とせば、一瞬《いっしゅん》にしてシュワッと溶けてなくなる髪の毛。

明らかに危険そうな液体だよね、これ。

もちろん手袋《てぶくろ》はつけてるけど、ちょっと怖《こわ》い。

「こぼれないようにしっかりと蓋《ふた》をして、最後にひたすら魔力を込めるっ！」

培養槽の側面に手を当て、残る魔力を注ぎ込む。

この時に多くの魔力を注げば注ぐだけ、質の良い錬金生物《ホムンクルス》ができあがるらしい。

作業中にも魔力は消費していたので、万全ではないけれど、ここは無駄《むだ》に多い私の魔力を活用すべき場面！

ぐんぐんと魔力を注いでいけば、液体が淡《あわ》い光を発し始め、私の顔を照らす。

多ければ良いとはいうものの、注いだ魔力を受け止められるかは使用した素材次第《しだい》なようで、その限界は光の明るさによって判断できるらしい。

つまり、魔力を注いでも光度が増加しなくなれば、そこが限界。

それ以上は魔力の無駄遣《むだづか》い――なんだけど。

なんか、どんどん明るくなるんですけど！

これ、本当に大丈夫《だいじょうぶ》？　光を直視できなくなってきたんですけど!!

「うーみゅ。さすがはサラマンダー&狂乱《きょうらん》状態のヘル・フレイム・グリズリーの素材。許容量がハンパないね！」

魔力が無駄にならなくて嬉《うれ》しいような、そうでもないような。

目を瞑《つぶ》っていても感じられる刺《さ》すほどに強い光。これじゃ、上限の判断もできない。

「こうなったら、注げるだけ、注いでおこう」

魔力は使っても回復するけど、錬金生物《ホムンクルス》の作製はやり直しがきかない。私は下を向いてぎゅっと目を瞑ったまま、それでも感じる眩《まぶ》しさに耐《た》えながら魔力を絞《しぼ》り出《だ》す。

「……もう──限、界っ！」

ギリギリまで頑張った私は、倒《たお》れ込むようにその場に尻餅《しりもち》をついた。

薄く目を開けてみれば、輝く培養槽が部屋《へや》全体を明るく照らしていたが、次第にそれも収まり、やがてほんのりと薄桃色の光を放つだけになった。

「成功、したのかな？」

地面に座ったまま培養槽を観察してみるけど、その中には何もなく、時折小さな泡《あわ》が生まれては、水面に向かって上昇《じょうしょう》している様子が見えるだけ。

水が濁るとか、光が消えるとか、本に載っていた失敗事例には当てはまらないけど、成功したと言えるだけの確信も持てない。

「……まぁ、様子を見るしかないか」

あとは時々魔力を注ぐだけで、三日もすれば錬金生物《ホムンクルス》が完成するはず。

逆にそれだけの期間で完成しなければ、失敗。

投入した高価な素材は無駄になり、アイリスさんたちの保険、一つ目は水泡《すいほう》に帰す。

──いや、むしろ水泡のまま？　文字通り水になっているだけに。

「二つ目の保険は……明日《あした》以降だね。さすがに今日は、もう無理……」

私はコロンと後ろに倒れると、そのまま床《ゆか》に寝転《ねころ》がる。

サラマンダーを相手にした時のように意識を失うほどじゃないけど、今回もほぼすべての魔力を消費したので、正直、座っているのも辛《つら》かったのだ。

床はちょっと冷たいけれど、多少魔力が回復するまでは、ここを動きたくない。

そして、そのまま数十分ほど休んでいると――。

「サラサさん、お夕飯ができましたよ」

コンコンとノックの音が響《ひび》き、ロレアちゃんの声が聞こえてきた。

「ありがとー。ゴメン、先に食べてて。今ちょっと、動けないから」

少しは回復したけど、動くのはまだ辛い。

私がそう応《こた》えると、少し焦《あせ》ったようなロレアちゃんの声が返ってきた。

「動けない……？　サラサさん、開けても良いですか⁉」

「いいよ～」

「失礼します！　……えっと」

「……」

工房に入ってきたロレアちゃんと、床に転がったまま見上げる私の目がバッチリと合い、

互《たが》いに無言になる私たち。

でもロレアちゃんはすぐに立ち直ると、しゃがみ込んで私の額に手を当てる。

「サラサさん、大丈夫ですか？」

「大丈夫〜、魔力を使いすぎただけ。病気じゃないから、すぐに動けるようになるよ」

「なら良《い》いんですが。あまり無理はしないでくださいね？　——この光っているのは？」

「錬金生物《ホムンクルス》になる予定の液体。成功していれば、ね」

薄ぼんやりと光を放つ培養槽はとても目立つ。それに目を留めたロレアちゃんは、立ち上がって培養槽を覗《のぞ》き込むと、不思議そうに小首を傾《かし》げた。

「……何もない、ように見えますが？」

「まだ始まったばかりだからね。変化が判るまでに一日ぐらいはかかるよ」

「そうですか……。サラサさん、寒くないですか？」

「ちょっと寒いね。もう冬だね。季節は移ろうね」

私がこの村に来たときは春だったのに、時間が経つのは早いものだね。

「そんな暢気《のんき》な。風邪《かぜ》を引きますよ？　手を貸せば動けそうですか？」

「うん、なんとか？」

「では移動しましょう。あまり冷えると、身体《からだ》に良くないです」

「ありがとう。お世話をかけます」

差し出されたロレアちゃんの手を握《にぎ》り返し、私は立ち上がった。

食堂のテーブルには、既《すで》に美味《おい》しそうな料理が並べられていた。

アイリスさんとケイトさんも着席済み、私が座るのを待つばかりとなってる。

「すみません、お待たせしました」

「いや、それは問題ないのだが……店長殿《どの》、どうかしたのか？」

ロレアちゃんの手を借りる私を見て、アイリスさんたちが腰《こし》を浮《う》かしかけたが、私はそれを制して、どっこいしょと椅子《いす》に座る。

「ふぅ、ありがとう、ロレアちゃん」

「いえ、大したことでは」

微笑《ほほえ》んだロレアちゃんが席に着いたところで、改めてケイトさんが尋《たず》ねてきた。

「それで、店長さんはどうしたの？　体調に問題があるわけじゃないのよね？」

「はい。これは、単なる魔力切れです」

「店長さんが魔力切れ？　錬金生物《ホムンクルス》の作製って大変なのね」

「あ、いいえ、錬金生物《ホムンクルス》を作るだけならそこまでじゃない……と思います。ただ、できるだけ多く魔力《まりょく》を注ぎ込んだ方が良いと書いてあったので――」

「あるだけ全部、注ぎ込んじゃった、と？」

「そーゆーことです」

私が『うむ』と頷《うなず》くと、三人からやや呆《あき》れたような視線が。

でも『多い方が良い』と書いてあったら、限界までやるよね？

試《ため》すよね？　試さないわけないよね？　錬金術師《れんきんじゅつし》なら！

むしろ気絶しなかっただけ、節制したほうじゃない？

「……まぁ、サラサさんですしね」

「そうだな。錬金術に関しては、言うだけ無駄か」

「そうね。ご飯、食べましょ」

不本意にも納得したようにため息をつき、食事を始める三人。少々釈然《しゃくぜん》としない。

でも、あえて何も言わず私も食事を――あ、美味しい。さすがロレアちゃん。

「お二人は今日、遠征《えんせい》の準備をしていたんですよね？」

「そうだな。といっても、テントは店長殿のご厚意に縋《すが》るわけだし、大したことは……」

「そこは気にしなくて良いですよ、使ってないので貸すぐらいは」

「本当に助かるわ。心苦しいけど、あの快適さを知っちゃうと……ね。あと必要なのは保存食の注文ぐらいだったから、ダルナさんに頼《たの》んできたわ」

そう言ったケイトさんに、ロレアちゃんがニコリと微笑む。

「いつもご利用ありがとうございます」

「こちらこそ、手ごろな価格で提供してくれて助かっている。むしろ、大丈夫なのか？」

「だよね。ロレアちゃん、ギリギリに近くない？」

この村の販売量《はんばいりょう》を考えると、ダルナさんの仕入れ値はサウス・ストラグでの小売価格とあまり変わらないはず。それを考えれば、雑貨屋の値付けはかなり安い。

これでも私は経営者。輸送費、道中のリスク、不良在庫のコストなどを加味すると、利《り》幅《はば》は非常に薄《うす》いことはすぐに判《わか》る。一朝事あれば潰《つぶ》れかねないんじゃ……？

「厳しいことは確かです。でも、あまり高くすると村の人では買えなくなりますし、採集者の方も村に居着かなくなってしまいますから……」

一種、村に対する貢献《こうけん》、みたいなものらしい。

ただし、そのあたりは村長さんも考えているようで（もしかしたら、考えたのはエリンさんかも？）、村で生産される農作物の売買はすべてダルナさんが扱《あつか》い、それによる利益で何とかなっている部分も大きいとか。

「小さい村だからこその助け合い、か」

「自由競争だけじゃ、上手《うま》くいかないわよねぇ、やっぱり」

「錬金術師も、そういうところはありますしね」

利益はなくても、滅多《めった》に使わない錬成薬《ポーション》を確保しておいたり、不良在庫になりそうな素材でも、持ち込まれれば買い取ったり。

それによって採集者という仕組みを支え、万が一のときに備える。

だからこそ、ルールを無視するような商人の存在は困るのだ。

その被害《ひがい》を最初に受けるのは、力のない人なのだから。

ちなみにこのへんのルールについては、学校で教えてもらえる。錬成具《アーティファクト》の価格制限みたいな半強制じゃないけど、破ったら他《ほか》の錬金術師から睨《にら》まれるので、普通《ふつう》は守る。

昔は『暗黙《あんもく》』だったり、『師匠《ししょう》から弟子《でし》に』だったりしたみたいだけど、どこぞの偉《えら》い人が『曖昧《あいまい》なのは気に入らない。きっちり教えておけ』と言ったとか、言わないとか。

誰《だれ》かは知らないけれど、判りやすいのは良いよね？

「でも最近は、村で保存食が作られるようになりましたし、採集者も増えたので、ちょっと楽になったみたいです。サラサさんのおかげですね！」

「あれかぁ。錬成具《アーティファクト》を供給したのは私だけど、功績はエリンさん、頑張《がんば》ったのはロレアちゃんじゃないかな？」

私はロレアちゃんを見返して軽く首を傾げ、数週間ほど前のことを思い出していた。

◇　◇　◇

それはいつものように、私が錬金工房《こうぼう》で作業をしていたある日のこと。

何やら相談があると、私の所を村長——じゃなくて、村長代理、でもなくて、単なる村長の娘《むすめ》（でも実質的な村長）であるエリンさんが訪ねてきた。

エリンさんも時間帯を考慮《こうりょ》したのか、ちょうどお客さんのいない時だったため、カウンター前のテーブルで、ロレアちゃんと共にお茶を頂きながらお話を聞く。

「それでエリンさん。ご相談とは？　薬草畑のことですか？」

「いえ、おかげさまで、あちらは順調です。ありがとうございます」

「なら良かったです。でもそれは、あの夫婦が頑張っているからですよ？　丁寧《ていねい》に教えたところで、手抜《てぬ》きをしてしまえば何の意味もないですからね」

お隣《となり》の薬草畑は一応、私の所有物だけど、管理しているのはマイケルさんたち夫婦。

魔法《まほう》でズルができる錬金術師と違《ちが》い、彼らは面倒《めんどう》な作業もすべて手でやるしかない。

だけどその点、あの夫婦はとても真面目《まじめ》で、この村出身のマイケルさんはともかく、町育ちのイズーさんもサボることなく毎日畑に来て、丁寧に世話をしている。

まだ収穫《しゅうかく》には至っていないけれど、この調子でいけば十分な収量が見込めることは、ほぼ確実だろう。とてもありがたいことに。

「しかし、薬草じゃないとなると……また何かトラブルでも？」

「いえ、トラブルでは……サラサさんは雑貨屋で売っている保存食を知っていますか？」

「はい。以前は、私もお世話になってましたから」

乾燥《かんそう》野菜と干し肉。美味しくはないけど、煮込《に》むだけで食べられるお手軽さが利点。

ロレアちゃんが来てくれるまで、面倒なときはあれで済ませていた。

「では、あれらはすべて、サウス・ストラグで仕入れていることも？」

「それは知りませんでしたが、そうかな？　とは思っていましたね。この村で干しているのを見たことがありませんから」

大して広くないこの村。乾燥野菜を作っていれば、あまり出歩かない私の目にも、ちょっとぐらいは留まったと思うもの。

「一応、各家庭で消費するぐらいは作っているんですが、目立つほどじゃないですね。裏庭とか、軒下《のきした》とか、そういうところに置いてあるので」

作ることは作っていたらしい。……ま、まぁ、私が歩くのは表の通りだけだしね？

裏庭とかは目に入らないし、仕方ないよね？

「今までは、この村を拠点《きょてん》にする採集者も少なかったので、気に留めていませんでしたが、最近は増えたじゃないですか。これはチャンスだと思いませんか？」

「村人の現金収入の、ですか？」

「はい！　サラサさんのおかげで内職で稼《かせ》いでいる人も増えましたけど、私としてはもう一歩、進めたいんです」

この村の主産業は農業。その大半は穀物で、それ以外の農作物は自分たちで消費する分と村の食堂で出している分を除けば、少し余る程度でしかない。

それらはダルナさんによって、サウス・ストラグで売られることになるのだが、日持ちや重量、運搬《うんぱん》のしやすさなどの関係で、そのすべてが持ち込めるわけではない。

「これまで余った野菜は漬物《つけもの》にして保存していたんですが、あれって評判が悪いんですよね。――極《ごく》一部の人を除いて。サラサさん、ご存じですか？」

「……話だけは聞いたことがあります」

あれは確か、この村に来た最初の日。

ディラルさんとエルズさんの会話の中で、そんな物が出てきたような覚えがある。

幸いというべきか、今のところそれを食べる機会はないけれど、食べる人を選ぶようでは、保存食としては失敗だろう。

もちろん、そんなことを言っていられないほど、貧しい地域もあるわけだけど。

「美味しい保存食が増えれば、採集者としてはありがたいでしょうね」

「ですよね？　私たちもお野菜の無駄《むだ》をなくせますし、冬の食卓《しょくたく》が少しマシになります。評判が良いならお野菜も増産して、村の現金収入を増やしたいですね。これで現金が確保できるようになれば、穀物相場を考えて売買ができるようになりますから！」

「な、なるほど……」

どこの農村も、悩《なや》みは一緒《いっしょ》かぁ。

ロッツェ家は領主として、その悩みを引き受けていたけど、ここの領主は現金でのみ税金を受け取る——つまり、相場のリスクは村人に押し付けられる。

しかし、税金を払《はら》えるだけの現金があれば、話は変わる。

もちろん穀物を保存する倉庫なども新たに必要となるのだが、現実的な範囲《はんい》でより良くしようという努力は、さすが陰《かげ》の村長エリンさんである。

「良《い》いと思いますよ。乾燥野菜を内製化すれば、出ていく現金は減り、村に落ちる現金は増える。一石二鳥ですね」

私も詳《くわ》しくはないけれど、乾燥野菜なんてたぶん、切って干せば良いだけ。

特産品になるような物ではないけど、逆に言えばどれを買っても大差ない。

極端《きょくたん》な話、この村唯一《ゆいいつ》のお店であるダルナさんが、この村で作った物以外を売らなければ、採集者はそれを買わざるを得ないのだ。

よっぽど質が悪いとか、価格が高すぎるとかであれば別かもしれないが、少しぐらいの差であれば我慢《がまん》できる程度に、この村とサウス・ストラグの距離《きょり》は遠い。

「……でも、それって私、関係ないですよね？」

「ええ、もちろん、乾燥野菜の作り方を聞いたりするために、錬金術師様のお時間を取ったりは致《いた》しませんとも」

「ははは……、訊《き》かれても普通のことしか知りませんけどね」

冗談《じょうだん》っぽく笑うエリンさんに、私も乾《かわ》いた笑《え》みを返す。

料理のことを訊くなら、ロレアちゃんにするべきだろう。

私なんて生まれは商人の娘。商品としては見たことがあっても、家庭で保存食を作ったりはしなかったし、学校で習ったことを除けば、一般《いっぱん》的な知識しかない。

むしろ、その辺の農家の子供の方が詳しいだろう。

「ご相談したいのは、乾燥野菜……いえ、纏《まと》めて保存食と言いましょうか。それを作る錬《アー》成具《ティファクト》はないのか、ということです」

「ですよね～。でも、そうですね——ちょっと待ってください」

私は錬金術大全を取りに走り、分厚いそれをドンとテーブルの上に載《の》せて捲《めく》る。

一応、分類されているので、全部を読む必要はないんだけど、必ずしも想像した場所にあるとは限らないのがちょっと厄介《やっかい》。

例えば乾燥野菜を作る錬成具《アーティファクト》なら、食品関連かと思いきや、農業関連だったり、乾燥させる物ということで、工業関連だったり……案外、油断できない。

それでも、そのままズバリの名前を付けてくれていれば、まだ見つけやすい。

パラパラと見るだけで、目に留まるから。

けれど、変に捻《ひね》ったおかしな名前を付けられると、奇妙《きみょう》な名前を見つける度《たび》に説明文にまで目を通さないといけないから、ちょっとめんどい。

ホント、変な自己顕示欲《じこけんじよく》のある錬金術師《れんきんじゅつし》って厄介だよね。中身で勝負しろ、と——。

「あっ！　ありました。これですね」

その名も〝乾燥食品製造機《ドライフード・メーカー》〟という錬成具《アーティファクト》。

何の捻りもない、でも大半の人にとってはありがたい名前。

良かった、まともな人の作品で。実用品の名前に独りよがりの格好良さは必要ない。

これで機能が違っていたら、とんでもない罠《わな》だけど……うん、名前通りだね。

「エリンさん、こんな感じですけど……」

私が差し出した錬金術大全を見て、エリンさんが眉根《まゆね》を寄せる。

「……あの、私には何も見えないんですが？」

「あっと、そうでした。これ、錬金術師以外は読めないんでした」

オーダーメイドで錬成具《アーティファクト》を注文する人なんていないから、すっかり失念していた。

折角看板を出しているのにね？

ある意味、エリンさんは初めてのお客さん。これは張り切りざるを得ない。

「これは乾燥食品を作るための錬成具《アーティファクト》で、野菜の他《ほか》、干し肉なんかも作れるみたいです。ただし『肉は乾燥前に下処理が必要』って書いてありますけど」

「解《わか》ります。この村で干し肉を作るときにも、まずは脂《あぶら》を取って塩漬《しおづ》けにしますから。もっとも、保存するほどお肉が得られることは少ないので、経験も少ないですが」

「あ、それならこの機能は省きますか？　その分、安くなりますけど」

先日はヘル・フレイム・グリズリーのお肉が大量に余ったけど、あれはレアケース。

ジャスパーさんしか猟師《りょうし》がいないこの村では、通常、保存するほどの量は得られない。

「いえ、これまではそうでしたが、最近は採集者が狩《か》ってくることもあるので。そのお肉を買い取って加工すれば、それも村人のお仕事になります」

「それを今度は採集者に売るわけですね。あとは……生野菜だけじゃなく、普通の料理も乾燥できる、って書いてありますね。種類は選ぶみたいですけど」

「料理ですか？　ちなみに、どのような……？」

「あまり詳細《しょうさい》には書いてありませんが、パンやスープなどはできるようですね。ただし、水気の多い物はランニングコストが増えるみたいですが」

ランニングコスト、つまりは燃料代。魔力持《まりょく》ちが使う場合には自身の魔力が、魔力がない場合、もしくは足りない場合は、屑魔晶石《くずましょうせき》が使われる。

パサパサのパンと水気の多いスープ、どちらがより乾燥させにくいかは自明。

そのコストを払っても割に合うかどうかは——私の管轄《かんかつ》外かな？

「スープも、ですか。さすがは錬成具《アーティファクト》ですね。普通《ふつう》ならスープを保存食にするなんて、不可能だと思いますけど」

「私には何とも……料理に関しては助言できませんから、そのあたりはディラルさんとか、ロレアちゃんとか、料理の得意な人に相談してください」

ロレアちゃんに視線を向けて推薦《すいせん》してみれば、静かにお菓子《かし》を摘《つ》まみつつお茶を飲んでいた彼女は、きょとんとした表情で目をぱちくり。自分を指さして、首を傾《かし》げた。

「……え？　私、ですか？」

「うん。ロレアちゃんの料理は美味《おい》しいから。相談相手として、不足はないと思うよ」

「あ、ありがとうございます……？」

ロレアちゃんは母親のマリーさんから料理を習ったようだけど、最近はずっと、マリアさんのレシピ本を使って料理を作ってくれている。

だから腕前《うでまえ》はともかく、料理の知識に関しては、既《すで》にマリーさんを超《こ》えたと言っても過言ではない……んじゃないかな？

「なるほど。同じ料理ばかり作ることが多い村の人では、その錬成具《アーティファクト》に適した料理にはできないかも、ということですか。ロレアちゃん、協力、お願いできますか？」

「は、はい！　私にできることなら！」

エリンさんに頭を下げられ、ロレアちゃんは背筋を伸《の》ばし、緊張《きんちょう》気味に返事をする。

そんなロレアちゃんを微笑《ほほえ》ましく思いながら、私は再度本に目を落とす。

「あとは私が錬成具《アーティファクト》を作るだけですが、手頃《てごろ》な火系統の素材がないのが……あれ？」

本に載っている作り方を見て、私は眉間《みけん》をグリグリと指で押《お》さえ、再度確認《かくにん》。

——うん、間違《まちが》いじゃない。これ、正規に買った本だし。

「火系統の必要素材が少ない？　風系統と……何故《なぜ》か氷系統が多い……？」

氷系統は氷牙《ひょうが》コウモリの牙《きば》がまだたくさん残っている。そろそろ夏も終わるのに。

来年まで死蔵かな、と思っていたけど、これでだいぶ消費できそう。

火系統はサラマンダー由来の物があるけど、これを使うとエリンさんには手が出せない値段になるので、問題外だから……先日拾った火炎石《かえんせき》でも使えば良いか。

「風系統の素材は用意しないとダメですが、これなら思ったよりも安くできそうです」

「本当ですか？　助かります」

「それでもそれなりのお値段にはなりますが……大丈夫《だいじょうぶ》ですか？　この村の農家が買うにはちょっと厳しそうですけど」

「大丈夫です！　それは私が買います。そして一回毎に使用料を徴収《ちょうしゅう》します」

エリンさんが嬉《うれ》しそうに力強く言えば、ロレアちゃんも納得したように頷《うなず》く。

「……そっか。今なら村の人も、使用料払《はら》えますもんね」

「はい。以前なら現金を消費することを躊躇《ちゅうちょ》しましたが、今なら税金の支払いも問題ありません。いざとなれば、各戸から現金で徴収もできますから！」

村長のお仕事は、税金の徴収。これまでは農作物を集め、それをダルナさんが売りに行って現金に換《か》え、それでも足りない場合は宿屋のダッドリーさんなど、現金を持つ数少ない村人から借金をして工面していたらしい。

でも今は採集者の数が増え、空き家になっていた賃貸物件も埋《う》まっている。

あれは村の共同所有。そこから得られる利益は村人に分配されるわけで、無駄遣《むだづか》いさえしていなければ、どの家もある程度の現金を保有しているんだとか。

「解りました。では承《うけたまわ》ります。素材を集めるのに、少し時間が必要になりますが……」

「もちろん、大丈夫です。こんな田舎ですからね。時間とコスト、優先するのなら、コストでお願いできると嬉しいですが……ダメですか？」

「ふふふっ、解りました。できるだけ、安くできるよう、頑張《がんば》ってみますね」

片目を閉じて両手を合わせるエリンさんに、私は笑って頷いた。

◇　◇　◇

「あの風系統の素材、私たちが取りに行ったんだよなぁ……」

「その際は、お世話になりました」

アイリスさんがどこか遠い目で宙を見上げ、私も彼女たちから聞かされた苦労話を思い出して、頭を下げる。

「いや、私たちがやると言ったんだ。店長殿《どの》が気にする必要はない」

「そうよ。店長さんは止めていたのに、アイリスがやるって言うから……」

風系統の素材が得られる場所が、サウス・ストラグの近くにあることは知っていたが、私は当初、それを普通に購入《こうにゅう》する予定だった。産地近くのレオノーラさんのお店になら在庫もあるだろうし、値段も手頃だろうと思っていたから。

けど、それを聞いたアイリスさんが『私が採りに行く！』と手を上げたのだ。

場所は判《わか》っているし、情報もある。

実力を考えると不可能ではない――けれど、経験不足が少し不安。

だから私はそれとなく止めた。『アンドレさんたちと行った方が安全では？』と。

ちょうどその時、彼らが村にいないのを知った上で。

「だ、大丈夫だと思ったんだ！　私だって、下調べはしたんだぞ？」

「まぁ、確かに大丈夫ではあったけど、苦労はしたわよね」

「く、苦労と努力があって人は成長する。良いことじゃないか！」

「……本当にそう思ってる？」

「……ちょっとだけ、早まったかとは思っている。すまない」

ケイトさんからジト目を向けられ、アイリスさんは一瞬沈黙《いっしゅんちんもく》、気まずそうに視線を逸《そ》らし詫《わ》びの言葉を口にした。

それを聞いたケイトさんは、柔《やわ》らかい表情に戻《もど》って『ふぅ』と息を吐《は》いた。

「まぁ、良いんだけどね。そんなアイリスのフォローをするのが私の役目でもあるから」

「で、でも、お二人が頑張ってくれたので、この村の保存食も充実《じゅうじつ》して、お父さんの利益も……あまり変わってないですが、売り上げは伸びてますから！」

実はダルナさん、今回の保存食には、ほとんど利益を乗せずに販売《はんばい》しているらしい。

その理由は、言うまでもなく利益の分配。

村の採集者が増えたことで、宿屋や鍛冶屋《かじや》などは恩恵《おんけい》を受けたが、農業を主体にしている村人たちは、そこまで収入が増えていなかった。

それを補うため、農家からやや高めの値段で保存食を仕入れる。

その分、利益は減るが、サウス・ストラグから保存食を運んでくる必要がなくなり、村人の保有するお金も増え、結果的に雑貨屋で買い物をする機会も増える。

美味しい保存食であれば、採集者の購入量も増えるし、全体としての売り上げが伸びたことで、経営自体は少し楽になったらしい。

「その言葉はありがたいが、売り上げが伸びたのはロレアの頑張りの結果だろう？　新しくできた保存食、その大部分に関わっていると聞いたぞ？」

「ええ。単純な乾燥《かんそう》野菜や乾燥肉を除く料理全般《ぜんぱん》、ロレアちゃんが手伝《てつだ》ったのよね？」

「それは私も聞いた……というか、私も協力したしね。魔力の面で」

試作品を作ろうと思えば、乾燥食品製造機《ドライフード・メーカー》は絶対に必要。

でも、普通の人は何度も稼働《かどう》させられるほどの魔力を持っていないし、その度に屑魔晶石を消費していては、コストが掛《か》かりすぎる。

エリンさんもさすがにそこまでは負担できないと思ったようで、魔力面で私に協力を依《い》頼《らい》してきたのだ――先にロレアちゃんを落とした上で。

ロレアちゃんと共に頼《たの》まれれば、私も嫌《いや》とはいえず、試作品作りに必要な魔力は私が負担。その代わり、試作品に必要な食材はすべて無料で提供されたし、余った食材や作った試作品はウチの食卓《しょくたく》に上ったので、別に損をしたわけでもない。

消費する魔力なんて、私からすれば微々《びび》たるものだし、何よりロレアちゃんが楽しそうだったから。

ちなみに、魔力以外の私の協力は試食のみ、調理には一切《いっさい》関わっていない。

「その節はお世話になりました。結局、報酬《ほうしゅう》はもらってないんですよね？」

「それはロレアちゃんも同じだよね？　材料の現物支給だけで」

「村のため、採集者のためですから。大きな視点で見れば、結果的に私の実家にも、このお店にも利益はありますからね」

「おぉ……まだ一三歳とは思えないしっかりとした考え！」

「私も、もう少ししたら、一四歳ですからね。いつまでも子供じゃありません」

そんなことを言いながら、『えへん！』と胸を張るロレアちゃん。

うん、確かに大人だね、胸とか！　私よりもね！

「しかし、それで私たちも野営で美味しい物が食べられるのだから、ありがたい話だ」

「以前と比べると、雲泥《うんでい》の差《さ》よね」

こっちはもっと大人なお二人。比べるべくもない。

「……店長さん、どうかした？」

「いいえぇ～何でも～？」

嫉妬《しっと》なんかはしていない。――ホントだよ？

「何でもなさそうじゃないけど……まあ良いわ。私たち、明日《あした》から余裕《よゆう》があるんだけど、何か手伝うことはあるかしら？」

「ないわけじゃないですが、暇《ひま》なら近場で採集を行えば良いのでは？」

「私はそう思ったのだが、ケイトが――」

アイリスさんが言葉を濁《にご》し、ケイトさんの方を見れば、彼女はこくりと頷き、困ったように眉根《まゆね》を寄せる。

「今日もそうだったんだけど、ノルドさんが村の周りをうろついているのよ。森に行ったら、彼に関わることになりそうで……」

「ダメなんですか？　どのみち数日後には一緒《いっしょ》に仕事をするんですよね？」

「そうなんだけどね。でもロレアちゃん、彼って、厄介事《やっかいごと》を持ってきそうな雰囲気《ふんいき》があるのよ、私の第六感的には」

報酬が良いので仕事は請《う》けたが、なんとなく面倒《めんどう》そうな人。

だからこそ、仕事でもないのにあまり関わる時間を増やしたくないらしい。

「気持ちは解《わか》ります。ああいうタイプの人って、無意識に、悪意もなく、そして自然に、周りに迷惑《めいわく》を掛けるんですよねぇ……」

錬金術師《れんきんじゅつし》養成学校にもいた。それも複数。

有能なのに、何故《なぜ》か問題を起こして、それでいて解雇《かいこ》されたりはしないんだよね。

いや、有能だからこそ、解雇されていないのかな？

無能で問題を起こすなら、残っているわけないよね。

「それでは明日、お二人にはテント作りを手伝って頂きましょうか」

「ああ、何でも言ってくれ。ただし、細かい作業は、ケイトの担当な！」

「ちょっと、アイリス。革を縫《ぬ》うなんて、私もほとんど経験ないわよ？　力が要るんだから、むしろあなたの分野だと思うけど」

「むう。裁縫《さいほう》は得意じゃないんだが……」

「はぁ……。あなた、一応、女の子でしょ？　上級貴族ならともかく、しがない騎士爵《きししやく》夫人が裁縫もできないって、致命《ちめい》的じゃない」

「大丈夫ですよ、ケイトさん」

呆《あき》れたようなため息をつくケイトさんを制し、私は「ふふふ」と笑う。

「おぉ、もしかして店長殿に任せて良いのだろうか？　ならば私は良き夫として――」

「違《ちが》いますっ。テント作りのことです！」

同性婚《どうせいこん》の場合、貴族としての役割分担がどうなるのかは私も知らないけど、今はそっちじゃない。

「こほん。私には秘策がありますから」

咳払《せきばら》いをして気を取り直し、私は再び「ふふふ」と笑う。

……まぁ、単純にカワックを使って貼《は》り付けるだけなんだけどね。

◇　◇　◇

「これが今回作った錬金生物《ホムンクルス》です」

アイリスさんたちの手も借りてフローティング・テントを完成させた私は、培養槽《ばいようそう》に魔力《まりょく》を供給しつつ、手早く共鳴石や錬成薬《ポーション》なども作製、四日目にして成長しきった錬金生物《ホムンクルス》をみんなに披露《ひろう》していた。

当初の予想よりも一日以上長いけど、初めて作った物だけに、原因はよく判らない。

私が慣れていないからか、予測が甘《あま》かったのか、それとも使った素材の問題か。

でも、ま、無事に完成したんだから良《い》いよね？

培養液を拭《ふ》き取るため、タオルに包《くる》んでいた錬金生物《ホムンクルス》をそのままテーブルの上に載《の》せれば、それがモゾモゾと動き、タオルを押し退《の》けてぴょこんと顔を出した。

「か、か、かわい〜です〜！」

「こ、これは……予想以上に可愛《かわい》いな⁉」

よいしょ、よいしょとタオルから這《は》い出して、テーブルの上にちょこんと座ったその姿は、小さな子熊《こぐま》。毛は薄茶色《うすちゃいろ》で、光の加減では金色っぽくも見える。

片手の上に載るほどに小さく、とってもモコモコ。

それを見てロレアちゃんは歓声《かんせい》を上げて手をワタワタと動かし、アイリスさんもまた、テーブルの上に身を乗り出して、じっと見つめている。

「私もこれは予想外。錬金生物《ホムンクルス》って、こういうものなの？」

「そこは術者次第《しだい》ですね。今回は比較《ひかく》的作りやすかった、この姿にしました」

この姿形の理由は、半分ぐらいが作りやすさの問題で、残り半分は私の趣味《しゅみ》。

錬金生物《ホムンクルス》の形は術者が制御《せいぎょ》可能だが、その難易度は使った素材に左右される。

今回であれば、サラマンダーとヘル・フレイム・グリズリーの素材を使っているので、熊とか蜥蜴《とかげ》に近い形なら容易で、例えば魚の形にするのは、かなり難しい。

逆に言えば、使用する素材を調整することで、いろんな姿の錬金生物《ホムンクルス》が作製できる。

ただし、一定サイズ以上の人型はダメ。

少なくともこの国に於《お》いては、人と見紛《みまが》うような錬金生物《ホムンクルス》の作製は禁止されている。

技術的に不可能かどうかは……禁止されている時点で、解るよね？

「つまり、作るのであれば、蜥蜴か熊だったわけか」

「はい。であれば、やっぱり熊ですよね？」

蜥蜴がカワイイと言う人もいるかもだけど、私としてはやっぱり熊の方。

そしてそんな私の好みは、みんなに受け入れられたらしく、全員が深く頷《うなず》く。

「うむ、当然だな。この大きさは？　熊にしては、ずいぶんと小さいが」

「戦闘《せんとう》用の錬金生物《ホムンクルス》じゃないですし、あまり大きいと邪魔《じゃま》になるじゃないですか。今回のことが終わったからと、処分するわけにもいきませんから」

「だ、ダメですよ、そんなの！」

「しないから。この姿なら店番するロレアちゃんの隣《となり》にいても、違和感《いわかん》がないしね」

慌《あわ》てて声を上げるロレアちゃんを落ち着かせるように私は微笑《ほほえ》み、錬金生物《ホムンクルス》を抱《だ》き上げて、ロレアちゃんに差し出した。

「さ、触《さわ》っても良いですか⁉」

「うん、もちろん。どうぞ」

ロレアちゃんの手の上にポンと載せると、錬金生物《ホムンクルス》はモゾモゾと動いて腹ばいになる。

「はわぁぁ、温かくて、モフモフです〜」

「私！　次は私！　ロレア、代わってくれ！」

「ちょ、ちょっと待ってください！　私ももっと堪能《たんのう》したいんです！」

ロレアちゃんが恐《おそ》る恐る背中を撫《な》でて顔を蕩《とろ》けさせると、アイリスさんも指を伸《の》ばして首筋の辺りをくすぐり、口元を緩《ゆる》める。

そんな二人に、錬金生物《ホムンクルス》は気持ちよさそうに「がう〜」とか言いながら、目を細める。

「店長さん、あれって大丈夫《だいじょうぶ》なの？　一応、熊なんでしょ？　店長さんが動かしているわけじゃなくて、自立してるのよね？」

「私たちが触るのなら大丈夫ですよ。外見は小さな熊ですが、実態は錬金生物《ホムンクルス》ですし、私たちの子供みたいなものですから」

ケイトさんが少し不安そうにこちらを見るが、私は問題ないと太鼓判《たいこばん》を押す。

魔力的な繋《つな》がりがあるのは私だけだけど、三人の因子も入っているので、少なくともいきなり攻撃《こうげき》されるようなことはない。とてもよく慣れたペットみたいな感じかな？

「なら、少しは安心だけど……他《ほか》の人の場合は？」

「それはその時々、でしょうか。性格は私たちの影響《えいきょう》を受けてますから、いきなり噛《か》みついたりはしないと思いますけど。——私たちの中に、秘めた攻撃性でもない限り」

「攻撃性……」

ケイトさんは私、ロレアちゃんと視線を移していき——少し心配そうに眉根を寄せる。

「ちょっとだけ、心配なんだけど」

誰《だれ》の性格が心配なのかは、あえて問うまい。

一応、貴族の令嬢《れいじょう》なのに、採集者になっていたりする誰かの所で視線が止まったのは、たぶん気のせい。

「ま、まぁ、大丈夫ですよ。勝手気ままに出歩いたりはしませんから」

動物に見えても動力源は私の魔力なので、命令しなければ傍《そば》から離《はな》れることはない。

「サラサさん！　名前は？　名前はなんて言うんですか？」

「え？　名前？　別に付けてないけど――」

「付けましょう！　名なしなんて、可哀想《かわいそう》です！」

「そうだな！　可愛い名前を付けないとな！」

強く主張するロレアちゃんと、コクコクと何度も頷いてそれに賛同するアイリスさん。

……どうしよう。想像以上に、二人の食いつきが良いんだけど。

私も可愛いとは思っているけど、どちらかといえばぬいぐるみのような感覚。

錬金生物《ホムンクルス》は飽《あ》くまでも実用品なので、あまり愛着を持ちすぎると色々と困る。

本来の役目が危険な場所の偵察《ていさつ》や、身を挺《てい》してでもロレアちゃんたちを守ることなのに、愛着によってその行動に躊躇《ためら》いが出てしまえば、本末転倒《ほんまつてんとう》。

何のために作ったのか、ということになってしまう。

かといって、喜んで可愛がっている二人から取り上げるのは忍《しの》びなく。

私が助けを求めるようにケイトさんに視線を向ければ、ケイトさんは『心得た』とばかりに深く頷き、「ねぇ、二人とも」と声を掛《か》けた。

良かった。ケイトさんなら、きっと穏便《おんびん》に二人を落ち着かせて――。

「次は私の番よね？」

あれぇぇぇ――!?

「なっ⁉　ケイト、ずるいぞ！　私もまだ抱いてないのに！」

「私なんて、まだ触ってもないわ。──わっ、柔《やわ》らかい毛並み。ヘル・フレイム・グリズリーとは全然違うわ」

アイリスさんの抗議《こうぎ》をさらりと聞き流し、錬金生物《ホムンクルス》をロレアちゃんの手から取り上げたケイトさんは、両手でその身体《からだ》を撫で繰《く》り回す。

「ケイト、代わってくれ！」

「もうちょっと良いでしょ。この手触《てざわ》り、癖《くせ》になるわ。こちょこちょ」

「がう、がう！」

ケイトさんが仰向《あおむ》けにひっくり返してお腹《なか》をくすぐれば、錬金生物《ホムンクルス》は両手両足をぱたぱた動かして、気持ちよさそうに目を細める。

それを見たケイトさんの方も、緩みそうになる表情をなんとか堪《こら》えるかのように、口角をピクピクと動かしている。

うん、ダメだ。ケイトさんには期待できそうもない。

というか、素直に表情を崩《くず》せば良いのに。

体面を気にするような関係じゃないよね？　私たち。

その点、素直なのはアイリスさんだった。

ケイトさんに後ろから抱きつき、手を伸ばす。

「私！　次は私の番！」

「えぇー、誕生日に剣《けん》を貰《もら》って喜ぶようなアイリスに、この子は勿体《もったい》ないわ」

「そ、それとこれとは話が別だろう！　ケイトなんか貰ったぬいぐるみを、十《とお》を超《こ》えても毎日抱いて寝《ね》ていたじゃないか！」

「うっ。い、良いじゃない、ぬいぐるみ。女の子なら嬉《うれ》しいわよ。むしろ、可愛がってこその女の子よ。ねぇ、ロレアちゃん？」

一瞬《いっしゅん》言葉に詰《つ》まり、恥《は》ずかしそうに頰《ほお》を染めたケイトさんだったが、すぐに開き直ったように、ロレアちゃんに同意を求めた。

「同意します。だからケイトさん、返してください」

「あら、この子はみんなの子供みたいなものなんでしょ？　返してはおかしいと思うわ」

「だから、次は私で――」

このまま放っておくと埒《らち》が明きそうにないので、私はため息をついて介入《かいにゅう》した。

「はぁ……。アイリスさん、どうせ明日《あした》からは二人に同行させるんですから、その時に好きなだけ可愛がってください」

「そうです！　明日から独占《どくせん》できるアイリスさんじゃなく、ここは私に譲《ゆず》るべきです！」

「いや、そうじゃなくて――」

「うむ！　まずは、名前を決める方が重要だな！

「そっちでもないから！　あ、あのね？　名前を付けると、愛着が湧《わ》くでしょ？

錬金生物《ホムンクルス》は愛玩《あいがん》動物じゃないし、状況《じょうきょう》次第で死んじゃう危険性もあるから――」

私が躊躇いがちに口を挟《はさ》めば、三人揃《そろ》ってバッとこちらを振《ふ》り返《かえ》り、瞠目《どうもく》した。

「そんな！　こんな可愛い子に危険なことをさせるんですか⁉」

「店長殿《どの》ともあろう人が、そんな残酷《ざんこく》なことを⁉」

「私もそれはどうかと思うわ？」

口々に非難されて、私は気圧《けお》されるように身を引く。

「そ、そんなこと言われても……」

そのための存在なんだから、仕方ないじゃん！

アイリスさんたちの危険を、少しでも減らせるように作ったんだから！

錬金生物《ホムンクルス》を守って、アイリスさんたちが死んじゃったら何の意味もないんだよ？

「店長殿はこんな幼気《いたいけ》な動物を見捨てるのか⁉」

アイリスさんがケイトさんから奪《うば》い取《と》った錬金生物《ホムンクルス》を両手に抱《かか》え、私の前にぐいっと突《つ》き出《だ》すと、錬金生物《ホムンクルス》は解っているのか、いないのか、私の顔を見て小首を傾《かし》げる。

「がう？」

「うっ。くぅ〜」

わ、私だって、可愛《かわい》いとは思ってるんだよ？

でも、感情移入したら困るから、堪えているだけで！

「ほらほら、店長さん、素直になりましょうよ〜」

「温かくて、柔らかくて、可愛いですよ」

「もふもふ、気持ち良いぞ？」

「うぅ……」

可愛いことは知っている。

だって、私が可愛いと思う姿を想像して作ったんだから！

アイリスさんによって顔に押しつけられる錬金生物《ホムンクルス》が、もふもふで温かい。

「もふもふ〜」

「もふもふ〜」

「もふもふ〜？」

「わ——」

「わ？」

「解《わか》りました！　極力安全には配慮《はいりょ》します！　名前を付けても良いです！　でも、もしものときには、皆《みな》さんの方を優先しますからね!?」

「「「わぁ！」」」

嬉しそうに三人でパチンと手を合わせるアイリスさんたち。ちょっぴり疎外《そがい》感。

みんなの安全を思って、心を鬼《おに》にしていたのに……うぅ。悲しい。

「名前、何が良いだろうか？　店長殿は、何か希望はあるだろうか？」

親だから、と聞いてくるアイリスさんに私は軽く首を振る。

錬金術師《れんきんじゅつし》としては製造主と言って欲しいところだけど、多勢に無勢、もう諦《あきら》めた。

「もう好きにしてください。その間、これは預かっておきます」

私は軽く目を閉じて錬金生物《ホムンクルス》に意識を向けると、それを操作し、アイリスさんの手から抜《ぬ》け出してジャンプ、くるくるっと回転してテーブルに着地、私の前に座らせた。

「なぬっ!?　こ、こんなこともできるのか！」

「今のは私が操作しましたけどね。――問題はないみたいですね」

視覚、聴覚《ちょうかく》、触覚《しょっかく》、そして身体の操作。

座った今の状態なら難しくないけど、自分の身体と同時に動かすのは厳しいかな？

練達すれば錬金生物《ホムンクルス》と自分の身体、両方を扱《あつか》って戦えるらしい。でも、目を開ければ歩くだけでも視界が混乱しそうな私としては、ちょっと信じられない。

「ほへ～、やっぱり普通《ふつう》の動物じゃないんですねぇ」

「でしょ？　名前付けるの、止《や》める？」

「いえ、サラサさんが操作しないときは、自分で活動するんですよね？　それなら付けてあげるべきです」

「そうよね。名前は、大事よね」

「うむ。ケイトは持っているたくさんのぬいぐるみ、全部に名前を付けているものな」

「え、そうなんですか？」

さっき、アイリスさんがぬいぐるみ云々《うんぬん》言っていたけど、そんなにたくさん持っていたの？　それはちょっと意外。てっきり小さい時の話かと。

私とロレアちゃんが向けた視線を遮《さえぎ》るようにケイトさんが手を翳《かざ》し、頬を染める。

「も、もちろん、子供の頃《ころ》の話よ！　今は持ってないわよ、さすがに……」

「だが、実家の部屋《へや》にはすべてのぬいぐるみが――」

「ママが作ってくれたのに、捨てられるわけないじゃない！」

ビシリッと言ったケイトさんの言葉は、これまた意外……でもないかな？

カテリーナさんは、ケイトさんの母親だけあってかなり強い人だったけど、優《やさ》しそうでもあったから。

「……でも、解る気はします。捨てられませんよね、そういう物って」

「そうよね？　大事にするわよね？」

私も小さな頃は両親に貰った人形を持っていたし、名前も付けていた。

残念ながら両親が亡くなり、孤児院《こじいん》に入ったりする過程で失われてしまったけど、普通に暮らしていれば、今だって大事にしていたと思う。

「私も一つだけ、お母さんからお人形を貰って大事にしてますが……それなら、名付けはケイトさんにお願いするのが良いでしょうか？」

「折角だし、全員で案を出しましょ。店長さんは……興味がないみたいだから、三人で」

うんうん。良い名前を付けてください。

その間、私は錬金生物《ホムンクルス》を操って、ダンシング。

クルッて回って、ステップ踏《ふ》んで、ビシッ。

目を瞑《つぶ》った自分の顔を下から見上げる経験、ちょっと面白《おもしろ》い。

「――なぁ、店長殿。そのキレッキレの踊《おど》り、イメージが崩れるんだが」

「気にしないでください。明日には出かけるわけですし、私も練習が必要なので」

なんとも言えない表情を浮《う》かべる三人を代表して、アイリスさんから苦情が申し立てられたが、こちらにも事情がある。

私も初めて作った錬金生物《ホムンクルス》だから、色々と慣らさないとマズい。

いざというときに上手《うま》く動かせないとか、同調できないとかでは困るのだ。

「そう言われると反論しにくいな。先ほどまでのゆるふわを思い出して、案を……」

それでもチラチラと錬金生物《ホムンクルス》に視線を奪われつつ、しばらくの間考え込む三人。

その中で最初に答えを出したのは、ロレアちゃんだった。

「私は『クルミ』にします。胡桃《くるみ》っぽい毛の色なので——ちょっと金色寄りですけど」

——うん、可愛くて良いんじゃないかな？

「それなら私は……『マルク』にしようかしら？」

——普通だね？　男性名っぽいけど、錬金生物《ホムンクルス》って性別ないよ？

「ケイトの名前はいつもそんな感じだよな。理由がよく判《わか》らないというか」

「フィーリングよ。そういうアイリスは？」

「私は『サケ』だな！」

——ちょっと待って。

「ア、アイリスさん？　その名前は？」

「フフフ、さすがの店長殿も知らないか。これは北の方で採れる熊《くま》の好物なんだ！」

ドヤ顔で知ったかぶりをするアイリスさん、ちょっと可愛い。

でも、それってお魚の名前ですからね？

いや、『クルミ』だって食べ物の名前だから、別に良いといえば良いのかもしれないけど、イメージが……。

「えっと、それは——」

「そうは言っても、私も詳《くわ》しくは知らないんだがな。いったい、どんな木の実なんだろうな？　団栗《どんぐり》や栗《くり》みたいなのか、もしくは柿《かき》みたいな果実なのか……ちょっと不思議なところが錬金生物《ホムンクルス》に合っていると思わないか？」

「……………」

嬉しそうな表情を浮かべられても、返答に困る。

こんなときはケイトさん——も、知らないか。

アイリスさんの言葉を聞いても、何も言わないところを見ると。

この辺には生息どころか、流通すらしていない魚だからねぇ。

私みたいに学校に行って広範囲《こうはんい》の知識を身に付けるか、興味を持って調べなければ知る機会もない。

そしてそれは、当然にロレアちゃんも同じなわけで——。

「では、この三つから選びましょうか。どうやって決めます？」

「サケの名前なのだ。本人に決めさせよう」

「アイリス、まだ決まってないわよ？　店長さん、お願いできる？」

「えーっと……解りました」

否定できる雰囲気《ふんいき》でもない。不正ができないわけじゃないけど……あとは祈《いの》るのみ。

私が三人から等距離《とうきょり》の場所で錬金生物《ホムンクルス》の制御《せいぎょ》を解く。

「クルミ、クルミちゃんです！」

「マルクが良いと思うわ」

「サケ！　サケだよな？」

口々にそう言って手を差し出す三人を見て、窺《うかが》うようにこちらを振り返る錬金生物《ホムンクルス》。

それに私が頷《うなず》き返すと、しばらくの間、テーブルの上をうろうろした後――。

「がうがう」

「やりました！　私です！」

ロレアちゃんが差し出していた手の上に、錬金生物《ホムンクルス》改め『クルミ』がポンと飛び乗る。

良かった！　アイリスさんは避《さ》けられた。

「むぅ、クルミか。まぁ、クルミも悪くない。店長殿《どの》が選んだわけじゃないんだよな？」

「はい。自由にさせましたから。自分の名前決めと理解しているかは判りませんが」

錬金生物《ホムンクルス》の知能は、そこまで高くない。

けど、決して低くもない。

ある程度なら指示した通りに行動できるし、一定の行動を記憶《きおく》させ、それを実行させることもできる。

でも、私の気持ちを察してアイリスさんを避けるほどの知能は持っていない……はず？

なんか、思ったよりも賢《かしこ》そうにも見えるけど、気のせいだよね？

「それじゃ、名前はクルミで決まりね」

「明日《あした》から、しばらくよろしくな、クルミ」

「がうっ！」

ちょこんと座ったまま、片手を上げるクルミ。

カワイイ。

……うん、ま、いっか。

頭が良くて困ることは……ないよね？

No. 009

錬金術大全：第四巻登場
作製難易度：ノーマル
標準価格：6,000レア～

〈空想粘土〉

Hmfiginfitifin Alfiy

あなたが想像したままに形を取る特殊な粘土。『ただそれだけ？』と思ってはいけません。お客さんに商品説明をする時、新しい錬成具の構想を練る時、そして錬金生物を作る時の形状固定の練習に。意外にお役立ちアイテムです。

Episode 2

Tﬅ ﬅhﬃ ﬆﬁlﬁmﬁnﬀiﬀlﬁk'f Lﬁiﬁk

サラマンダーの棲み処へ

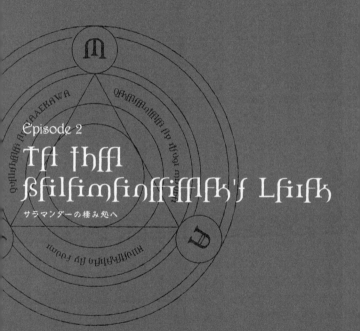

「それじゃ、アイリス君に、ケイト君。しばらくの間、よろしく頼《たの》むよ」

「任せてくれ」

「微力《びりょく》を尽《つ》くすわ。けど……凄《すご》い荷物ね？」

サラサとロレアに見送られ、当初の予定通り出立したアイリスたちだったが、森の入り口で合流したノルドラッドを見て、困惑《こんわく》気味に彼の背後を見遣《みや》った。

今回はやや長期の遠征《えんせい》になるため、アイリスたちも多めの荷物を持っていたが、ノルドラッドの背負っている荷物は明らかにその比ではない。

やや長身の彼の、腰《こし》の下から頭を超《こ》える高さまで。

そんな巨大《きょだい》な、しかもパンパンに膨《ふく》らんだリュックサック。

どう見ても重そうなそれを背負いながらも、足取りに危なげがないのは、ノルドラッドが鍛《きた》えられた肉体を持っているからだろう。

いや、そんな物を背負って調査をしているからこそ、鍛えられているというべきか。

どちらにしろ、普通《ふつう》の研究者とは一線を画している。

「これかい？　やっぱり調査には色々な道具が必要だからね。サラサ君の作ってくれたテントが予想以上に小さくて助かったよ。これなら常に持ち歩ける」

革製のテントという物は、案外重い。

軽さを優先したテントもあるのだが、森の中などの不整地で使うことが多い採集者にとって、コストや耐久性《たいきゅう》を考えれば、丈夫《じょうぶ》な革以外の選択肢《せんたくし》はないに等しい。

それに対し今回サラサが作った物は、錬金術《れんきんじゅつ》を用いて薄《うす》く軽い革の耐久性向上を図り、丈夫さと携帯性《けいたい》を兼《か》ね備《そな》えた物となっている。

その分、大きさは成人男性がやっと寝《ね》られるだけでしかないし、通常よりも大幅《おおはば》にコストが掛《か》かっているのだが、結果として大ぶりの水筒《すいとう》程度にまで小さくできているのだから、さすがは錬成具《アーティファクト》というところだろう。

「ふむ。であれば、もっと前に買っておけば良かったのではないのか？　ノルドはこれまでも頻繁《ひんぱん》に調査を行っていたのだろう？」

アイリスが『他人のテントに邪魔《じゃま》しなくても』と言外に言えば、ノルドラッドは不思議そうな表情を見せた。

「あれ？　もしかして、こういう錬成具《アーティファクト》を買いたいと思えば、簡単に買えるって思ってる？　はっきり言って、ここはかなり特殊《とくしゅ》だよ？」

受注生産という意味でのオーダーメイドであれば、多くの店で受け付けている。

だがそれは、錬金術大全に載《の》っている錬成具《アーティファクト》を作ってもらえるだけにすぎない。

フローティング・テントを例に挙げるなら、単純に浮《う》くだけの機能に、サイズ違《ちが》いが数種類のみ。今回サラサが作ったような、大きさ、素材、機能などがカスタマイズされた物を作れる錬金術師は、さほど多くない。

「中でも注文して数日で作ってくれる錬金術師なんて、ほとんどいないと思うよ？　それだけの腕《うで》があると、普通はいくつも注文を抱《かか》えているからね。田舎《いなか》のお店なら暇《ひま》してる人もいるけど、そうなると今度は、腕の方が、ね」

サラサのお店は極端《きょくたん》にしても、通常開店コストは都会が圧倒《あっとう》的に高く、田舎は安い。必然的に田舎で店を構える錬金術師は、都会でお店を持てなかった——つまり、技術に劣《おと》る錬金術師であることが多い。

もちろん、何らかの事情や酔狂《すいきょう》、早期リタイヤで田舎に居を構える高レベルの錬金術師もいるが、その数は決して多くない。

「つまり、店長殿はかなり特殊、と？」

「この国唯一《ゆいいつ》の養成学校を実質的に首席で卒業した上に、マスタークラスの弟子《でし》だよ？　それが特殊じゃなくて何なのさ。なんでこんな所にいるのか、不思議だよ」

「そう言われると、そうよね……？」

借金を抱えたアイリスたちにとって、錬金術師のお店はただ素材を売るための場所であり、錬成具《アーティファクト》を購入《こうにゅう》するような余裕《よゆう》も、錬金術師と親しくなるような機会もなかった。

村から出たことのないロレアに比べればマシだが、小さな騎士爵領《きししやく》で育ったアイリスたちも錬金術に対する知識はさほど深くなく、錬金術師の基準はサラサ。

彼女が特別なことは認識《にんしき》しているが、それがどれくらいかは理解していない。

はっきり言えば、認識して尚《なお》、世間一般《いっぱん》の常識とはややズレているのだ。

「しかし、ノルドは店長殿のことに詳《くわ》しいな？　……あぁ、そういえば、レオノーラの紹介《しょうかい》で来たんだったな」

「そういうことだね。ところでボクとしては、そっちも気になっているんだけど？」

ノルドの視線が向いているのは、アイリスの肩口《かたぐち》。

そこから顔を覗《のぞ》かせているのは、彼女が背負った袋《ふくろ》にしがみついているクルミである。

家を出た時こそ『やっと自分の番だ』とばかりに、嬉《うれ》しげにクルミを抱《だ》きしめていたアイリスだったが、これから護衛をするというのに手が塞《ふさ》がった状態はマズいだろう、とケイトに説得され、しぶしぶ袋の上に移動させたのだ。

「それって、錬金生物《ホムンクルス》だよね？　サラサ君の？」

「そうだ。よく判《わか》ったな？　店長殿《どの》が私たちを心配してつけてくれたんだ」

「これでも魔物《まもの》の研究者だからね。錬金術師と関わることも多いし、錬金生物《ホムンクルス》ぐらいは判るよ。その形は初めて見たけど」

「猫《ねこ》とかが多いのよね？」

「人気があるのはそうだね。あとは鳥とか。偵察《ていさつ》に使えるから。戦闘《せんとう》用だと狼《おおかみ》を使ってい
る人もいるかな？　珍《めずら》しいけどね」

大型の錬金生物《ホムンクルス》が珍しいのは、錬金術師が戦う機会なんてほとんどないことに加え、その作製難易度も影響《えいきょう》している。

まずは培養槽《ばいようそう》。必ずしも槽内で完成させる必要はないのだが、外に出してしまうと成長速度は普通の生物に近くなり、完成まで数十倍から数百倍の時間が必要となる。

クルミの場合はこれが完成形だが、普通サイズの熊《くま》にしようと思えば、頻繁に魔力《まりょく》を注ぎ続けて数年間。それだけの手間と時間がかかるのだ。

だからといって、熊サイズの培養槽を用意するのが難しいことは、言うまでもないだろう。作るのはもちろん、置き場所だってとるのだから。

更《さら》に魔力。必要量は錬金生物《ホムンクルス》の大きさに比例し、それに見合った魔力の供給ができなければ作製に失敗して、錬金生物《ホムンクルス》の身体《からだ》は崩壊《ほうかい》する。

加えて完成した後も定期的な魔力の補充《ほじゅう》が必要で、あまり大型の錬金生物《ホムンクルス》を作ってしまえば、日々の錬成作業にも影響が出る。

それ故《ゆえ》、現在の主流は小鳥や鼠《ねずみ》、魔力に余裕があっても猫ぐらいまでとなっている。

「実のところ、その錬金生物《ホムンクルス》、大きさ以外もちょっとおかしいんだけどね」

「ん？　何がだ？　確かに珍しいタイプなのかもしれないが、可愛《かわい》いだろう？」

手のひらにクルミを乗せて自慢《じまん》げに見せるアイリスに、ノルドラッドは苦笑《くしょう》する。

「それは否定しないけど、そうじゃなく。それって、自立行動してるよね？　普通は術者から離《はな》れた場所でそんなことはさせない――というか、できない、かな？」

錬金生物《ホムンクルス》は術者から離れれば離れただけ感覚の共有や操作、身体の維持《いじ》に必要な魔力消費が増え、それは錬金生物《ホムンクルス》に蓄《たくわ》えられた魔力により賄《まかな》われる。

そしてこれがゼロになったとき、錬金生物《ホムンクルス》は消滅《しょうめつ》する。

ノルドラッドの常識からすれば、下手《へた》をすれば数週間に亘《わた》って、それもかなり遠くへ行くことが解《わか》っていながら、錬金生物《ホムンクルス》を預けるというのはあり得ない。

途中《とちゅう》で崩壊しても構わないと考えているのか、それともそれだけの距離《きょり》、期間であっても維持できる自信があるのか。

「ということで、ちょっとだけ調べてみたいけど――」

「ダ、ダメだぞ！　クルミは渡《わた》さないぞ！」

アイリスがクルミを守るように抱きしめ、どう見てもマッドな笑《え》みを浮かべているノルドラッドから距離を取れば、ケイトもアイリスを守るように一歩前に出る。

「ノルドさん、クルミは店長さんが私たちを信じて預けてくれたの。さすがに研究対象として差し出すことはできないわ」

「だよね。帰ってから、サラサ君に相談するのが筋だよね」

受け入れられるとは思っていなかったのだろう。

ノルドラッドはあっさりと引くと、ウムウムと頷《うなず》いてにっこりと笑う。

「それじゃ、そろそろ出発しようか」

「……そうだな。ノルドは私たちの後についてきてくれ」

クルミを背中に戻《もど》したアイリスは、ノルドラッドをやや警戒《けいかい》しつつ森へと歩き出した。

森に足を踏《ふ》み入れて三日。

アイリスたちの行程は、ある意味では順調で、ある意味では停滞《ていたい》していた。

幸いなことに、あまり魔物に遭遇《そうぐう》することもなく進めているのだが――。

「おぉ！　これはサケメキノコじゃないか！　珍しい！　えっと、裂《さ》け目《め》の幅《はば》が三センチ、木の種類はニュークライト、湿気《しっけ》が多めで、周囲に生えている苔《こけ》は――」

「むっ！　ここに生えているのはブレフキャリオだな。地下茎《ちかけい》の太さは……かなり太いな。

これは土が影響しているのか？」

「やや⁉　この水辺にはメオニディースが群生している！　水中花は……まだないな。時季的にはそろそろのはずだが、場所の影響か？」

停滞の原因はコレ――ノルドラッドの調査である。

一度足を止めると、下手をすればその場で一時間以上。

これでは距離が稼《かせ》げるはずもないが、これまではアイリスたちも黙《だま》って待っていた。報酬《ほうしゅう》はかかった日数分、予定が遅《おく》れたところでアイリスたちに損はない。

だがそれが三日も続けば、さすがに焦《あせ》りも湧《わ》いてくる。

食料に限りはあるし、長時間立ち止まっていれば、たまには魔物も襲《おそ》ってくる。

それを斃《たお》せば周囲に血の臭《にお》いが広がり、更に魔物を呼び寄せるが、それでもノルドラッドはなかなか動こうとせず、そこから引き剝《は》がすためにかなりの労力を必要とする。

これでは文句を言うなというのも無理な話――だが、相手は依頼主《いらいぬし》。

「なぁ、ノルド。言いにくいのだが、いくら何でも時間をかけすぎじゃないか？　準備期間中も森に入って調査していたんだろう？　もう十分じゃ――」

遠慮《えんりょ》がちに言ったアイリスだったが、ノルドラッドはそれを力強く否定した。

「村の周辺は調査したけど、この辺りはまた植生が違うんだよ！　これを調査しないなんて、研究者としてあり得ない！」

「む……、私に研究のことは解らないが、食料の問題もある。現地での調査期間を考えると、あまりゆっくりはできないと思うのだが？」

「そうよね。帰路も考えると、このペースだと余裕はないわよね」

「そう言われると……」

二人の論理的な反論に、ノルドラッドも口ごもる。

彼の研究熱がどれほど高かろうと、飲まず食わずで研究を続けられるほど人間をやめていないし、アイリスたちに関しては言うまでもない。

「……さすがに、君たちに雑草スープを食べさせるわけにはいかないか」

「そんな物を食べていたのか⁉」

「研究の状況《じょうきょう》次第《しだい》では？　結構、食べられるものだよ？」

「余裕を持って研究に取り組め！　第一、あの辺りには雑草すら生えていないからな⁉」

平然と答えたノルドラッドに、アイリスが吼《ほ》える。

「……もしかして、さっきから植物ばかり調査しているのも、それに関係しています？

ノルドさんって、魔物の研究者ですよね？」

「少しね。本当はボク、魔物より虫や植物の研究がしたかったんだよ」

「ん？　すれば良いのではないか？」

「それができれば苦労しないさ。ボクも雑草だけ食べて生きてはいけないし……。虫の研究にお金を出してくれる人がいると思う？」

「……いそうにないですね」

ケイトが少し考えて首を振《ふ》れば、ノルドラッドもまた、苦笑して肩《かた》をすくめる。

「だろ？　植物でも錬金術師《れんきんじゅつし》に先んじることなんてほぼ無理だから、こっち方面で糧《かて》を得るのは難しいんだ。だから魔物研究の合間に、趣味《しゅみ》で調べるぐらいしかできなくて」

ケイトは『合間にしては時間を使いすぎじゃ』と思わなくもなかったが、ノルドラッドの言葉には頷かざるを得ない。

植物も虫も実用面、つまりお金になる研究には、多くの錬金術師が取り組んでいる。

その反面、生態などに関しては手薄《てうす》だが、こちらはなかなか利益に結びつかない。

魔物の研究に褒賞金《ほうしょうきん》が出るのは、それが安全に役立つと国が判断しているからこそで、虫や植物の研究が認められる可能性は限りなく小さい。

「お金になる研究か……植物の栽培《さいばい》方法はどうだ？　錬金術師にしか育てられない薬草、その一般的な栽培方法を確立できれば、大きな利益を生むんじゃないか？」

「薬草栽培……それを普通《ふつう》の人でもできるように……？」

アイリスの提案を聞いたノルドラッドは、立ち止まって考え込む。研究論文を売ること
しか考えてこなかった彼にとって、それは大胆《だいたん》な発想の転換《てんかん》だった。

「だが、自分で育てても大した利益は……あぁ、だからこその『栽培方法の確立』か」

腕《うで》を組んでブツブツと呟《つぶや》き始めたノルドラッドを見て、アイリスたちも足を止めたが、
これで今後が楽になるならと、何も言わずにその場で待機する。

「つまり、人を雇《やと》って育てさせれば、ボクは何もせずに、研究に打ち込める？　論文を書いたその時だけじゃなく、継続《けいぞく》的に資金が？　――うん、そうだよ！　考えつかなかった！　ありがとう、アイリス君！　君は天才だ！」

パッと顔を上げたノルドラッドは、アイリスの手をガシリと掴《つか》むと、満面の笑みでその手を上下にブンブンと振る。

「あ、いや、一応言っておくが、そう簡単に成功するとは思えないぞ？　誰《だれ》もやっていない――かどうかは不明だが、一般的でない以上……」

「もちろんそれは解っているさ！　だがボクには、積み重ねてきた研究成果がある。これまでは完全に趣味だったけど、今回のサラマンダー調査が認められれば、かなりの褒賞金が見込めると思うんだ。それを元手にやってみるよ！」

ノルドラッドはアイリスの手を握《にぎ》りしめたまま目を輝《かがや》かせるが、アイリスの方はその熱

量に困惑《こんわく》したように身を引くと、その手をそっと解く。

「そ、そうか。頑張《がんば》ってくれ。そのためにもサラマンダー調査で結果を出さないとな？」

「そうだね！　それじゃ、先を急ごう！」

ノルドラッドの興味の矛先《ほこさき》が移ったことで、移動速度は大幅《おおはば》に上がった。

数日ほどで遅れを取り戻し、ほぼ予定通りに溶岩《ようがん》トカゲが生息する山へと到着《とうちゃく》した一行だったが、高くなり始めた気温に次第にノルドラッドの足が鈍《にぶ》る。

当然、防熱装備は身に着けているが、涼《すず》しげなアイリスたち二人に比べ、ノルドラッドはかなりキツそうで、滲《にじ》む汗《あせ》を何度も拭《ぬぐ》いながら足を進めていた。

「ふぅ、少し暑いね。……君たちの装備は、どの程度まで耐《た》えられるんだい？」

「店長さんによると、溶岩に足を突《つ》っ込《こ》んでも数秒なら大丈夫《だいじょうぶ》、だったかしら」

「うむ。ただ、覆《おお》われていない部分はダメだから、注意するように、だったか？」

「それは……想像以上に凄《すご》いね？」

アイリスたちから返ってきた答えにノルドラッドは目を丸くしたが、そもそも二人の装備は、サラサが安全性優先、コスト度外視で用意した代物《しろもの》。

サラマンダーのブレスに曝《さら》されても生き残れるようにと、普通の防熱装備とはまったく異なる品質で作られている。

その性能は溶岩の隣《となり》で激しい戦闘《せんとう》ができるほどで、通常は完全にオーバースペック。

当然、本来であればアイリスたちに手が出るようなお値段ではないのだが、サラサはそのあたりのことを詳《くわ》しく説明せず、報酬代わりにポンと譲《ゆず》り渡していた。

「だが、サラマンダーを調査するんだ。ノルドの物もそれなりだろう？」

「本当にそれなりなんだよ。普通に店売りの物だから、溶岩の傍《そば》でもなんとか耐えられるってレベル。溶岩に足を突っ込めば、普通に死ねるね」

本来、店売りの防熱装備は、溶岩トカゲが生息しているエリアで活動できる程度の性能しかなく、サラマンダーがいるような高温環境《かんきょう》になると、『取りあえず生存は可能』というだけで、長期間の活動や戦闘行動はかなり厳しい。

ノルドラッドが持つ装備も高レベルの錬金術師が作製した物だが、通常品とカスタムメイド、その差は歴然としていた。

「ま、溶岩の中に入る予定はないし、問題はないよ。体力はあるしね」

「本当に大丈夫か？　この装備でも、サラマンダーの棲《す》み処《か》では辛《つら》かったんだが……」

「そう？　ボクの場合、ちょっと汗が滝《たき》のように出て、たまに脱水症状《だっすいしょうじょう》で目眩《めまい》がして、一日に一回程度、意識を失いかけるぐらいだったけど？」

事実である。護衛していた採集者がいなければ、ノルドラッドは前回の調査地で、脱水症状か熱中症《ねっちゅうしょう》で死んでいたことだろう。

彼が護衛を見つけられなくなったのは、当然、この奇行《きこう》が原因である。

「そんなわけで、大丈夫だよ。鍛《きた》えているからね」

グッと見事な筋肉を誇示《こじ》するノルドラッドだが、常人がそれで納得できるはずもない。

「いや、それは大丈夫と言わないだろう⁉」

「確かにノルドさんは鍛えているようですが、それでどうにかなるものでは……」

「う〜ん、前回はなんとかなったんだけどなぁ」

それは単に運が良かっただけである。

筋肉でなんとかなるほど、脱水症状や熱中症は甘くない。

必要なのは筋肉に対する信仰《しんこう》ではなく、水分と塩分の補給だ。

「それでよく今まで生き残ってこられたな？　幸い、水には余裕《よゆう》があるが……」

麓《ふもと》にある水場は前回来た時に確認済《かくにんず》みで、アイリスたちは水袋《みずぶくろ》を満杯《まんぱい》にしているが、場所が場所だけに、ノルドラッドの状況からしても万全とは言《い》い難《がた》いだろう。

「この先に水場はないんだよね？」

「温水なら出ているが、飲めるかどうかは不明だな。ノルド、調べられないか？」

「可能、不可能で言えば、可能だよ。あまり期待はできないけど」

熱水による泥濘《でいねい》が多くあることからも判《わか》る通り、この山に湧水《ゆうすい》は多いが、高温であることを無視しても、それらを飲料水として使えるかといえば、かなり厳しい。

大半の湧水は見た目からしてとても飲めそうにないし、一見綺麗《きれい》に見えても油断できないことを、ノルドラッドは経験として知っていた。

腹を下すぐらいならまだマシ、下手《へた》をすれば命に関わる。

少量ならまだしも、飲料水として長期間使うことは、できれば避《さ》けるべきであろう。

ちなみに、前回ノルドラッドが無事に生き残れたのは、護衛の尽力《じんりょく》に加え、運良くすぐ近くに、飲用可能な冷泉が湧いていたことによる。

「ま、たぶん大丈夫だよ。前回も何とかなったんだから」

根拠《こんきょ》もなく気楽なことを言うノルドラッドに、アイリスとケイトは揃《そろ》ってため息。

嫌《いや》な予感を抱《いだ》きつつも、これもお仕事と、歩き出した彼の後を追った。

◇　◇　◇

溶岩トカゲの生息地に到達《とうたつ》したノルドラッドは、メモを片手に周囲を観察したり、泥濘の温度を測ったり、錬成具《アーティファクト》でガスを測定したりと、精力的に調査を行っていた。

アイリスたちは護衛としてその周囲に立っているが、前回来た時と同様、溶岩トカゲが積極的に襲《おそ》いかかってくることはない。

ここにいたのがヘル・フレイム・グリズリーであればまた別だったのだろうが、サラサがサラマンダーを斃《たお》してそれなりの日数が経過しているにも拘《かか》わらず、少なくともアイリスの目で見た限り、周辺の生態系に変化はなかった。

「ふむふむ、やっぱりヘル・フレイム・グリズリーはいないんだね」

「店長殿曰《どのいわ》く、追い出されたのだろう、と。そのおかげで、村が襲われたのだが」

「村が襲われるかはともかく、溶岩トカゲによってヘル・フレイム・グリズリーなど、他《ほか》の魔物《まもの》が行き場を失うのはよくあることみたいだね。前回の調査地でも、サラマンダーの周辺にいたのは、溶岩トカゲだったし」

「ノルドさん、他の魔物がサラマンダーの周辺にいることはないの？」

「う～ん、調査中、というべきかな？　今のところ、溶岩トカゲ以外を見たことはないけど、まだサンプル数が少ないから」

「それを調べるのが、研究者、ということか」

「そうだね。サラマンダーだけを調べるんじゃなくて、その周辺の関連する物までしっかり調べてこそ評価される――つまり、褒賞金を多くもらえる」

ある意味では少々生々しい、だがとても重要なノルドラッドの言葉に、アイリスが『なるほど』と感じ入ったように頷《うなず》くと、彼はにんまりと笑って言葉を続けた。

「前回の調査地では、そこまで手が回らなかったから――ということで、アイリス君。ちょっと溶岩トカゲを生け捕《いど》りにしてくれないかい？」

「「……………はい？」」

揃って暫《しば》し沈黙《ちんもく》、仲良く首を傾《かし》げたアイリスたちに、ノルドラッドは肩をすくめる。

「いや、だって、なんで溶岩トカゲは、沸騰《ふっとう》する泥濘に入っても生きていられるのか、不思議だと思わないかい？」

「……魔物だからじゃないのか？」

「それで片付けてしまっては、魔物の研究なんてできないよ。可能なら原理の究明、それができなくても、どれぐらいの温度まで耐えられるのか、火で燃やした場合はどうなのかなど、調査しないと」

「単純な生態調査だけじゃないんですね」

「そうだね。見たことだけを書いても大して評価されない。それに、よく知られている情報でも、実際に自分で実験して確かめないと。仮に同じ結果になるとしてもね」

言っていることはとてもまともで、ある意味、研究者の鑑《かがみ》。

しかし、要求していることは、かなり無茶。

遠距離《えんきょり》から溶岩トカゲの目を射貫《いぬ》けるケイトを以《もっ》てしても、その生け捕りは簡単にできることではない。

いや、射貫けることが意味を持たないというべきだろう。

生け捕りなんて完全な力業。

サラサのような魔法使《まほうつか》いでもなければ、体力、筋力こそが物を言う。

もっとも、普通の装備では触《さわ》っただけで火傷《やけど》してしまう溶岩トカゲ。

防熱装備がなければ取り押《お》さえることすらできないのだが。

「……やるの？　アイリス」

ケイトが窺《うかが》うように確認すれば、アイリスは渋面《じゅうめん》でしぶしぶと頷く。

「やるしかないだろう。相場以上の報酬《ほうしゅう》を貰《もら》うんだ。依頼《いらい》者の要望は無視できない」

「そうよね、楽な仕事で高い報酬なんて、ないわよね。アイリス、身体強化の方は？」

「後のことを考えなければ五分程度はいけるが、動けなくなるわけにはいかないからな。現実的には二、三分が限度だろう。ケイトの魔法は？」

「多少地面を軟《やわ》らかくすることはできるけど、その程度ね」

ケイトたちがサラサから魔法を習う傍《かたわ》ら、魔力での身体強化を習っているアイリス。魔法とは違《ちが》い意外な才能を見せた彼女は、まだまだ未熟であるが、現状でも短時間なら屈強《くっきょう》な男を上回る膂力《りょりょく》を出すことができるようになっていた。

つまり、溶岩トカゲの捕縛《ほばく》も不可能ではないのだが、如何《いかん》せん人手が足りない。

「基本的には、押さえつけてロープで縛《しば》るしかないと思うが……」

「どうやってそこまで持っていくか、よね。……罠《わな》とか？」

「だが、私が上半身を押さえても尻尾《しっぽ》がある。あの攻撃《こうげき》もかなり強力だぞ？」

「私だけじゃ……ノルドさんも手伝《てつだ》ってくれますか？」

「ボクにできることなら、もちろん。戦いは得意じゃないけど、筋肉なら貸せるよ？」

それを言うなら力である。

だが、あれだけの荷物を背負って、アイリスたちに平然とついてくる体力と筋力はかなりのもの。溶岩トカゲの生け捕りに役立つことは間違《まちが》いない。

それ故《ゆえ》ケイトは、細かいことはさらりと流し、本来の要求を提示する。

「助かります。ただ、できれば研究者としての知恵《ちえ》も貸して欲しいんですが？」

「知恵？　筋肉じゃなく？　だったらあれだね。生け捕りのときにいつも使っている網《あみ》があるから、あれを使おう。特殊《とくしゅ》な網だから、溶岩《ようがん》トカゲにも対応できると思う」

――そんな物があるなら、最初に教えて欲しかったわ。

――研究者は頭脳労働者じゃなかったか？

二人はそんな気持ちを呑《の》み込みつつ、細かい手順を詰《つ》めていった。

ケイトが放った矢が溶岩トカゲの頭に当たり、カツンと撥《は》ね返《かえ》された。

だが、それで問題ない。単独の溶岩トカゲは、反撃《はんげき》よりも逃走《とうそう》を選ぶ。

それは既《すで》に何度も経験していること。

「アイリス！　行ったわよ！」

「あぁ！　ていっ！」

待ち構えていたアイリスが、軽く攻撃を加えて逃《に》げる方向を調整。溶岩トカゲを追い込んだのは、ケイトが作った泥状《どろじょう》の地面にノルドラッドの網を隠《かく》した場所。

ここに至るまでには、単独でのんびりしていて、逃げる方向が調整でき、罠を仕掛《しか》ける余地もある、そんな都合の良い場所にいる溶岩トカゲを探すという、かなり困難な作業があったのだが、取りあえずは割愛《かつあい》。

折角そんな溶岩トカゲを探し当てても、罠を仕掛けている間に移動されたり、想定した方向に逃げずに失敗したりという苦労もあったのだが、そっちも割愛。

幾多《いくた》の困難を乗《の》り越《こ》え、ついに溶岩トカゲを罠に追い込んだ二人は口を揃えて叫《さけ》んだ。

「「ノルド（さん）!!」」

「任せてくれ！」

ノルドラッドがロープを引けば隠していた網が跳《は》ね上がり、溶岩トカゲに絡《から》みつく。

動きを阻《そ》害《がい》された溶岩トカゲはバタバタと逃《のが》れようとするが、そこにアイリスが突《つ》っ込《こ》んで、伸《の》し掛《か》かるようにその頭を押さえ込んだ。

「くっ、熱い！　急いでくれ!!」

本物の溶岩すら耐《た》えうるアイリスの装備なら、溶岩トカゲの体温でも問題はない。

しかし、表に出ている顔には効果が薄《うす》いし、触《ふ》れてしまえば火傷は確実。

それを避けつつ、暴れる溶岩トカゲをなんとか押さえつけるアイリスだが、筋力は強化できても体重差は大きく、ズリズリと引きずられてしまう。

慌《あわ》てて駆《か》け寄《よ》ったケイトが後ろ足にロープを掛けようとするが、溶岩トカゲの足の爪《つめ》は鋭《するど》く、それに引っ掛けられただけでも大怪我《おおけが》は免《まぬか》れない。

「し、尻尾も、かなり力が強いな!?」

ノルドラッドも抱きつくようにして尻尾を押さえるが、溶岩トカゲも必死である。

ビッタン、バッタン、勢いよく地面に叩《たた》きつけられる尻尾の威力《いりょく》は大きく、転がっている岩を砕《くだ》くほど。まともにくらえば骨などあっさり粉砕《ふんさい》されるだろう。

「ぐぬぬ……」

地面に足を引っ掛けて、必死で踏《ふ》ん張《ば》るノルドラッドだったが——。

「ぬあっ！」

僅《わず》かに足が滑《すべ》ったその瞬間《しゅんかん》、ノルドラッドの身体《からだ》が大きく宙を飛ぶ。

そしてすぐに落下、『ドンッ！』という重い音と共に、岩に叩きつけられた。

「ノルド！　大丈夫《だいじょうぶ》か⁉」

「も、問題ない……。鍛《きた》え上げたこの筋肉がなかったら、危なかったけどね！」

尻尾に強打されたわけではなく、放り投げられたのが良かったのだろう。

頭を振《ふ》りつつ身体を起こしたノルドラッドは、その言葉通り、大きな怪《け》我《が》もない。

ふぅと息を吐《は》きつつ、グッと力こぶを作ったノルドラッドを見て、アイリスのこめかみに青筋が浮《う》かぶ。

「なら、その筋肉で早く尻尾を押さえつけろ！」

アイリスたちにとって、溶岩トカゲがさほど脅威《きょうい》でなかったのは、場を整えて有利な状《じょう》況《きょう》で対峙《たいじ》していたからこそ。普通《ふつう》なら、容易《たやす》く斃せるような相手ではない。

身体強化でなんとか保《も》たせているが、それが切れてしまえば均衡《きんこう》は崩《くず》れ、アイリス自身の命にも関わりかねない。彼女の言葉が乱れるのも当然だろう。

「無理なら殺す！　──場合によってはお前も」

「ま、待って、待って！　今行くから!!」

不穏《ふおん》な言葉と共にアイリスが腰《こし》の剣《けん》に手を伸ばすのを見て、ノルドラッドは慌てて立ち上がり、溶岩トカゲの尻尾に飛びつく。

「や、やっぱりかなり強い！　ぐっ、このっ！」

先ほどのことで学習したのか、振り回す威力の強い尻尾の先ではなく、できるだけ根元部分を押さえようとするノルドラッドだが、彼をしても溶岩トカゲの筋力は驚異《きょうい》的。

いや、アイリスと違い、素《す》の膂力だけで、ある程度でも押さえられるノルドラッドが驚異的というべきか。

だが、何とか拮抗《きっこう》しているのも、他二人の頑張《がんば》りがあってこそである。

「こ、この力の強さが、ヘル・フレイム・グリズリーを追い出せる要因なのかな！」

「こんなときでも研究なの!?」

「ぐぅう、斃すだけなら、あっさり斃せるのにっ！」

「頑張って、アイリス！　もうちょっとだから！」

足を結び終わったケイトが胴体《どうたい》にもロープを回し、溶岩トカゲの動きを制限。

罠に使った網も更《さら》に絡ませ、身体をひっくり返し、ゴロゴロと。

そうしてアイリスたちからすれば、永遠とも思える格闘《かくとう》を続け……。

ついに溶岩トカゲは完全な簀《す》巻《ま》き状態となり、のたのたと蠢《うごめ》くだけになったのだった。

「や、やったわね！」

「あぁ！　やったな！」

地面にぺたんと腰を落とした二人は眩《まぶ》しい笑《え》みを浮かべ、パチンと手を合わせる。

防熱装備があっても防ぎきれない熱気と、激しい格闘によって噴《ふ》き出した汗《あせ》が顔を流れるが、無事捕《ほ》獲《かく》に成功した今となっては、それすらも気持ち良い。

ケイトは水を一口飲み、それをアイリスに渡《わた》すと、フードを脱《ぬ》いで汗を拭《ぬぐ》う。

そして、同様に汗を拭っている彼女と顔を見合わせて微笑《ほほえ》み、揃《そろ》って息を吐《は》いた。

「今回のは、さすがに疲《つか》れたな」

「ええ、本当に。でもやっと――」

「うん。じゃあ、この調子で、あと数匹捕《ひきつか》まえてくれ」

「「え……？」」

信じたくない言葉に二人は笑顔を凍《こお》りつかせ、ゆっくりとノルドラッドへ顔を向ける。

「だってほら、検証には対照実験が必要だから。何匹《ひき》か必要だよね？」

自身もかなりの苦労をしたはずなのに、平然と笑顔で言い放つノルドラッド。

アイリスたちは溶岩トカゲを罠に掛けるまでに掛かった時間と、その後の格闘を思い返し、ノルドラッドをじっと見つめるが、彼の笑顔は崩れない。

「『……』」

「ノルドさん、『何匹か』ってことは、もう一匹《いっぴき》ってことじゃないんですよね？」

「当然だよ。二匹を比較《ひかく》しても、大した意味はない。最低でも三匹、可能なら五、六匹《びき》は欲しいよね。正確な実験結果を得るためには」

「……ノルド、程々という言葉を知っているか？」

「研究者の辞書にはない言葉だね。代わりに『厳密』という言葉が載《の》っているんだ」

臆面《おくめん》もなく言うノルドラッドに、アイリスたちは虚《うつ》ろな瞳《ひとみ》で空を見上げるのだった。

アイリスたちの試練は、それだけでは終わらなかった。

「溶岩トカゲって、特に高温の泥《どろ》の中に卵を産むらしいんだよね。ケイト君、ちょっと探《さぐ》ってみてくれないかい？」

「この高温の泥の中をですか⁉」

「だって、何故《なぜ》ゆで卵にならないか、不思議じゃないかい？」

「不思議でも、近付くと危険が……」

「この柄《え》が付いた網を貸すから」

「唐突《とうとつ》に熱水が噴き出すこともあるんだけど⁉」

「防熱装備があれば、大丈夫さ！　たぶん」

「「……」」

「単独でいる溶岩トカゲを攻撃した場合は逃げ出すけど、集団でいる場合は反撃されるという話、知ってる？」

「……あぁ、聞いたことはある」

「次はどの程度の集団なら、反撃されるか、検証しようか」

「いやいや！　反撃されたら危ないんだが⁉」

「んー、頑張って！」

「そ、それはさすがに……」

「ついでに、個体同士がどのぐらい離《はな》れていれば集団と見なされないのか、そのあたりの検証もしたいよね」

「「………」」

「そうそう、火炎石《かえんせき》も調査に必要だったんだ。すまないがアイリス君、できるだけたくさん拾い集めてくれ」

「溶岩トカゲが食べて、ほとんど転がっていないのに⁉」

「大丈夫。ほら、あそこの熱水の噴き出し口付近とか、結構残っているよ？」

「いや、熱にはなんとか耐えられても、危険なガスとか――」

「有毒ガス検知ができる錬成具《アーティファクト》、あるよ？」

「…………」

◇　◇　◇

「……やっと、本調査ね」

「あぁ……。本当に、やっと、な」

長き苦行を終えた二人の言葉には、万感の思いがこもっていた。

護衛を引き受ける採集者がいなくなった理由、そして相場よりも大幅《おおはば》に高い報酬《ほうしゅう》を貰《もら》える理由、それを身を以《もっ》て実感する日々。

サラマンダーの巣へと続く洞窟《どうくつ》を下りながら、絞《しぼ》り出《だ》すように言葉を漏《も》らす二人に対し、その後ろを歩くノルドラッドの足取りは軽い。

右手には明かりの錬成具《アーティファクト》、左手には簀巻きにされた数匹の溶岩トカゲ。

それをズリズリと引《ひ》き摺《ず》りながら、嬉《うれ》しそうにニコニコと笑っている。

だが、それもそのはず。前回の調査地では護衛の採集者に拒否《きょひ》されてできなかった各種調査・実験が、アイリスたちが流した血の汗によって実現したのだから。

「いやぁ、助かったよ。あとはそんなに大変なことは残ってないから！」

「……本当か？　本当にか？　本調査はこれからなのに？」

「もちろん！　調査は事前準備が大事だからね。大丈夫だよ！」

ノルドラッドは朗《ほが》らかに笑って、グッと親指を立てる。

これまでの実績から疑心暗鬼《ぎしんあんき》に囚《とら》われているアイリスだが、実のところノルドラッドとしては、彼女たちが拒否すれば無理強《むりじ》いするつもりはなかったのだ。

だが、不満を漏らしつつもしっかりと仕事を熟《こな》す二人に、やや要求がエスカレートしたことは否《いな》めず、少々やりすぎたとは反省していた——彼にとっては珍《めずら》しいことに。

つまりは、それぐらいに無茶をした、とも言えるのだが。

アイリスたちの育ちの良さと真面目《まじめ》さが禍《わざわい》し、そしてノルドラッドにとっては幸いした結果と言えるだろう。

「仕事だから、できるだけのことはするが……」

「店長さんと違《ちが》って、一般人《いっぱんじん》なのよね、私たち」

サラサが聞けば、きっと『私も一般人です！』と、あまり賛同者がいない主張をするだろうが、残念ながらこの場にサラサの擁護者《ようご》は存在しない。

「ははは、無事に終われば、報酬に少し色を付けるから、もうちょっと頑張ってくれ」

「むぅ。普通であれば、契約《けいやく》以上は必要ないと断るところなのだが……」

途中《とちゅう》までは『日給に比して楽な仕事』と、申し訳なさすら感じてた二人だったが、溶岩《ようがん》トカゲの生息域に入った後は、これまでの楽さを取《と》り戻《もど》すかのように無茶《むちゃ》振りの連続。

高い日給にふさわしい——いや、それまでとは逆の意味で日給に見合わない仕事を要求され、彼女たちの精神と体力はガリガリ削《けず》られることとなった。

「正直言って私、クルミがいなければ、ノルドに殺意が芽生えてたぞ？」

「まったくですね」

「がう？」

名前を呼ばれたクルミが、アイリスの背中で不思議そうに首を傾《かし》げる。

直接は何もしていないクルミであるが、そのもふもふは二人の精神を癒《い》やしていた。

殺意云々《うんぬん》は冗談《じょうだん》にしても、もしその癒やしがなければ、アイリスたちが最後までノルドラッドの実験に付き合うことはなかっただろう。

ジロリと向けられた意外に鋭《するど》い視線に、ノルドラッドは冷や汗を垂らす。

「そ、それは、サラサ君には感謝だね！」

「クルミにもな。――っと、着いたぞ。ここがサラマンダーのいた場所だ」

洞窟を下りきったそこは、輝《かがや》く溶岩によって赤く染まる灼熱《しゃくねつ》の空間だった。

防熱装備なしには辿《たど》り着《つ》くことすら困難で、人間の存在を拒むかのような場所。

だがノルドラッドは周囲を見回すと、両手を広げて嬉しそうに声を上げた。

「これは、これは。典型的なサラマンダーの棲《す》み処《か》だね！」

「実際にいたからな。特に変化は……ないようだな」

前回来た時との違いは、そこにサラマンダーが存在しないことぐらいである。

「うん、実験にはちょうど良い感じだね。それじゃ早速《さっそく》――」

ノルドラッドは持っていた明かりの錬成具《アーティファクト》を地面に置くと、溶岩トカゲを引きずって溶岩に近付き、一匹の尻尾《しっぽ》をその中にドボン。残虐《ざんぎゃく》なる動物虐待を始めた。

当然、溶岩トカゲは胴体をくねらせてジタバタと暴れるが、彼はそれを押《お》さえつけ……尻尾を引き上げる。

「少しの時間であれば、問題ないようだね。さすがは〝サラマンダーもどき〟」

「……えっと、ノルド？　それは？」

少し嬉しそうなノルドラッドを見て、表情をやや引きつらせつつアイリスが尋《たず》ねるが、彼は平然と答える。

「溶岩トカゲが溶岩に耐《た》えられるかの実験だよ？」

「いや、それは名前だけで、実際には溶岩中では生存できないのだろう？」

少なくともアイリスは、サラサからそう聞いていた。

「ボクもそれは知っているけど、自分で確認《かくにん》したわけじゃないからね。『そう本に書いてありました』じゃ、研究論文として、如何《いか》にも情けないだろう？」

「そのための実験、なのか？」

「検証されていない研究論文なんて、ただの妄想《もうそう》の垂れ流しだからね」

そして再びドボン。時間を延ばしつつ何度か繰《く》り返《かえ》し、やがて尻尾が炭化してしまう頃《ころ》には、溶岩トカゲの抵抗《ていこう》は弱々しいものになっていた。

「想像よりも、熱に強いな……。さて、次は下半身、いってみようか！」

そんな無慈悲《むじひ》な言葉と共に、どっぷりと溶岩に浸《つ》けられた溶岩トカゲは再び暴れ出すが、やはり押さえつけられて動きを制限される。

「曲がりなりにも、溶岩の中で動けているのは……何でだろうね？」

「………」

繰り返される冷酷《れいこく》な実験。控《ひか》えめに見ても動物――いや、魔物虐待《まものぎゃくたい》。

普通《ふつう》に見れば拷問《ごうもん》風景。

まるで、『一思いに殺《や》ってくれ！』とでも訴《うった》えかけるような、溶岩トカゲの意外につぶらな瞳に、アイリスたちは良心を刺激《しげき》され、そっと視線を逸《そ》らす。

そして目に入る、対照実験要員。

僅《わず》かな可能性にしがみつくように、簀巻《すま》きにされたまま、なんとか逃《のが》れようと暴れるその姿に、二人は涙《なみだ》すら禁じ得なかった。

とはいえ、捕縛《ほばく》の苦労を思い返せば、間違《まちが》っても逃《に》がしてやろうなんて考えは俎上《そじょう》にも載らないし、涙も引っ込んでしまう程度なのだが。

普通の動物ならまだしも、相手は魔物。

むしろ、折角の溶岩トカゲが、素材すら得られない状態で何匹《ひき》も消費される、そちらの方に涙が出そうである。

「――うん、取りあえずはこんなものかな？」

だが、実験自体は見ていて決して楽しいものではなく、ノルドラッドのその言葉に、アイリスたちはそっと息をついた。

だが次の瞬間《しゅんかん》、満足そうに頷《うなず》いたノルドラッドは、満身創痍《まんしんそうい》に近い溶岩トカゲを、もう用はないとばかりに溶岩の中へと蹴《け》り込んだ。

溶岩トカゲの動きを制限していたロープは、当然溶岩に耐えられるわけもなく、すぐに焼け落ち、溶岩トカゲは自由を取り戻すが、それも僅かな時間。

溶岩の中で藻《も》掻《が》いていたその身体《からだ》も、やがては燃え上がり、ゆっくり沈《しず》んでいった。

ノルドラッドはそんな溶岩トカゲの様子を、冷静な目でじっと観察し、手元のノートに結果を書き留めていく。

「「………」」

非情である。もちろん、魔物を治療《ちりょう》するなんてことがあり得ないのは、アイリスたちも理解しているのだが――。

「さて。じゃあ、対照実験としてもう一度だね」

そう言って、簀巻きにされた溶岩トカゲに平然と手を伸《の》ばすノルドラッドを見て、アイリスたちは揃《そろ》って後ろを向いたのだった。

「お待たせ！　いやぁ、有意義な実験ができたよ！　新しい発見もあったし」

「……それは良かったな」

「ええ、本当に……むしろ、終わったことが」

溶岩トカゲの口はロープでグルグル巻きにしていたので、心を抉《えぐ》るような悲鳴が聞こえてきたりはしなかったのだが、それでもノルドラッドの輝くような笑顔を見てしまえば、なんとも言えない気持ちが湧《わ》き上がってくるのは、抑《おさ》えがたい二人。

「私たち、研究者にはなれないな」

「普通に斃《たお》すだけなら、問題ないんだけど……」

アイリスたちも魔物を斃した後は、皮を剝《は》いだり、解体して部位毎《ごと》に切り分けたり、素材として必要であれば目玉を抉り取ったりと、なかなかに血生臭《ちなまぐさ》いことをしているのだが、研究者のやりようはまた違う、ということだろう。

「ボクだって、別に好き好んでやってるわけじゃないよ？　でも、ボクの研究結果によって、魔物の被害《ひがい》で死ぬ人が一人でも減れば価値がある、そう思ってるから」

苦笑《くしょう》するノルドラッドの表情を見て、アイリスたちは自分たちの言葉に彼に対する嫌悪《けんお》感《かん》が滲《にじ》んでいたことに気付き、気まずげに顔を見合わせて、頭を下げた。

「それは……そうだな。すまない。私たちが採集のときに参考にする本だって、誰《だれ》かが調べたからこそ存在し、それによってより安全に採集作業ができているんだよな」

「……そうよね。ごめんなさい、ノルドさん」

「あはは、気にしないで。普通の人には理解しづらいのが研究者だから。周りから怪《あや》しく見えるのは、ボクも理解しているし」

少々残酷《ざんこく》なことをしているな、とは思っていてもその感覚はだいぶ麻痺《まひ》し、新しい実験結果が出ると嬉しくて笑ってしまう。

そんなノルドラッドは、端《はた》から見れば魔物をいたぶって喜んでいる奇矯《ききょう》な人に見えてしまうわけで。彼自身もそれを理解しつつ、止《や》めるつもりもないのだから、やはりどこか一般人とはズレているのは間違いない。

「さて！　気を取り直して。前菜が終わったから、メインだね」

微妙《びみょう》になった空気を変えるように、ノルドラッドがパンと両手を打てば、アイリスもそれに乗るように笑《え》みを浮《う》かべつつも、気になったことはしっかりと尋ねる。

「ずいぶんと濃厚《のうこう》な前菜だったが？」

事実、サラマンダーの周辺にいるだけの溶岩トカゲの調査に、何日も掛《か》けているのだから、アイリスの言うことはもっともである。

だがノルドラッドは、チッチッチッと指を振《ふ》って、ニヤリと笑う。

「前菜に手を抜《ぬ》いたら、メインが良くても評価されないんだよ？　むしろ、前菜からデザートまでしっかりと揃えているからこそ、褒賞金《ほうしょうきん》を貰《もら》えるとも言えるね」

「へぇ、そんな絡繰《からく》りがあったのね……」

「絡繰りというか、自分のやりたいことだけやっていても、お金は貰えないという、ごく当たり前のことだけどね。相手が何を求めているか、だよ」

軽く言うノルドラッドだが、実際はそんなに簡単なことではない。

国が褒賞金を出す以上、そこに何らかの意図があるのは当然だが、誰もがその意図に沿った研究結果を出せるのであれば、褒賞金を得る人はもっと増えている。

そんな中、ノルドラッドは毎回褒賞金を得ているのだから、彼の優秀《ゆうしゅう》さが判《わか》ろう物である——少なくとも、研究に於《お》いては。

「確か、ここに入れたはず……あった、あった」

話しながらも荷物をあさっていたノルドラッドは、手のひらよりも少し大きい箱形の物を取り出して、それをじっと見つめる。

「ノルドさん、それは？」

「これは周辺魔力《まりょく》を調べる計測器。その系統も判る高級品なんだ。でも……何故《なぜ》か水に偏《かたよ》ってる？　ここだと確実に火のはずなんだけど。……もしかして、壊《こわ》れた？」

ノルドラッドは顔を顰《しか》めて計測器を振るが、そこに表示されている値《あたい》に変化はない。

「火系統も十分に高いし、漂《ただよ》う魔力量はとんでもなく多いけど……」

「あ、それはもしかしたら、この前の戦いの影響《えいきょう》かもしれないな」

アイリスが思い出したようにそう指摘《してき》すれば、ノルドラッドは訝《いぶか》しげに顔を上げた。

「戦いの影響、だって？　サラマンダーとのかい？」

「うむ。あの時の店長殿《どの》は、強力な氷系の魔法《まほう》を使っていたからな。なぁ、ケイト？」

「ええ。かなりの威力《いりょく》でしたよ。この辺り一面、完全に凍《こお》りついていましたから」

ノルドラッドは目を見張って周囲を見回し、溶岩《ようがん》を指さす。

「……それは、あそこの溶岩も？」

「はい、溶岩も」

改めてじっと溶岩を見つめ、ノルドラッドは深くため息をついた。

「とんでもないなぁ。さすがは、マスタークラスが弟子《でし》にするだけのことはある」

「そこまでなのか？　――あ、いや、もちろん店長殿が凄《すご》いことは知っているが」

「そこまで、だよ。そりゃ、サラマンダーに氷系の魔法は効果的だけど、場所を考えたら現実的じゃない。ましてや、この部屋《へや》どころか溶岩まで固めるとか、どんだけって話だよ。飾《かざ》らずに言えば、異常だね」

呆《あき》れを含《ふく》んだノルドラッドの言葉に、アイリスとケイトは顔を見合わせる。

一応は貴族であるが、ロッツェ家の領地は、都会から遠く離《はな》れた小さな村。

そこ出身であるアイリスとケイトは、端的《たんてき》に言って田舎者《いなか》である。

採集者として活動することで経験と知識を得て、視野も広がっていたが、魔法なんてそう目にするものではなく、錬金術《れんきんじゅつ》同様、その基準もサラサとなっているのだ。

「そこまでなのか？　強い魔法使《まほうつか》いだと、ああいう感じではないのか？」

「ないね。彼女は実質的な首席卒業者。同じ年齢《ねんれい》で比べれば、おそらくこの国で最も優秀だよ。少なくとも、総合力で比べればね」

剣術《けんじゅつ》だけ、魔法だけ、ある分野の知識だけ。

条件を限定すればサラサを上回る同年代も存在するだろうが、すべてを高いレベルで兼《か》ね備《そな》えるとなると、非常に難しい。

むしろそれだけの能力があれば、卒業するだけで高い社会的地位が得られる錬金術師養成学校に入学しないわけがないし、そういう人材を育成するのが学校の目的でもある。

つまりそこを首席で卒業できれば、必然的に同年代のトップということになる。

「その中でもサラサ君は、十年に一人とか、そういうレベルじゃないかな？　マスタークラスが弟子にしようというのだからね。引く手数多《あまた》だよ」

「そこまで……」

人格はともかく、研究者として深い知識を持つノルドラッドに改めてサラサの優秀さを指摘され、ケイトは瞠目《どうもく》すると共に、感心したように息を吐《は》いた。

「むしろ、何でそんな子がこんな田舎にいるのか……何か知ってるかい？」

「知らなくはないが……秘密だ。ペラペラ喋《しゃべ》るのは、好かない」

アイリスは、むんっと口を噤《つぐ》むが、ノルドラッドは気にした様子もなく軽く頷く。

「うん、別に無理に訊《き》こうとはしないよ。ちょっと気になっただけで、女の子の秘密を探《さぐ》るつもりはないから。――ま、それぐらいサラサ君のやったことは非常識で、普通はできないってことさ」

「私たちも凄いとは思いましたが……ちなみに、普通はどうやって討伐《とうばつ》するんですか？　サラマンダーは」

「まず、巣から誘《おび》き出《だ》す。これが基本だね。いくら防熱装備があっても、こんな場所で戦えば体力が保《も》たない。逆にサラマンダーは快適。どう考えても不利だろ？　検証は不完全だけど、溶岩に入るだけで回復するという説もあるぐらいだからね」

「誘き出す、ね。言われてみればもっともだけど、ならなんで店長さんは……？」

「そりゃ、三人じゃ無理があるからだよ。多人数で交代しながらやらないと、体力が保たないから。そうやって斃す相手なんだよ」

洞窟《どうくつ》の入り口周辺も十分に暑いが、それでも溶岩のすぐ傍《そば》とは比較《ひかく》にもならない。

戦闘《せんとう》を行うのにどちらが適しているかなど、言うまでもない。

氷系の魔法に関しても同様で、溶岩も含めて凍結《とうけつ》させることがどれだけ非効率か。

「というか、なんで三人で挑《いど》んだの？　サラサ君なら、それにリスクがあることぐらい、理解してると思うんだけど」

ノルドラッドにとっては至極当然の疑問だったが、アイリスからすれば、それは非常に耳が痛い言葉で、渋面《じゅうめん》になって口をへの字に曲げた。

「……詳《くわ》しくは言えないが、私を助けるためだろうな」

人数を集めるのに要する時間、それだけの人に防熱装備を用意するコスト、人数が増えることで減る分け前。

それらを考慮《こうりょ》し、サラサはアイリスを助けるために許容しうるリスクとして、三人でのサラマンダー討伐を実行した。

だがその原因がロッツェ家の醜聞《しゅうぶん》にあるため、アイリスは言葉を濁《にご》すしかない。

「ふぅん？　ま、いいや。ボクとしては、こうして実験環境《かんきょう》が得られたんだから、ありがたいぐらいだしね」

ノルドラッドも大まかには把握《はあく》していたが、研究以外にはあまり頓着《とんちゃく》しない彼にとって、細かな経緯《けいい》はどうでも良いこと。

この環境を用意してくれたサラサに感謝しつつ、調査道具の準備を始める。

「あ、しばらく時間がかかるから、二人はゆっくりしてて」

「そうなのか？　なら、そうさせてもらうが……既《すで》にサラマンダーがいないここを調査して、何か意味があるのか？」

「逆だよ、アイリス君。サラマンダーを調べたければ、サラマンダーがいる場所に行けば良い。だけど、その棲《す》み処《か》を調査するには、サラマンダーがいると都合が悪い。危険だからね。斃すのも難しいし」

都合良くサラマンダーが斃され、且《か》つ斃されてから日数の経っていないここは、安全に棲み処を調査できる貴重なサンプル。そういうことらしい。

「そういうことだから、しばらく待っていてね」

ノルドラッドが調査を始めて早三日。

滝《たき》のような汗《あせ》を流しつつも、その表情は大層生き生きとしていた。

——アイリスたちは、とてつもなく退屈《たいくつ》だったが。

彼の調査がもう少し興味を引く物なら良かったのだろうが、やっていることは地味。

一見、同じことの繰《く》り返《かえ》しで、見ていてもまったく面白《おもしろ》くない。

それでも二人が暑さと退屈に耐《た》えられたのは、ただ立っているだけで一日金貨二〇枚を貰えるからこそ。だがその忍耐《にんたい》も品切れが近いようで、アイリスはややウンザリしたように、調査を続けるノルドラッドの背中に言葉を投げかけた。

「なぁ、ノルド。それはいつまで続けるんだ？」

「……あぁ、ゴメン。次で最後の実験だから、もう少し待って」

半ば上の空で返事をしたノルドラッドが、地面に設置したのは、黒い箱。

一辺三〇センチほどで、上面には指三本分ぐらいの隙間《すきま》がある。

彼がその隙間に何かをジャラジャラと注ぎ込むと、すぐにゴゥン、ゴゥンと音が響《ひび》き始めた。

その音に注意を引かれ、やや離れた場所にいたアイリスたちもノルドラッドに近付き、身を乗り出すようにして彼の手元を覗《のぞ》き込む。

「それは……もしかして、氷牙《ひょうが》コウモリの牙《きば》ですか？」

「うん。屑魔晶石《くずましょうせき》でも良かったんだけど、何故かこれが、お手頃《てごろ》価格で買えたんだよね、幸いなことに」

「……へぇ、お手頃価格で」

アイリスたちからすれば、その理由は明確だが、いくら安くても量が量である。

普通《ふつう》の人なら決して気軽に出せるような額ではない──はずなのだが、ノルドラッドはとても無造作に牙を摑み取り、ざらざらと放り込んでいる。

その一摑《つか》みにかかるコストを考えると、ケイトなどため息しか出なくなるので、彼女はそれを考えないようにして質問を重ねる。

「それは何をしているんですか？」

「これは、周辺魔力を増やす錬成具《アーティファクト》だね。これみたいな原料を使ってね」

ケイトとしては、目的を訊きたかったのだが、返ってきたのは効果の説明だった。

いくら研究者でも『周辺魔力を増やす』こと自体が目的とは思えず、『増やした結果として何を期待しているのか』が重要。

しかしノルドラッドはそれ以上説明を続けることもなく、計測器で魔力量を測定、その値を手元のノートに記していく。

「──水属性が上昇《じょうしょう》、魔力量も上昇。魔力量だけを見れば、何らかの変化が起こりそうだけど……何もなしか。まだ足りないのかな？」

次にノルドラッドが取り出したのは、アイリスたちが頑張《がんば》って集めた火炎石《かえんせき》。

それが入った袋《ふくろ》を、これまた無造作に箱の上でひっくり返す。

ガラガラと箱の中に吸い込まれる火炎石と、ゴウン、ゴウン、ゴウンと更《さら》に大きな音を立て始める黒い箱。

見る間に消費されるそれらの値段を考え、目眩《めまい》すら覚え始めたアイリスたちだが、ノルドラッドの方は気にした様子もなく測定器を再度確認《かくにん》。

「水がやや下がり、火が上昇。魔力量《まりよくりよう》は十分以上……かな？」

「ノルド！　何をするつもりだ!!」

なんだかとてつもない不安感に襲《おそ》われたアイリスが、黒い箱から響く音に負けないよう大きな声で尋《たず》ねれば、ノルドラッドも彼女を振《ふ》り返り、同じような声で答える。

「サラマンダーの発生条件の確認だよ！　サラマンダーは一度斃《たお》しても、そのうちまた同じ場所で復活、もしくはその周辺に現れることがある。ボクはそれに、魔力量が大きな影響を与《あた》えていると考えているんだ！」

やがて黒い箱から聞こえていた音は途切《とぎ》れ、辺りには再び静寂《せいじやく》が戻《もど》ってくる。

そこにアイリスとケイトの、呟《つぶや》くような声が響く。

「魔力量……現れる……？」

「それって……？」

「思った以上に水が強い。火炎石が少ないこともあるが……あれを使うしかないか」

説明はそれで終わりなのか、ノルドラッドは再び荷物の中をゴソゴソとあさる。

そうして取り出したのは、赤い鱗《うろこ》が数枚。

手のひら大で、透《す》けるような紅《くれない》に輝《かがや》くそれはとても美しかったが、その美しさよりもアイリスたちが気になったのは、その鱗になんだか見覚えがある気がしたこと。

「ま、まさか、それは……」

どう考えても、良い未来が見えない。

ケイトは勘違《かんちが》いであることを祈《いの》りつつ、震《ふる》える声で恐《おそ》る恐る尋ねたが、その祈りはとても自然に裏切られた。

「うん。サラマンダーの鱗だね。出費がかさむから、使いたくなかったんだけど」

「待っ――」

「仕方ないよね。ほい」

止める間もなかった。

箱の隙間に鱗が滑《すべ》り込むと同時、再び音が響き始めた。

その音は先ほどまでよりも確実に大きく、箱もガタガタと揺《ゆ》れ始める。

「お、おい！　その揺れ、正常なのか？」

「問題ないと思うよ？　ほら、ちゃんと火属性の値《あたい》が上昇してるし」

ノルドラッドは平然と計測器をアイリスに示すが、彼女からすれば、今はそんなことどうでも良かった。

「いや、そうじゃなく！　こっちの錬成具《アーティファクト》！　壊《こわ》れるんじゃないのか⁉」

「そっちも大丈夫《だいじょうぶ》。最近サウス・ストラグで買った物だし、壊れるには早いよ」

「サウス・ストラグって……レオノーラからか？」

「いや、別の店。ここに来る前に訪れたら潰《つぶ》れてたんだけど、経営不振《ふしん》だったのかな？」

「「……」」

嫌《いや》な予感しかしない。

言葉を交わさずとも、アイリスとケイトの間で共有されるそんな思い。

もし、この場にサラサがいれば、彼女もまた強く同意したことだろう。

そんな思いに応《こた》えるかのように、次第《しだい》に振動《しんどう》が激しくなる黒い箱。

サラマンダーの魔力が籠《こ》もった物が放り込まれた箱。

万が一、暴走でもしたら何が起こるのか。

そんな恐怖感《きょうふかん》から、アイリスとケイトは、一歩、二歩、後ろに下がる。

ガタガタ、ゴトゴト。

ガッ！　ガッ！　ガガッ‼

まるで、何かが詰《つ》まっているような、そんな音すら聞こえ始め――。

ボンッ！

上部の板が弾《はじ》け飛《と》び、宙に飛んだそれが、ガランと地面に転がる。

そして箱の上部から溢《あふ》れ出す、赤い光とキラキラした何か。

それを見て、ノルドラッドは首を傾《かし》げる。

「……おや？」

「お、おい！　大丈夫、なのか？」

破滅《はめつ》的な事態にならなかったことに、アイリスは少し胸《むね》を撫《な》で下《お》ろしつつも、明らかに普通の動作とは思えない状況《じょうきょう》。安心もできない。

「あぁ、うん。大丈夫。ちゃんと魔力量は上がっているし、火属性の値も期待値を上回っているから――」

この期《ご》に及《およ》んで計測器を確認しているノルドラッドに、アイリスが詰め寄る。

「そっちじゃない！　錬成具《アーティファクト》が壊れて、なんか溢れてるだろ⁉」

「――直ちには、人体に影響《えいきょう》はない、と思う？」

「直ちには？」

「――思う？」

不穏《ふおん》な言葉を聞き咎《とが》め、アイリスたちの目が据《す》わる。

その迫力《はくりょく》に、ノルドラッドは慌《あわ》てて手を振った。

「ない、ないです！　単なる魔力だから！　余程魔力耐性《まりょくたいせい》が低い人であれば気分が悪くなることもあるかもだけど、普通の人なら問題ないから！」

魔力量の少ない人や魔力に触《ふ》れる機会のない人の場合、急激に大量の魔力に曝《さら》されると、魔力酔《まりょくよ》いという症状《しょうじょう》になり、気分が悪くなったり、酔《よ》っ払《ぱら》ったようになったり、場合によっては意識を失うこともある。

それ自体は身体《からだ》に悪影響《あくえいきょう》が残るものではないのだが、安全性が担保されていない場所でそんな状態に陥《おちい》れば、魔力酔いとは別の意味で危険である。

だが幸い、二人はそれなりの魔力を持ち、魔力耐性も普通にある。

「そうか」

「それなら、そう言えば良いのに」

自分たちには影響がないことを知り、アイリスとケイトはホッと安堵《あんど》の息をつく。

そもそもこの空間に漂《ただよ》う魔力量は、しばらく前から大幅《おおはば》に増えており、気分が悪くなるなら既になっていることだろう。

「で、壊れた錬成具《アーティファクト》は問題ないのか？　魔力量が期待値を超《こ》えたと言っていたが」

「ああ、うん、そうだね。壊れてしまったのはもちろん残念だけど、最低限の仕事はしてくれたから、取りあえず、今回の実験に問題ないかな？」

「具体的には？　魔力量がどうとか、属性がどうとか言っていたよな？」

自分の考えを開陳《かいちん》できることが嬉《うれ》しいのだろう。

ノルドラッドは笑《え》みを浮《う》かべて、得意げに話し始めた。

「魔物《まもの》は魔力の多い場所で発生する、これまでの研究結果から、これは正しいはずなんだけど、残念ながらまだそれを確認することはできていないんだ。魔力はすぐに拡散するし、『魔物が発生しやすいエリア』は判《わか》っても、『発生する地点』は判らない」

「……ほう？」

「でも、サラマンダーって、巣の条件がかなり限定的なんだよね。だから、発生場所に関する条件もまた同様だと、ボクは予測した」

これまた、嫌な予感しかしない。

再び思いを共有したアイリスとケイトは、引き攣った顔を見合わせる。

そして今度も、その思いは裏切られなかった。

これまで僅《わず》かに波打つだけで静かだった溶岩《ようがん》。

それがボコボコと音を立て始め、不穏な気配が漂う。

「おおっ、これは！　急速に魔力濃度《まりよくのうど》が下がって――」

「言っている場合か!!　どう見ても危険そうなんだが!?」

嬉しげに測定器を見るノルドラッドに向けてアイリスが叫《さけ》ぶが、彼は気にした様子もなく、測定器と泡立《あわだ》つ溶岩を見比べる。

そして、溶岩の表面が一気に盛り上がり――。

ザバァァァ！

現れたのは、しばらく前にアイリスたちを苦しめた、赤い鱗の巨大《きよだい》な魔物。

それが首をもたげ、アイリスたちを睥睨《へいげい》する。

「やった！　サラマンダーだ!!」

「『やった！』、じゃない！」

「逃《に》げるわよ！」

ケイトが荷物を背負ってアイリスに駆《か》け寄れば、彼女もすぐに逃走《とうそう》の態勢に入る。

だが一人、ノルドだけは前に向かって踏《ふ》み込み、グッと身体を縮める。

「えっ……？」

「ふんっ！」

そして、一気に伸《の》び上がったかと思うと、頭上に向かって拳《こぶし》を突《つ》き出《だ》した。

ドゴンッ！

拳がサラマンダーの顎《あご》に突き刺《さ》さり、鈍《にぶ》く重い音と共にその頭をかち上げる。

「ええええ⁉」

「やはり、無理か」

予想外の行動に、目を瞬《またた》かせて一瞬《いっしゅん》呆《ほう》けるアイリスたちと、冷静にそう呟くノルド。

そして、とてもスムーズに自分の荷物を担《かつ》ぎ上げると、流れるように走り出した。

――アイリスたちをその場に残し。

「え？　あ？　あれ……？　はっ⁉　に、逃げるわよ！　アイリス！」

「そ、そうだな⁉」

すぐに我《われ》に返ったケイトがアイリスの手を引き、ノルドラッドの後を追って走る。

結果だけ見れば薄情《はくじょう》にも見えるノルドラッドの行動だが、彼は二人の護衛対象。

本来であれば真っ先に逃がすべきだし、逃げてくれた方がありがたい存在。

彼の行動は間違《まちが》っていない――直前のアッパーカットを除けば。

「アイリス、急いで！」

アイリスよりも一足先に広場から上へと続く通路に辿《たど》り着《つ》き、ケイトが背後を振り返れば、ノルドラッドの攻撃《こうげき》から立ち直ったサラマンダーが大きく息を吸い込んでいた。

その動作はケイトがつい先日も見たもの。見間違《みまちが》えるはずもない。

「ブレスが来るわ！」

「にょわぁぁぁぁ!!」

変な叫び声を上げながら、アイリスがケイトの横を走り抜《ぬ》ける。

と、同時に――。

「くぅう、また借金が増える～！」

そんな血を吐《は》くような声と共に、ケイトはポケットから取り出した石を放り投げた。

それは『使った場合は代金を払《はら》ってくださいね』という破格の条件で、サラサより無料で借り受けてきた錬成具《アーティファクト》。

本来であれば当然購入《こうにゅう》すべきところ、ケイトが断念せざるを得ないほどの高級品故《ゆえ》に、貸してくれることになった代物《しろもの》であり、その効果はお値段に比例する。

キンッ！

澄《す》んだ軽い音が響《ひび》き、通路が半透明《はんとうめい》の厚い氷で閉ざされた。

その直後、それは赤い色に染まったが、熱気は一切《いっさい》感じない。

だが、そのブレスの威力《いりょく》はケイトたちも体験済み。厚い氷でもずっと耐《た》えられるわけではないし、そもそも気温自体が高いこの空間。自然に溶《と》けるのも時間の問題である。

ケイトは即座《そくざ》にそれに背を向け、アイリスたちの後を追って走ったのだった。

サラマンダーから逃げ出した一行は、地上への通路から逸《そ》れた脇道《わきみち》で足を止めていた。

安全性を考えるのであれば、一気に脱出《だっしゅつ》する方が良いのは言うまでもないが、防熱装備を脱《ぬ》げば高温で死にかねないこの洞窟《どうくつ》内、重い荷物を背負ったまま、そんな持久走が可能なほど三人の体力は人間離《ばな》れしていない。

「はぁぁ～～～。っ、疲《つか》れた……」

アイリスがへたり込むように腰《こし》を落とし、顎から滴《したた》る汗《あせ》を拭《ぬぐ》う。

防熱装備は、基本的に炎《ほのお》などの強烈《きょうれつ》な熱から身を守るためのものである。

高温でも普通《ふつう》に行動できるよう、ある程度は中を快適な温度に保つ仕組みにはなっているが、いくら快適な温度でも激しい運動をすれば汗をかく。

そうして失われた水分を補うように、アイリスは荷物から取り出した水をゴクゴクと飲んで一息つくと、ノルドラッドにキッと強い視線を向けた。

「色々と言いたいことはあるが……ノルド、何故《なぜ》あんなことをした？」

「あんなこと、というと、サラマンダーを復活させたことかい？」

アイリスとは違《ちが》い、水ではなくノートを取り出していたノルドラッドは、そこに書き込

みをしつつ、顔も上げずにアイリスに応《こた》える。

「そうだ。解《わか》っていてやったんだろう？」

「復活するんじゃないか、という予測を立てていたことは間違いないね」

「では、何故？　危険なことは解ってましたよね？」

「それが実験のテーマだったから？　危険だからといって躊躇《ちゅうちょ》するようじゃ、研究者としては失格だろう？」

そもそも、危険を避《さ》けるのであれば、魔物の研究者になんかなっていない。

やっと顔を上げ、そう言うノルドラッドに、アイリスたちも反論に困る。

危険性があるからこその護衛だし、危険だったと苦言を呈《てい》するのは少し違うだろう。

もっとも、自ら危険な行為《こうい》に手を染めることが、護衛対象として正しい行動かは議論の余地があるだろうが。

「むー、なんだか釈然《しゃくぜん》としないが……」

「私としては、そもそもあんな実験が必要だったのか、と問いたいですね」

「役に立つことは間違いない、と思ってるよ？　例えば、ある魔物の素材が必要な場合。この国はゲルバ・ロッハ山麓《さんろく》樹海があるから比較《ひかく》的素材が手に入りやすいけど、それでも必要な素材が常に手に入るとは限らない」

「まぁ、そうだろうな。だが、国内になくても輸入すれば良いだろう？」

「それはリスクだよ。国家としてはね。もちろん、こんなことは危険すぎるから、普通はやるべきじゃない。でも、できることには意味がある」

アイリスたちの住むラプロシアン王国は、今現在、どこかの国と戦争状態にあるわけではないが、それは備えが不要という意味ではない。

攻撃する意志がなくとも、周囲の国から見て『侵略《しんりゃく》するにはリスクが高い』状態を保っていなければ、国家の防衛を担《にな》う者としては失格だろう。

この国が採っている錬金術師《れんきんじゅつし》への優遇《ゆうぐう》策もその一環《いっかん》で、錬成具《アーティファクト》や錬成薬《ポーション》の有無がその戦略に重要な役割を果たすが故。

だがそれも、それらの素材となる物が入手できてこそである。

錬成ができずとも錬金術師が優秀《ゆうしゅう》なのは間違いないが、その価値は大きく削《けず》られる。

「ノルドは為政者《いせいしゃ》のような考え方をするのだな。……貴族なのか？」

「んー、まあ、その端《はし》くれ？　でもボクの場合は、スポンサーが喜びそうなことを考えているだけなんだけどね」

すべては褒賞金《ほうしょうきん》のため。

臆面《おくめん》もなく言うノルドラッドに、アイリスたちは苦笑《くしょう》を浮《う》かべるしかない。

「それにしても、サラマンダーで実験しなくても、とは思うが……」

「でもサラマンダーなら、復活しても他《ほか》の人に迷惑《めいわく》が掛《か》からないだろう？」

ちょっかいをかけなければ、ほとんど巣穴から出ないサラマンダー。

周囲の集落を襲《おそ》ったりするわけでもなし、確かに実験対象としては適しているのかもしれない——実験関係者の身の安全を考えなければ。

そして、いつの間にやらその『実験関係者』にされてしまったアイリスとケイトとしては、苦情を申し立てたくなるのは当然だろう。

「もう少しで、ブレスの餌食《えじき》になるところだったわよね」

「店長殿《どの》の作ってくれたコートがあるとはいえ……荷物は関係ないし」

背負っている荷物はコートの外側。アイリスたちの命は助かっても、荷物が失われてしまえば、村まで無事に帰り着けるか、かなり危《あや》うい。

「クルミだって怖《こわ》かったよな～？」

「がう？　がうがう！」

アイリスの荷物に張り付いていたクルミは、コテンと首を傾《かし》げて片手を左右に振《ふ》る。

「ほら、クルミだって危なかったと言っている」

「そうかい？　むしろ問題ないと言ってるように見えるけど……？」

「気のせいだ。それにあれは何だ？　サラマンダーへの攻撃。ノルド、強すぎないか？」

「そりゃ、ある程度は鍛《きた》えてるよ。魔物《まもの》の研究だよ？　自分が近付けないようじゃ、まともに調べることすらできないからね。筋肉の勝利だよ」

遠くから観察するだけなら、護衛がいればなんとかなる。

だが、生きている魔物に近付こうと思えば、戦闘《せんとう》能力は必須《ひっす》。

多少の攻撃ぐらい耐えられないと、どう考えても危険。研究などできるはずもない。

「体力だけじゃなかったのね。武器を持ってないから、てっきり……」

「少しなら戦えるかな。基本は攻撃をいなして、護衛に後を任せる形だけどね。どちらにしろ、調査に集中するには護衛が必須だし」

ちなみに、ノルドラッドが武器を持っていないのは体術によって戦うからであり、何故体術かといえば、研究対象を必要以上に傷付けないためである。

どこまでいっても、研究第一。

それがノルドラッドなのだ。

「まぁ、良い。それで、ノルドのやりたい実験はこれで終わったのか？」

「そうだね。生きているサラマンダーの調査は、前回の調査地で概《おおむ》ね終えてるから。そこでは斃《たお》すことができなかったから、今回の実験が残ったんだよ」

「では体力が回復したら、早めにここを出よう。サラマンダーが追ってきたら困る」

「そうですね。サラマンダーの巣にいるなんて、落ち着きません」

その言葉通り、ケイトはそわそわと何度も来た方向を確認《かくにん》するが、ノルドラッドの方はしっかりと地面に座り、荷物から取り出した飴玉《あめだま》を舐《な》める余裕《よゆう》を見せている。

「なかなか巣から出てこない魔物だよ、サラマンダーは。討伐《とうばつ》のときは、逆に引っ張り出すのに苦労するぐらい」

「ってことは、安心？」

「だと良《い》いよね？」

ノルドラッドはニヤリと笑い、飴玉をもう一つ口に放り込む。

「何だか、含《ふく》みのある言い方だな？」

「巣からは出てこないんだけど、どこまでが巣の範囲《はんい》だと思う？」

「……それは何か？　この洞窟内は巣の範囲、巣から出てこないサラマンダーも普通に徘《はい》徊《かい》するかも、と？」

「可能性はありそうじゃない？」

「嫌《いや》な可能性だな。——否定はできないが」

眉《まゆ》を顰《ひそ》めるアイリスを安心させるかのように、ノルドラッドは笑って肩《かた》をすくめると、飴玉の入った袋《ふくろ》をアイリスたちに差し出す。

「ま、低い可能性だよ。これでも舐めて落ち着いた方が良い。ボクたちみたいな小物をサラマンダーがわざわざ追ってくることなんて――」

「グオォォォ！」

まるで、ノルドラッドの言葉を否定するかのように、洞窟内に響《ひび》き渡《わた》る咆哮《ほうこう》。

「「……………」」

ノルドラッドの動きが止まり、アイリスたちの冷たい視線が彼に突《つ》き刺《さ》さる。

余計なことを言いやがって、とばかりに。

「いや！　ボクの言葉は関係ないよね⁉」

「……言葉はともかく、誰《だれ》とは言いませんが、サラマンダーの顎《あご》をぶん殴《なぐ》った人がいましたよね？　誰とは言いませんが！」

「あぁ、いたな。誰とは言わないが。普通、あんなことやられたら怒《おこ》るよな？」

「でもさ！　あの一撃《いちげき》がなければ、ブレスが危なかったと思わないかい⁉」

慌《あわ》てて言い訳をするノルドラッドだったが、アイリスたちの視線は変わらなかった。

「むしろ、唐突《とうとつ》に攻撃《こうげき》されて、危なかったんですけど？」

「初動が遅《おく》れたからな。……これは、私たちが未熟とも言えるのだが」

どんな状況《じょうきょう》でも冷静に対処する。

それは必要な能力だろうが、ノルドラッドの行動は、思わず呆《ほう》けてしまうのも仕方がないと思えるような暴挙である。

触《ふ》れるだけで大火傷《おおやけど》するようなサラマンダーに、誰が殴りかかるのか。

——いや、ここにいるわけだが。そんな非常識が。

「しかも、ブレスはブレスで、しっかり吹《ふ》きかけられましたしね。店長さんの錬成具《アーティファクト》がなければ、危なかったです」

「チラリとしか見てないけど、あれは？」

「店長さんが預けてくれた、『氷壁《アイス・ウォール》』の魔《ま》法《ほう》を封《ふう》じ込《こ》めた魔晶石《ましょうせき》です」

「あれだけの魔法を……やはり、さすがというしかないね」

魔晶石を加工して魔法を封じ込めること自体は、大半の錬金術師にできるのだが、その対象は自分が使える魔法のみであり、その威力《いりょく》は魔晶石の品質、大きさに加えて、加工を行った錬金術師の技量に依存《いそん》する。

ここで言う『技量』とは、錬成の技量はもちろん、魔法の技量も含むため、込められる魔法の威力は、自分が扱《あつか》える威力の範囲に制限される。

つまり、強力な魔法を封じられる錬金術師は、同時に強力な魔法使いでもあるのだ。

「ですが、あれは一つしかありません。ついでに言うと、私の耳には、微《かす》かな地響《じひび》きが聞こえるのですが？」

「そ、そうなのかい？　ボクには聞こえないけど……」

ノルドラッドは戸惑《とまど》うように首を捻《ひね》るが、ケイトの耳には、何か大きな生物が歩くような重々しい音が確かに届いていた。

そしてこの状況で、その生物が何かなど、考えるまでもないだろう。

「ケイトの耳は信頼《しんらい》できる。あの氷の壁《かべ》が突破《とっぱ》されたと考えて、間違《まちが》いないだろう」

「この気温だもの。放置していても溶《と》けるわよね」

「どうする？　今からでも出口に向かって走るか？」

「……ちなみにノルドさん、サラマンダーを斃せたりは？」

ケイトは微かな期待を込めてノルドラッドを見たが、当然というべきか、彼はあっさりと否定した。

「しないよ、さすがに。見ただろう？　ボクの拳《こぶし》がほとんど効いていないのを。あれが精《せい》一杯《いっぱい》。挑発《ちょうはつ》程度ならまだしも、ダメージにはならないだろうね。ついでに言うと、ボクの防熱装備だと、サラマンダーのブレスは耐《た》えられない」

「ですよね。——私としては、そんな装備でサラマンダーに殴りかかったことが信じられませんけど」

「同感だ。だが、ノルド。サラマンダーが復活することは判《わか》っていた……いや、少なくとも、復活させようとは思っていたんだよな？　どうするつもりだったんだ？」

アイリスのもっともな指摘《してき》に、ノルドラッドはスッと目をそらす。

「……あまり考えてなかった。走って逃《に》げれば良いかと」

「まさかの無計画⁉」

「ノルド、実はバカだろう⁉」

目を剝《む》く二人に、ノルドラッドはフッと笑って、肩をすくめる。

「研究者なんて、バカにならないと成果が上がらないものさ」

「そっちは研究バカ！　お前のは考えなしのバカ！　同じバカでも全然違う！」

「大して違いはないと思うけどなぁ。他人に迷惑を掛けるという点では」

「自覚があるなら、もっと考えてくれ！」

だんっ、だんっ、と地団駄《じだんだ》を踏《ふ》むアイリスを、片手で頭を抱《かか》えたケイトが「まぁまぁ」と宥《なだ》め、「それよりも」とノルドラッドに視線を向ける。

「ノルドさん、逃げ切れると思いますか？」

心情的にはケイトもアイリスとまったく同じなのだが、ノルドラッドを問《と》い詰《つ》めたところで状況は変わらない。

今は脱出《だっしゅつ》方法を、とノルドラッドに尋《たず》ねたが、ノルドラッドは少し考えて首を振った。

「狭《せま》い通路でのブレスは危険だからね。装備の良い君たちはともかく、背負ってる荷物とボクは危ないかもしれない」

その言葉を聞き、アイリスとケイトがニヤリと笑う。

「ふむ。ノルドはともかく、荷物が失われるのは困るな」

「えぇ。店長さんから借りている物もあるし……。ノルドさんはともかく」

「君たち、ボクの護衛だよねぇ!?　護衛料、払《はら》ってるよね!?」

「護衛対象の無謀《むぼう》な行動までは、面倒《めんどう》見きれない」

「第一、まだ護衛料を貰《もら》ってませんし。——そっか、きちんと連れ帰らないと支払いが」

「そうそう。帰り着くまでが依頼《いらい》の対象だからね」

ホッと安堵《あんど》の色を浮かべたノルドラッドだったが、アイリスの方はこてんと首を傾げ、真面目《まじめ》な表情で、とある提案を口にした。

「だが、どうだろう？　仕事は半分以上終わっている。このあたりで少し支払ってもらうのは？」

「そうよね。長期契約《けいやく》だもの。途中《とちゅう》で一部の支払いを求めるのは当然よね」

「それ、見捨てる気、満々だよね⁉」

仕事を請《う》ける前に言うのならともかく、この場でそんなことを言い出せば、その裏を読むのも当然だろう。

焦《あせ》るノルドラッドをアイリスはじっと見つめ、ふっと表情を緩《ゆる》める。

「……冗談《じょうだん》だ。二割ぐらいは」

「八割本気⁉」

「これ以上おかしなことをしたら一〇割になる。気を付けてくれ」

「りょ、了解《りょうかい》。研究成果を持ち帰れないのは困るから、ボクも脱出に注力するよ」

鼻白んだノルドラッドを見て少し気が収まったのか、アイリスはこくりと頷《うなず》くと、「そう願う」と言ってケイトを振《ふ》り返《かえ》る。

「ケイト、少しでも早く走れるよう、荷物を厳選しよう。ノルドの荷物は……」

「置いて帰るべきじゃない？　私たちの前を走りたいのなら」

「高価な錬成具《アーティファクト》もあるんだけど……仕方ないか。調査結果だけ持ち帰ることにするよ」

単純な体力でいえば、ノルドラッドはアイリスたちを上回っているだろうが、持っている荷物の量が比《ひ》較《かく》にならない。

さすがにその状態で、アイリスたちよりも速く走れるはずもなく。

だからといって、アイリスたちも命が懸《か》かっている状況で、ノルドラッドの走る速度に合わせる、なんてことはしたくない。

荷物を捨てろというのも、当然の要求だろう。

ノルドラッドは荷物からノートなどの紙類を取り出して懐《ふところ》に抱え込み、ケイトもまた、手早く荷物を分類していく。

「重い物は残していくとして、店長さんから借りた物はできる限り持ち帰らないと。フローティング・テントはさすがに無理だけど」

「それだけでも、一気に借金が増えるなぁ……。なぁ、ノルド。これで失われた荷物は、補償《ほしょう》してくれるのか？」

「普通《ふつう》の荷物なら補償するけど……要相談で。さすがに、サラサ君が作った錬成具《アーティファクト》となると、値段が読めない。ボクの研究道具も放置していくことになるし」

「仕方ないわね。水は水場まで保《も》つ最低限に……」

「食料は……どれぐらい必要だ？　何日で森を抜《ぬ》けられるか……」

「ボクなら、毒のない植物も見分けられるよ？　毒がないだけで、味はまったく考慮《こうりょ》できないけど」

「状況によっては、それに頼《たよ》るしかないか。死ぬよりはマシだ」

そうやって荷造りを終え、そろそろ行こうかと、立ち上がりかけたその時だった――

その音は響いてきたのは。

ズズズ……。

「なん――」

ドガンッ‼ ゴゴゴゴッ！

低く響く地鳴りのような音に、突き上げるような衝撃《しょうげき》。

それに続く振動《しんどう》。

咄嗟《とっさ》に頭を抱え、しゃがみ込むアイリスたち。

次の瞬間《しゅんかん》、彼女たちにもうもうと土煙《つちけむり》が襲《おそ》いかかった。

Episode 3

Meanwhile, Sarasa…

その頃、サラサは……

「行っちゃいましたね」

「そうだねぇ。無事に帰ってきてくれると良《い》いけど……」

アイリスさんたちを見送ったその日、私は久しぶりにお店に出ていた。

最近はロレアちゃんに任せきりだったけど、ここ数日は慌《あわ》ただしかったから、朝食後のお茶を飲みながら、息抜《いきぬ》きも兼《か》ねてちょっとのんびりと。

「これからしばらく一人ですけど、サラサさん、寂《さび》しくありませんか？」

「夜のこと？　んー、そこまででも、ないかな？」

大半の期間、両親が仕事で家を空けていた幼少期。

ひたすら受験勉強に明け暮れた孤児院《こじいん》時代。

アルバイトと勉強に邁進《まいしん》して、友人が少なかった学校時代。

アイリスさんたちとの共同生活も長くなったけど、これまでの人生、独りで過ごした期間の方が多かったのだ――それが苦にならなくなるほどに。

もちろん、気の合う友人とわいわいやるのも好きなんだけど――あ。

「あぁ～、そうだね、少し、寂しい、かも？」

「そ、そうですよねっ。よ、良かったら、私、泊《と》まりに来ましょうか？」

くるりと手のひらを返した私に、どこか嬉《うれ》しそうなロレアちゃんからそんな提案が。

うん、ロレアちゃんの表情を見たら、前言を翻《ひるがえ》すぐらい、当然の対応だよね？

というか、泊まりに来たいなら遠慮《えんりょ》しなくても良いのに。

「そう？　なら、お願いしようかな？」

「任せてください！」

何を任せるのかはよく判らないけど、ロレアちゃんが嬉しそうだから良いのかな？

最近はロレアちゃんも、朝食から夕食までウチにいるし、お風呂《ふろ》に入っていくことも多いから、ホント、寝《ね》る場所の違いぐらいなんだけどねぇ。

「えっと、それじゃ、お母さんに伝えてきて良いですか？」

「え？　今から？　別に良いけど――」

「ありがとうございます！　それじゃ、行ってきます！」

私が『そんなに急がなくても』と口にする前に、パッと顔を輝《かがや》かせたロレアちゃんは、元気に返事をしてお店から駆《か》け出《だ》していく。

そんなロレアちゃんの姿に、私はどこかむずがゆさを覚えながら、久しぶりにカウンターの椅子《いす》に腰《こし》を下ろしたのだった。

その日の夕刻、私とロレアちゃんは、いつもよりちょっと豪華《ごうか》な夕食を囲んでいた。

しかし、これは決して『アイリスさんたちがいないから、二人でこっそり贅沢《ぜいたく》しちゃおう！』とか、そんな理由ではない。

いつもは閉店後に夕食を作り、一緒《いっしょ》に食べて、お片付けをして、それから帰宅するロレアちゃんだけど、いくら村の中とはいえ、余所《よそ》から来た採集者もいるし、あまり遅《おそ》い時間に外を歩かせるのはよろしくない。

でも今日はお泊まり。いくらでもとは言わないけど、時間的余裕《よゆう》はある。

その成果が、ちょっと豪華な夕食。

「どうですか……？」

「うん、今日の料理も美味《おい》しいよ、ロレアちゃん。いつもありがと」

私の表情を窺《うかが》うロレアちゃんににっこりと微笑《ほほえ》めば、彼女は安心したようにホッと息を吐《は》いて、自分も料理を食べ始めた。

「良かったです。新しい料理に挑戦《ちょうせん》してみたので、ちょっと不安だったんですが」

「初めてとは思えないぐらい、上手《うま》くできていると思うよ？」

もっとも、正解の料理を知らないいんだけど。

でも、美味しいのは間違《まちが》いないんだから、良いよね？

「そういえば、ロレアちゃんが泊まりに来るのも、久しぶりだよね」

「ですね。思えば、お風呂に入ったのも、あの時が初めてだったんですよね」

「あぁ、ロレアちゃんが裸《はだか》のまま、のぼせた――」

「も、もう！　サラサさん、それは忘れてくださいよ！」

「いやいや、あれはなかなか忘れられないよ」

恥《は》ずかしそうに頬《ほお》を染め、私の腕《うで》をぺしぺし叩《たた》くロレアちゃんに、私は苦笑《くしょう》しつつ首を振る。というよりも、私のミスでもあるから忘れたらダメなこと。

あの時は、私もかなり焦った。

私が一緒だったから事なきを得たけど、もしロレアちゃん一人で入っていたら……。

「あれって、水に含《ふく》まれる魔力《まりょく》が原因だったんですよね？」

「そうだね。魔法を使ってお湯を出したから。普通の庶民《しょみん》は、魔力に慣れてないから、身体《からだ》がびっくりしちゃうっていうか……そんな感じ？」

日常的に錬成具《アーティファクト》がある環境《かんきょう》なら、成長するに従って少しずつ魔力にも慣れていくんだろうけど、私が来るまで、この村は錬成具《アーティファクト》にほとんど縁《えん》がなかった。

おそらくロレアちゃんも、濃《こ》い魔力に触《ふ》れるのは、あの時が初めてだったんだろう。

「それって、今の私でも、同じですか？」

「う～ん、今なら、たぶん大丈夫《だいじょうぶ》？　ロレアちゃんもあの時とは違うから」

今は錬成具《アーティファクト》を頻繁《ひんぱん》に使ってるし、魔法の練習で魔力にも慣れている。

おそらくだけど、魔力が多く含まれるお湯に入っても、意識を失うようなことにはならないんじゃないかな？

「何だったら、今日は一緒に入って試《ため》してみる？　魔法で出したお湯に耐《た》えられるか」

「そう、ですね。節約になりますし、またサラサさんとも一緒に入れますし」

お風呂を沸《わ》かす方法は、私の魔法か、お湯を沸かす錬成具《アーティファクト》のいずれか。

前者なら当然タダだけど水に魔力が残り、後者は少しばかり魔晶石《ましょうせき》を消費する。

そのため、アイリスさんたちが『何度も沸かすのは勿体《もったい》ない！』と主張、私たちは二、三人ずつ一緒にお風呂に入ることで節約に努めていた。

ただ、私が魔法で沸かした直後だとロレアちゃんが入れないため、組み合わせを考慮する必要があり、ほとんどの場合で私とロレアちゃんは別々になっていたのだ。

「それじゃ、後で入ってみようね。――それでロレアちゃん。話は変わるけど、今日は何で泊まりたかったの？　もちろん、私は構わないんだけど」

「……やっぱり、判《わか》っちゃいますよね？」

「そりゃあ、ね？」

寂しかったら云々《うんぬん》は、明らかに口実っぽい感じがしてたし。

少し気まずそうなロレアちゃんから上目遣《うわめづか》いに見つめられ、私の頬が緩《ゆる》む。

「えっと、サラサさんと一緒に暮らしているアイリスさんたちって楽しそうだし、ちょっと羨《うらや》ましいなって……」

「そうなの？」

「はい。だって、親元を離《はな》れて一人暮らし……じゃないですね。でも、自立して生活してる……るかどうかは微妙《びみょう》ですけど、一応、大人っぽい？　ですし？」

そうだね。アイリスさんたち、私におんぶに抱《だ》っこ、とまでは言わないけど、おんぶ状態ぐらいにはあるから。

そのことはロレアちゃんも知っているため、言葉に迷い、視線を彷徨《さまよ》わせる。

でも、言いたいことは解《わか》るかな。

たぶん、子供が大人に憧《あこが》れるような、そんな感じなんだと思う。

アイリスさんたちは借金のせいで自立できていないけど、それは彼女たちの責には依《よ》らないもので、本来は十分に独立してやっていけるだけの実力がある。

「それに、私ももう少しで成人ですから、家を出ることも考えるべきなのかなぁ、とか。

——今日は単に、サラサさんと一緒にお泊まりしたかっただけですけど」

「あと一年ちょっとだもんねぇ……」

むしろ外見だけなら、私より上に見える。遺憾《いかん》なことに。

「う〜ん……なら、今からでもウチに来る？　部屋《へや》は空いてるし、私は問題ないよ？」

「……良いんですか？」

私の提案に少し驚《おどろ》いたような、それでいて期待するような眼差《まなざ》しを向けてくるロレアちゃんに対し、私は軽く頷《うなず》く。

「うん。将来的にそのつもりがあるなら、一年ぐらい大した違いでもないし。ただそうなると、本格的にウチの店員が一生の仕事になると思うけど、それで良いの？」

日雇《ひやと》いの肉体労働など、技術が必要ない一部の職業を除き、一度仕事に就けばそれをずっと続けるのが一般《いっぱん》的な平民の生き方。

特に給料が平均よりも高い専門職は、転職することなどほぼあり得ない。

そして錬金術師《れんきんじゅつし》のお店の店員は、どちらかといえば専門職に分類される職業である。

「一応言っておくと、私もずっとこの村でお店を続けるとは限らないから……」

ここは良い村だけど、錬金術師として上を目指す場合に、この場所でお店を続けるのが良いのかどうか、今の私には判断できない。

もし将来的に店を移すとなったときに、ロレアちゃんは村を離れられるのか。

しかしその問いに、ロレアちゃんは当然とばかりに胸を張って頷いた。

「大丈夫です。既《すで》に両親には相談済みで、サラサさんが雇《やと》い続けてくれるなら、成人しても続けろと言われています。むしろ、雑貨屋を継《つ》ぐより喜んでます」

わぉ、しっかりしてる。けど……普通《ふつう》はそんなものなのかな？

私には両親がいないし、一〇歳で錬金術師養成学校に入学して将来が決まったから、そんな経験がないんだけど。

「でも、雑貨屋はどうするの？　ロレアちゃん、一人っ子だよね？」

「兄弟はいませんが、村に親族はいますから、そのあたりから養子を取ることになるかと。当てもなく村を出て行く必要がなくなるので、喜んで来ると思いますよ」

産業のない農村の就職事情は、案外厳しい。

開墾《かいこん》には人手とコストが掛《か》かるため、継げる農地がない人は村を出るしかない。

私の薬草畑を任せているマイケルさんなんかが、ちょうどそれ。

そんな人を養子にすれば、村にお店がなくなることを心配する必要はないらしい。

「それに私が家を出たら、弟か妹、増えるかもしれませんし。お母さんもまだ若いですから、たぶん今日あたり、頑張《がんば》ってるんじゃないかなぁ？」

頬に指を当て、平然とそんなことを言うロレアちゃんに、私は動揺《どうよう》。

でも、ここは年上の威厳《いげん》を保って、平然と相づちを——。

「そ、そうなんだ？　へ、へぇ……」

打てなかった。そ、そういうのって、田舎《いなか》の方が進んでいるとか、そんな噂《うわさ》を聞いたことがあるけど、ホントなのかな？

ちなみに私、自分がそっち方面に初《うぶ》な自覚はある。

だって、学校では勉強に明け暮れていたし、数少ない友達は貴族のご令嬢《れいじょう》だから！

師匠《ししょう》の所の店員さんたちと休憩《きゅうけい》時間に雑談することもあったけど、年齢差《ねんれいさ》があったからか、そんな話を振《ふ》られることもなかった。

せいぜい『サラサちゃん、好きな人はいないの？』とか、その程度。

そしてその時、『いいえ、私、友達二人しかいないので』と素直《すなお》に答えたら場が凍《こお》り、それ以降、そのあたりの話を振られることはなくなった（その後、後輩《こうはい》が入学して友達三人になったけど）。

ま、そんなわけで、私の思春期、下ネタに触れる機会はほぼなかったのだった。

いや、一応今も思春期継続《けいぞく》中なんだけど。

……ん？　もしかして、これからそういうお話をする機会が巡《めぐ》ってくる流れ？

アイリスさんとケイトさんは一応上流階級だけど、ロレアちゃんは純平民。

私たちの中にそんなロレアちゃんが交ざると——。

「あれ？　サラサさん、実はこういう話、苦手です？」

「え⁉　いやや！　そ、そんなこと、ないよ～？」

「そうですか？」

盛大に目を泳がせながら答える私に、ロレアちゃんはちょっと小首を傾《かし》げ、唇《くちびる》に人差し指を当てて「う～ん」と考える仕草を見せると、悪戯《いたずら》っぽい笑《え》みを浮《う》かべた。

「……ちなみに、お母さんが私を産んだのって、今の私とほぼ同じ頃《ころ》なんですよ？」

「ふぇ⁉　あ、へ、へぇ……」

ダルナさん、何してるの！

それって、犯罪じゃないの⁉

私なんて、結婚《けっこん》どころか、男の子と付き合ったことすらないよ！

「二人は幼なじみで、好き合っていたので、結婚すること自体はほぼ決まっていたみたいですけど、さすがに子供は早すぎるって、怒《おこ》られたみたいです」

「だ、だよね？　田舎だとそれが普通だったりはしないよね？」

「はい。ちょっと早いですね」

「……ちょっと、なの？」

「はい。サラサさんぐらいなら、子供がいる人は普通に」

成人してすぐに結婚。

すぐにごにょごにょして、出産。

……うん、確かにあり得ないことじゃないけど――なんか複雑！

私の周辺だと、学校を卒業する一五歳まではもちろん、卒業後もすぐに修業に入る関係上、結婚なんて話題、出なかったから。

「これは近所のおばちゃんから聞いた話なんですけど――あ、やっぱ止《や》めておきます」

「えぇっ!? そこで止められると、なんか凄《すご》く気になるんだけど！」

美味《おい》しそうな物を差し出しておきながら、さっと引っ込めるようなロレアちゃんの行動に、私は断固と抗議《こうぎ》。

しかしロレアちゃんは先ほどの悪戯っぽい笑みを消し、気まずげに視線を逸《そ》らす。

「えっと……サラサさんは聞かない方が良いかと？」

「私は!? 余計気になる！」

「……後悔《こうかい》しません？」

「うっ……、するカモだけど、聞かせて！」

再度確認《かくにん》するロレアちゃんに、私は一瞬《いっしゅん》言葉に詰《つ》まりつつも、答えを急《せ》かす。

この状態でお預けされて、知らされない方が後悔しそうだから。

「あの……実は私ができたのって、この家だった、とか？」

「…………はい？」

できた？　何が？

「いや、その、当時空き家だったこのお店に両親が忍《しの》び込んで、せ――」

「ストップだよ！　ロレアちゃん!!」

もうほとんど言ったようなものだけど、私は慌《あわ》ててその言葉を遮《さえぎ》る。

どこで、とか詳《くわ》しく聞いちゃったら、色々もによる。

部屋で寝《ね》ている時とか、かなり気になっちゃう。

口を噤《つぐ》んだロレアちゃんと私は、じっと見つめ合い、瞬《まばた》き。

ちょっと明け透《す》けに話しすぎたと思ったのか、ロレアちゃんの頰《ほお》がだんだんと赤くなり、
斯《か》くいう私も、顔が火照《ほて》る。

「は、話を変えよう、ロレアちゃん」

「そ、そうですね」

気まずくなった私がそう提案すると、彼女もすぐに乗ってきた。

「えっと……そう。ロレアちゃんのお仕事の話だったよね。何か訊《き》きたいこととか、希望

とかある？」

「いえ、現状でも十分、良くして頂いていますし。あ、でも……」

「ん？ なに？ 何でも言って？ ロレアちゃんとは長い付き合いになりそうだし」

むしろ、長い付き合いになるよう、囲い込みたいところ。

師匠とマリアさんみたいにね。

マリアさんぐらい頼《たよ》りになる店員さんがいたら、私も錬金術に精励《せいれい》できるから。

私が促《うなが》せば、ロレアちゃんはしばらく躊躇《ためら》った後、おずおずと口を開く。

「あの、私、サラサさんに憧れてて……錬金術師って、やっぱり、なれたりは……しないですよね？ 学校、入れる年齢じゃないですし」

「錬金術師、かぁ。年齢の方はそこまで厳密じゃないんだけど……」

ちょっと予想外の言葉に、私は嬉《うれ》しさと共に少しの戸惑《とまど》いを覚えて考え込んだ。

一応は一〇歳の時に受けられると決まっている、錬金術師養成学校の入学試験。

ただし、その年齢は自己申告でしかない。

貴族ならまだしも、平民の、それも農村部で暮らしている子供の年齢なんて、国は把握《はあく》していないわけで、厳密にチェックしようと思っても不可能なのだ。

なので初回の受験であれば、多少実年齢《じつねんれい》がオーバーしていても問題なかったりする。

「でも……ロレアちゃんは、無理、かなぁ」

ただでさえ、年齢の割に発育の良いロレアちゃん。私と知り合って以降も順調に成長し、もうすぐ一四歳になる今では、成人と言っても問題ないレベルだ。

そもそもあの入試は、何年間も必死で勉強しなければ受からない難関試験である。

それ故《ゆえ》、平民で入学できるのは、子供が勉強だけに打ち込めるほど裕福《ゆうふく》な家庭か、他《ほか》の子供たちが手助けしてくれる余地のある孤児院《こじいん》出身者がほとんど。

いくら地頭《じあたま》の良いロレアちゃんでも、合格できるほどの知識を身に付ける頃には、さすがに一〇歳と言い張るのは厳しい外見になっているだろう。

「やっぱり、そうですよねぇ……」

「けど、錬金術師になれないか、というと……不可能じゃない」

「そうなんですか？」

目を見開き、身を乗り出すロレアちゃんを宥《なだ》めつつ、私は言葉を続ける。

「うん。実は、ね。普通は学校を卒業しないと、〝錬金許可証《アルケミーズ・ライセンス》〟を取得できないんだけど、市井《しせい》にも優秀《ゆうしゅう》な錬金術師がいるかもしれないから」

国が学校を作った目的は、錬金術師の質と数を確保するためだが、質はともかく、数を確保するためには、それ以外の門戸を完全に閉ざすことは逆効果である。

そこで設けられた救済措置《そち》が、高位の錬金術師《れんきんじゅつし》（最低でも中級、通常は上級以上）から推薦《すいせん》を受け、数年に一度行われる試験に合格すれば、許可証を与《あた》えるというもの。

ただし実際のところ、これで資格を取るのは学校に入る以上に厳しい。

学校では五年間、朝から晩までひたすら勉強、実習、試験を繰《く》り返《かえ》すのだ。

それと同じだけ学ぼうと思えば、どれだけの時間とコストが掛かるか。

更《さら》には教師の存在。学校を卒業した錬金術師でも、習ったことすべてを他人に教えられるかと言えば、決してそんなことはない。

学校の教授や講師陣《じん》は、それぞれが得意分野を教えているのだ。

それらを一人で担当することなど、普通はできない。

その上、錬金許可証《アルケミーズ・ライセンス》の取得試験の難易度は、平常授業の評価点がない関係上、学校で行われる定期試験や卒業試験を超《こ》える。

学校の成績基準で『なんとか落第はしない』というレベルでは、合格はまず無理。

どうしても子供を錬金術師にしたい貴族や大金持ちが、複数の錬金術師やその他の家庭教師を雇《やと》い、大金と何年もの期間をかければ可能性が見えてくる。

あえて言うなら、そんな感じだろう。

「……つまり、実質不可能、なんですね」

「いや、そうでもない、かな？」

ロレアちゃんが諦念《ていねん》の混じったため息をつくが、私は首を振ってそれを否定した。

可能性がないなら、希望を持たせるようなことは言わない。

「私なら、教えられるかも？　今すぐは無理だけど、長期的には」

これでも私、すべての教科でトップに近い成績を収めている。

つまり、指導できるだけの知識は備えている……つもり。

「じゃあ！」

「でも、私、人に教えた経験は、ほぼゼロなんだよねぇ」

友達同士で教え合いとか、ほとんど無縁《むえん》の生活を送ってきたからね！

お勉強会的なものをしたことはあっても、自慢《じまん》じゃないけど、私たちって基本的に優秀だったから、単に一緒《いっしょ》に机を囲んでいただけ。

解《わか》らないところを教え合うにしても、一言、二言、アドバイスするだけで、自己解決できちゃうから、『教える』なんて感じじゃない。

もちろん、初学者に対して指導した経験なんて皆無《かいむ》。

こんな私がロレアちゃんを弟子《でし》にしたとして、錬金術師の資格試験に合格できるレベルまで引き上げられるかは……正直、自信がない。

「あともう一つ。ロレアちゃんの持つ魔力量《まりょくりょう》はそこまで大きくないから、もしすべてが上《う》手《ま》くいっても、錬金術師として大成できる可能性は、かなり低いよ？」

錬金術師に最も必要なのは『魔力操作の精密さ』とはいえ、魔力の絶対量が少なければ、錬成《れんせい》を行える回数に制限が出るし、多くの魔力が必要な物は作れない。

そして、錬金術大全にはそういう物も載《の》っている。

つまり、そこに引《ひ》っ掛《か》かった時点で頭打ち、レベルは上げられなくなる。

これから伸《の》びる可能性もゼロじゃないけど、魔力量は生まれつきの部分が大きいので、あまり期待はできない。

もっとも錬金術大全の五巻まで——つまり中級までは、そこまで魔力量を必要としないので、平均的な錬金術師で良いのなら、あまり障害にならないんだけどね。

「それでも構いません。どちらかといえば、お仕事ができるようになって、もっとサラサさんの役に立ちたいという思いの方が大きいので」

「そ、そっか」

嬉しいことを率直に言われ、思わず顔が緩《ゆる》む。

私は別に構わないんだけど、ただカウンターに座っているだけの時間が多いのが、やっぱり気になっているのかも。

「でも……錬金術師の勉強って、結構大変だよ？　刻苦勉励《こっくべんれい》。難関入試を潜《くぐ》り抜《ぬ》けた人たちでも、その九割が挫折《ざせつ》して消えていく。そんな世界。それでもやる？」

ロレアちゃんの場合、錬金術師になれなくてもウチで働けるけど、長期間――下手《へた》をすれば一〇年以上勉強して合格できなければ、ショックは大きいと思う。

そして、その確率は決して低くはない。

むしろ、合格する可能性なんて、ほとんどないかもしれない。

けれどそれを説明しても、ロレアちゃんはしっかりと頷《うなず》いた。

「はい。大変さを解ってるとは言い切れませんが、途中《とちゅう》で投げ出さないことは誓《ちか》います。サラサさん、弟子にしてくれますか？」

こちらをじっと見る、ロレアちゃんの真剣《しんけん》な眼差《まなざ》しを受け、私も覚悟《かくご》を決める。

「解った。絶対に錬金術師にするとは保証できないけど、弟子として受け入れます」

「ありがとうございます！」

ロレアちゃんは嬉しそうにお礼を言い、再度私の顔を見て、少し口元を緩める。

「えっと、サラサさん」

「なに？」

「お師匠《ししょう》様、って呼んだ方が良《い》いですか？」

「それはヤメテ。ちょっと重すぎるから」

悪戯《いたずら》っぽく笑うロレアちゃんに、私は即座《そくざ》に首を振《ふ》った。

卒業一年目、ぺーぺーの私が『お師匠様』とか、どう考えても烏滸《おこ》がましい。

そんなの師匠に聞かれたら……怒《おこ》られはしないと思うけど、大笑い、かな？

――うん、なしだね。

「今まで通りで良いから、今まで通りで」

「はーい、解りました。サラサさん。これから、よろしくお願いします」

「こちらこそ。頑張《がんば》ろうね！」

そうは言っても、錬金術師の修業なんて、最初は知識の習得が主体。

これまでも色々と教えていたから、取りあえずはそれを強化するような感じかな？

実習なんてずっと先のことだし、すぐに何が変わるわけじゃない。

と、思っていたんだけど――。

「今日からよろしくお願いします！」

明くる朝、私の目の前には、布袋《ぬのぶくろ》を一つだけ抱《かか》えたロレアちゃんが立っていた。

昇《のぼ》ったばかりの朝日を浴びて輝《かがや》く、彼女の笑顔《えがお》が眩《まぶ》しい。

「えっと……ロレアちゃん、もう？　昨日の今日で？」

「はい！　善は急げと言いますし」

なんとロレアちゃん、開店前に一度家に戻《もど》ったかと思ったら、手早く荷物を纏《まと》めて、出勤するその足で引《ひ》っ越《こ》してきたのだ。

持っているのは、両手で抱えた大きな袋《ふくろ》一つ。

引っ越しの荷物としてはあまりにも少ない――ん？

……こともない？　よく考えたら、私の引っ越し荷物はもっと少なかったよ。

その上、ロレアちゃんの実家はご近所。

生活必需品《ひつじゅひん》は一通りウチに揃《そろ》ってるし、必要ならすぐ取りに戻れる。

持ってきたのは着替《きが》えとか、そのへんの物だけかな？

「あの……ダメでしたか？」

私が少し考え込んでしまったからか、輝いていたロレアちゃんの顔が曇《くも》った。

それを見て、私は慌《あわ》ててその不安を払拭《ふっしょく》する。

「いや、ダメじゃないよ？　ダメじゃないけど、引っ越してくるなら、私もきちんとダルナさんに挨拶《あいさつ》に行かないと」

いうなればこれは、ロレアちゃんを徒弟《とてい》としてウチに迎《むか》え入れるようなもの。

彼女の出身地が別の町とかならともかく、同じ村の中、しかも比較《ひかく》的近所に親が住んでいるのに挨拶もなしとか、そんな不義理なことはできない。

孤児院《こじいん》の子が弟子入りする場合も、そこの人が孤児院まで挨拶に来ていた。

その頃《ころ》は私も年齢一桁《ねんれいひとけた》だったので、詳《くわ》しいことは覚えてないんだけど、たぶんそういうものなんだと思う。

だけど、私のそんな言葉に、ロレアちゃんは不思議そうに私を見返した。

「え、挨拶ですか？　ちゃんと言ってきましたから、別に必要ないですよ？　両親も気にしないと思います。――いえ、むしろウチの親が挨拶に来るべきというか」

「そういうわけにはいかないよ。娘《むすめ》さんを預かるんだから、きちんと私から挨拶をしないと。大人の責任として」

「大人……ですか？」

何故《なぜ》そこに疑問を抱《いだ》く？

「大人です！　二歳違《ちが》いでも、私、成年。ロレアちゃん、未成年。コレ、ゼッタイ！」

そこ！　ロレアちゃんの方が年上に見えるとか、言っちゃダメ。

外見は関係ないんだよ？　立場と責任に。

私、社会的地位は高いからね！　錬金許可証《アルケミーズ・ライセンス》は伊達《だて》じゃないんだよ？　ふふん。

「解りました。であれば、ちゃっちゃと済ませちゃいましょうか。開店まであまり余裕《よゆう》がないですし」

「え、いや、そんな簡単には済まないと思うし、今日は開けるのが遅《おそ》くなっても……」

むしろ、半休ぐらいでも良いような？

私も挨拶するのに、ちょっと心の準備とか欲しいし。

手土産《てみやげ》とか、用意すべきでしょーか？

……明日《あした》にした方が良いかな？

「ダメです、私の事情でお店に影響《えいきょう》が出るのは。急ぎましょう！」

持っていた袋を部屋《へや》に放り込んだロレアちゃんは、初めての経験にやや腰《こし》の引けている私を追い立てるように、背中を押してダルナさんの所へ。

そうなれば私も、大人として覚悟を決めるしかない。

雑貨屋さんに乗り込み、ダルナさんとマリーさんに『娘さんをお預かりしてよろしいでしょうか』と尋《たず》ねれば、予想外なことにというべきか、ロレアちゃんが言った通りにというべきか、二人は非常にあっさりと、いや、むしろ恐縮《きょうしゅく》するように『ご迷惑《めいわく》をおかけするかもしれませんが、娘をよろしくお願いします』と返されてしまった。

ロレアちゃんが言っていた通り、ダルナさんたちは彼女が雑貨屋の仕事を継《つ》ぐことをあまり歓迎《かんげい》していなかったらしい。

村に必要な職業ではあるが、村と町を往復することの多い雑貨屋の仕事は決して安全とはいえず、先代であるダルナさんの両親は盗賊《とうぞく》に襲《おそ》われて命を落とし、ダルナさんたちも危険な目に遭《あ》っている。

かといって、何の当てもなく町へ働きに出すことも不安。

せめて腕《うで》っ節《ぷし》の強い婿《むこ》でも迎えて――と考えていたところに今回のお話。

安定性、安全性、収入で文句の付けようのない錬金術師《れんきんじゅつし》のお店に就職できるなら、親として万々歳《ばんばんざい》。反対する理由など、何一つない、と。

――しかし、安全そうなこの村とサウス・ストラグの間でも、盗賊は出るんだ？

私も襲われはしたけど、あれはヨク・バールが雇《やと》った奴《やつ》らだから。

サウス・ストラグという交易都市を抱えるカーク準男爵《だんしゃく》領にとって、街道の安全こそが命綱《いのちづな》。盗賊なんて放置してたら致命《ちめい》的だろうに。

悪巧《わるだく》みをする暇《ひま》があるなら、そっちを頑張ろうよ。

……ダメな二代目とか、そういう感じかな？　サウス・ストラグの現状を考えると。

本当に危険そうならダルナさんたちのためにも、延《ひ》いてはロレアちゃんのためにも、たまにはお掃除《そうじ》に行った方が良いかもしれない。

ゴミ、ゴミが残っているのはスッキリしないしね？

――まぁ、そんなこんなで、私は有望な店員をしっかりと囲い込んだのだった。

◇　◇　◇

「サラサさん、今日のご予定は？」

ダルナさんへの挨拶が予想以上に早く終わったため、開店はいつも通りの時間。

手早く開店作業を終えたところで、ロレアちゃんが私の今日の予定を尋ねてきた。

「えっと……今日はまず、隣《となり》の薬草畑の確認《かくにん》と、場合によっては指導かな？」

少し考えて答えた私に、ロレアちゃんがどこか嬉《うれ》しそうにふむふむと頷《うなず》く。

「順調みたいですね。マイケルさんから聞いています」

「一応は、ね。育てやすい物を主体にしてるから」

ロレアちゃんって、地味に事情通なんだよね、私に比べて。

まぁ、定期的に食料の買い出しに行くロレアちゃんに対し、私はこの家からほとんど出ないからねぇ。あんまり用事がないから。

正確に言うなら、時々は出るけど、村よりも森とかサウス・ストラグに行く機会の方が多いって感じかな？　ロレアちゃんのおかげで、ディラルさんの所もご無沙汰《ぶさた》だし。

「その後は、放置気味になってる、裏の薬草畑の処理をしようかな？」

「え、あの畑、潰《つぶ》しちゃうんですか？」

「違う、違う。別の物を植えようと思って。マイケルさんでも育てられる薬草なら、私が栽培《さいばい》する必要もないし」

「あ、そうですよね。同じ薬草を作っても無駄《むだ》ですよね」

「そういうこと。だから、育てるのが難しい物にする予定なんだけど……それだけに、種も高いんだよねぇ」

「ということは？」

「失敗すると、大損害！　今の私でも、結構痛いんだよね」

ただ、それらの薬草があるとないでは、作れる錬成薬《ポーション》の種類に大きな違いが出るので、いずれは手に入れる必要がある。

大樹海にも生えているはずだけど、村にいる採集者のレベルだと、命懸《いのちが》けになりそうなほど深い場所になるので『採ってきて！』とも頼《たの》めないし、余所《よそ》から仕入れるよりはマシとはいえ、買い取り価格も高くなることに違いはない。

「ちなみに、錬金術で楽に栽培できたりは？」

「一応、〝完全育苗器《いくびょうき》〟っていう、既知《きち》の植物であれば、魔力《まりょく》を注ぐだけで完璧《かんぺき》に育ててくれる錬成具《アーティファクト》は存在するんだけど……」

あ、正確には『栽培方法が確立している既知の植物』ね。

植物に精通した錬金術師を以《もっ》てしても、育てられない植物は対象外。

その代わり、栽培方法が確立していれば、水も肥料も太陽の光すら必要ない、なかなかにとんでもない錬成具《アーティファクト》。

大金持ちの貴族なんかは、これに観葉植物を入れて、部屋に飾《かざ》っていたりするらしい。

私からすると、ちょっと信じられないけど。

「え、凄《すご》いじゃないですか。それを用意すれば、薬草の問題は解決なんじゃ？」

「いやいや、そんな簡単だったら苦労しないよ。今の私じゃ作れないし、滅茶苦茶《めちゃくちゃ》高価な錬成具《アーティファクト》だから、他《ほか》の錬金術師から買うような資金もない。ついでに言えば、作れる人もあんまりいないし、コスト的にも見合わない」

これ、錬金術大全の九巻に載《の》っている錬成具《アーティファクト》で、実に稀少《きしょう》性の高い代物なのだ。

その上、ガラス製のドーム型だから、ちょこっと小さい草が生えるような薬草ならまだしも、草丈《くさたけ》の高い薬草を育てようと思うと、完全育苗器のサイズも巨大《きょだい》化。作製にかかるコストも、それを維持《いじ》するための魔力も莫大《ばくだい》になる。

どのくらい高価かというと、小さな植木鉢《うえきばち》が入るサイズで、庶民《しょみん》の家なら数軒《けん》建つようなレベル。そんな物で育てる薬草の生産コストについては、言うまでもないだろう。

これに観葉植物を入れる貴族が信じられない私の気持ち、理解してくれるよね？

「はぁ～、そんな落とし穴が……。ちなみに、既知じゃない植物を入れると？」

「その場合は『完全』じゃなくなる。上手《うま》く育つかどうかは……運？」

私も使ったことはないし、詳しくは知らないけど、ちょっとした品種の違いぐらいなら、良《い》い感じに調整してくれるらしい。

ただし、未知の植物を入れた場合の勝率は半々――よりも悪いとかなんとか。

新種の種苗《しゅびょう》なんて貴重だろうし、かなりリスキーだよね。

それなら普通《ふつう》の人は、自分で育てる方を選ぶ。

「ま、私には関係がない話だけど。買える物じゃないから」

「つまり、サラサさんが頑張《がんば》って面倒《めんどう》を見るしかない、と」

「うん、基本的には。ただ、〝育苗補助器〟という錬成具《アーティファクト》もあって、こっちなら私でも作れるから、これは利用するつもり」

こちらは、ポットに植えた種が芽を出し、根を張るぐらいまで使用できる物。

その後は畑に移植して栽培。これでも普通に植えるよりは成功率が高い。

育てるのが難しい植物って、まず発芽するかどうかが最初の関門だから、ポットにしっかりと根っこを張れるぐらいまで育てば、後は結構なんとかなったりする。

もちろん、畑に植え付けた後も、気温、霜《しも》、雪、乾燥《かんそう》、肥料、魔力など、気を付けないといけない要素はたくさんあるけどね。

「それでも便利ですねぇ。農家の人が喜びそうな錬成具《アーティファクト》です」

「お金が掛《か》からなければ、ね。完全育苗器とは比較《ひかく》にならないとはいえ、十分に高いし、魔晶石《ましょうせき》を使うにしろ、自分の魔力を使うにしろ、普通の農家には厳しいよ」

「ははぁ、普通の農作物じゃ、赤字になっちゃうと」

「そーゆーこと。魔力に問題のない私だって、薬草栽培だけを目的に作ることはないと思うよ。ちょっとやそっとじゃ元が取れないもん」

錬金術大全に載っていて、作らないといけないから作るだけ。

買ってくれる人がいるなら売りたいところだけど、この村だとやっぱり無理だよね。

植物の研究者でもなければ、普通は用のない錬成具《アーティファクト》だから。

「ま、当分の予定はそんな感じかな？　そんなわけで、私は出かけてくるね。ロレアちゃん、店番の方はよろしく」

「はい、任せてください。行ってらっしゃいませ」

お隣の畑では、今日もマイケルさんとイズーさんが頑張っていた。

以前、ガットさんが言っていた通り、マイケルさんたちはとても真面目《まじめ》で、教えたことはきっちりと、サボることなくやっている。

技術面はまだしも、その点は安心して任せられるのでありがたい。

「おはようございます。朝早くからご苦労様です」

「あ、サラサさん。おはようございます。良い天気ですね」

私が声を掛けると、イズーさんが顔を上げ、にっこりと挨拶《あいさつ》を返してくれる。遠くで作業をしていたマイケルさんも、私に気付くと、やや早足でこちらにやってきた。

「調子はどうですか？」

「問題ないと思いますが……確認して頂けますか？」

少しだけ不安そうなマイケルさんに促《うなが》され、私は畑の何箇所《なんかしょ》かで薬草を確認してみるけど……病気はないし、生長も問題なし。虫もついていないね。

「……はい、大丈夫《だいじょうぶ》そうですね。あと少し……霜が降りる前には収穫《しゅうかく》できますよ」

「ついにですか！　初めての収穫なので楽しみです！」

実家の手伝《てつだ》いをしていたマイケルさんはともかく、町育ちのイズーさんは正真正銘《しょうしんしょうめい》、これが初めて育てた作物。それだけにどこか感慨《かんがい》深げに薬草畑を眺《なが》める。

だが、ふと何か思い出したかのように、こちらを見て口を開いた。

「ところで、これを収穫した後は春まで何もなし、ですか？　冬に植える物は？」

「冬場に育つ薬草もありますが、大変ですよ？　世話を怠《おこた》れば枯《か》れてしまいますし」

「寒くても頑張ります！　ねぇ、マイケル？」

イズーさんに強く同意を求められ、マイケルさんは慌《あわ》てたように力強く頷く。

「あ、あぁ、もちろんだとも！　サラサさん、お願いできませんか？」

「用意はできますが……何かあるんですか？」

「えっと……じ、実は、子供が……」

「え？　イズーさんにですか？」

目を丸くする私に、イズーさんは恥《は》ずかしそうに頬《ほお》を染めつつ、こくんと頷く。

「はい。生まれるのは春になるとは思いますが」

「おめでとうございます！　しかし、それではマイケルさん一人で、余計大変になると思いますけど、やるんですか？　食べるだけなら大丈夫ですよね？」

マイケルさんたちには、当面の間、エリンさんから給料が支払《しはら》われるが、薬草の一部も二人の取り分となるため、多く収穫できればそれだけ収入も増える。

だから、二人の意欲は理解できるけど、無理をする必要があるのかと言えば……。

「えっと、私も少しぐらいなら——」

手伝うと言いかけたイズーさんに、私はキッパリと首を振《ふ》る。

「ダメです。妊婦《にんぷ》に冬場の農作業は許可できません。イズーさんの手伝いが必要なようなら、この話はなしです」

「イズー、大丈夫だ。僕は器用じゃないが、コツコツやることは得意なんだ。一人でもしっかりと仕事を熟《こな》すよ。だからイズーは元気な子を産んでくれ」

「マイケル……解《わか》ったわ。頑張って！　私は家であなたを待ってるから！」

手を取り合って見つめ合う二人。

おめでたいことだけど、目の毒だから、そういうのは家でやって欲しい。

そして——おい、こら。顔を近付けていくな！

「ごほんっ！　それでは私はこれで。引き続き頑張ってください」

私のわざとらしい咳払《せきばら》いに、慌てて離《はな》れる二人。

そんな二人に、私はそれだけ言い置いて背を向ける。

定職を持たずに結婚《けっこん》に踏《ふ》み切るあたり、情熱的ではあるんだろうけど、時と場所は考えて欲しい。ついでに『引き続き』は農作業のことだからね？

そのところ、間違《まちが》えないように！

◇　◇　◇

通常のお仕事の傍《かたわ》ら、ボチボチと裏庭の薬草畑を整えた私は、次は少し放置気味になっていたお店の表にある花壇《かだん》の整備に取り掛かった。

春から夏にかけては何かしらの花が咲《さ》いていたその花壇も、秋が深まってきた最近では、すべての花が終わり、葉っぱも少し茶色くなり始めている。

それらの球根を掘《ほ》り上げ、半分は来年用に、半分は素材用に回す。

観賞用と実用。私、スペースと手間を無駄にするつもりはないのだ。

空いた花壇には、秋から冬にかけて花を咲かせる薬草を植え付け。

あんまり華《はな》やかな花じゃないけど、ないよりは良いよね？

なお、一応は彩《いろど》りが目的なので、選択《せんたく》基準はそれなりに綺麗《きれい》な花であること。

薬草としての価値は、そこまで重視していない。

「ま、一応女の子だからね、私も。女子力、ちょっとは必要。うん」

取って付けたような女子力アピールでも、たぶん、ないよりはマシ。

いろんな面で、ロレアちゃんに負けてるから。

でも、さすがにアイリスさんには勝っているはず——外見は除いて。

そっちでは既《すで》に競《きそ》う気もないから。親が産んでくれた、ありのままの自分を好きでいたい——そんな風に心を誤魔化《ごまか》しつつ、次の作業へ取り掛かる。

「次は、育苗補助器の作製だね」

この錬成具《アーティファクト》は乳白色の板状で、四隅《よすみ》には少し大きめの魔晶石があり、一辺にはやや小さめの魔晶石が一列に配置されている。

使い方は簡単、この上に種を蒔《ま》いたポットを並べておくだけ。

完全育苗器ほど完璧じゃないけど、魔力さえ切らさなければ、ほぼ一〇〇%発芽して、畑に植えられる苗《なえ》にまで生長させてくれる。

軽く十万レアを超《こ》えるコストにさえ目を瞑《つぶ》れば、さほど難しい錬成具《アーティファクト》ではないので、ちゃっちゃと作製。ポットを並べ、先日師匠《ししょう》に頼《たの》んで取り寄せてもらった、ちょっとお高めの薬草の種を植え付けていく。

「これはチレイノーブ、こっちはジバーウェイとシャルニルス、そしてこれがヴァンカーオ、と。……落としたら終わりだね、これ」

種がよく似ているので、名札を刺《さ》しながら間違えないよう植え付けて……あれ？

「この種……何だろう？」

種類毎《ごと》に小袋《こぶくろ》に分けられた種、その小袋を纏《まと》めて入れてあった袋《ふくろ》の底に、私の記憶《きおく》にない種が一粒《ひとつぶ》転がっていた。

他《ほか》の種よりちょっと大きめの、少し堅《かた》そうな種。

麦の一種のようにも見えるし、林檎《りんご》の種にも似ている――けど、よく判《わか》らない。

「……調べてみようかな。〝錬金《れんきん》素材事典〟も買ったことだしね」

ロレアちゃんの勉強のため、師匠に頼んで一緒《いっしょ》に送ってもらった錬金素材事典。

折角だからそれで確認《かくにん》すべく、私はその種を手に立ち上がった。

お店のカウンターでは、傍らに錬金素材事典を広げたロレアちゃんが、それを見ながら紙にペンを走らせていた。

そこに私がそっと顔を覗《のぞ》かせると、すぐにこちらに気付いたロレアちゃんが、私の顔を見て不思議そうに時間を確認した。

「サラサさん、どうかしましたか？　お昼にはまだ早いですが……」

「ちょっと調べたいことができてね。それ、貸してもらって良い？」

「はい、もちろん。どうぞ」

「ありがと」

ロレアちゃんから差し出された錬金素材事典を受け取り、パラパラと捲《めく》る。

と同時に、ロレアちゃんが書いていた紙にも視線を向けた。

「ロレアちゃんの方はどう？　順調？」

今、彼女がしているのは、錬金素材事典を読み込み、そこに載《の》っている素材を覚えると同時に、内容を他の紙に書き写すこと。

といっても、まるっと写本しろという話ではない。

『採集するときに必要な情報だけを抜《ぬ》き出し、それを解りやすく纏める』

二つの目的から、この作業を頼んでいた。

一つは、この村の採集者に知られていない素材を周知することで、それを集めてきてもらうこと。これによって、採集者の収入アップを図ると共に、ウチの商品のバリエーションも増えたら良いと思っている。

もう一つは、情報を纏める過程で、ロレアちゃん自身の理解も深めてもらうこと。

錬金術師なら自分でも採集できるだけの知識が必要なので、これは結構重要。

手を動かして書けば、きっと記憶にも留めやすいはず。

「どう、でしょうか？　こんな感じになってますけど」

「うん、ちゃんとできてる――いや、かなり上手《うま》いね？　ロレアちゃん」

彼女から差し出された紙束を捲り、私は目を瞠《みは》る。

事典の細密描写《びようしや》とは異なるけれど、きちんと特徴《とくちよう》を捉《とら》え、採集に必要な情報はしっかりと盛り込まれたかなり上手《じようず》な絵。これはちょっと予想外の才能かもしれない。

それに加えて薬草の説明は、文章を読むのが苦手な採集者でも要点が摑《つか》めるよう、必要な情報のみが箇条書《かじようが》きにされている。

「これなら、期待できそうだよ」

「そうですか？　ありがとうございます。――サラサさんの方はどうですか？」

「う～ん、この種を探しているんだけど……ない、なぁ」

学生時代、何度も繰《く》り返《かえ》し読んだ本だけに、内容はほぼ把握《はあく》している。

もっとも、これに載っているのは錬金素材となる植物のみで、普通《ふつう》の植物は載っていないし、その中でも種の絵まで描写してあるのは、種自体を使う一部の植物のみ。

私自身、使ったことのある植物でも、種まで覚えているとは言《い》い難《がた》い。

「まさか、師匠が食べていた果物《くだもの》の種がたまたま袋の中に落ちたとか、マリアさんが使った食材の種が紛《まぎ》れ込んだとか、そんなことは……ないよね？」

大袋の隅《すみ》に一つだけ転がっていたあたり、あり得ないとも言えないのが何とも……。

試《ため》しに、ロレアちゃんにも種を見せてみるけど——。

「これは……私も見たことありません。少なくとも、この村で栽培《さいばい》されている農作物の種ではありませんね」

「だよね。どうしようかなぁ……？」

師匠に問い合わせるという方法もあるけど、気軽に使っているように見えて、転送陣《じん》の消費する魔力量《まりょくりょう》は、ちょっとハンパない。

ここから王都までともなれば、少し魔力量が多い程度の人では、紙切れ一枚すら転送できないほどで、私の方はともかく、大したことのない質問で師匠にそんな魔力を消費させるのは、申し訳ない。

「植えてみれば良《い》いんじゃないですか？　芽が出れば、何か判るかもしれませんよ？」

「……それもそうだね。ポットを一つ増やすぐらい、大した手間じゃないし」

師匠が食べていた果物の種なら種で、裏庭に植えておくのも面白《おもしろ》い。

もしかしたら、美味《おい》しい果物の収穫《しゅうかく》、期待できるかも？

「うん、そうしよう。ありがと、ロレアちゃん。書き写しの方は、引き続きよろしく」

「任せてください。このチラシがお店の役に立つなら、やりがいもあります！」

笑顔《えがお》でぎゅっと拳《こぶし》を握《にぎ》るロレアちゃん。その肩《かた》を軽くポンと叩《たた》いた私は、奥へ戻《もど》るとポットをもう一つ用意して、その種も植え付ける。

「これで良し。あとは育苗補助器《いくびょうほじょき》を起動して……」

下の板に手を置いて魔力を注げば、四隅に配置された魔晶石《ましょうせき》が、それぞれ赤、青、緑、黄の光を放ち始める。そこから更《さら》に魔力を注ぐと、側面に一列で配置された小さな魔晶石も順々に白く染まり、すべてが白くなったところで魔力の補充《ほじゅう》は完了《かんりょう》。

周囲の気温や湿度《しつど》次第《しだい》だけど、これで一ヶ月程度は魔力が保《も》つはず。

「さて、これはどこに置いておこうかな？」

ほんのりと光を放つ半透明《はんとうめい》で乳白色の板は、なかなかに綺麗。

でも、上に置かれた実用性重視の農業用ポットが、色々と台無しにしてる。

ま、インテリアじゃなくて実用品だしね、これ。

「雨が当たらない場所で、ある程度の光が当たる場所……選択肢《せんたくし》は、ほぼないよね」

一階の部屋《へや》は倉庫や応接間、陽の当たらない錬金工房《こうぼう》と店舗《てんぽ》スペースに食堂兼《けん》台所。

二階に空き部屋はあるけれど、一応はゲストルームなので、これを持ち込むのは避《さ》けておきたいし、アイリスさんたちの部屋や倉庫も、当然ながら対象外。

なので二階の自室か、台所の窓際辺り。

どちらかを選ぶなら、畑のある裏庭に近い後者かな。

「木箱の上に置いて……うん。あとは、待つだけだね」

翌日、お昼の休憩《きゅうけい》時間を利用して、私はロレアちゃんに魔力操作の基礎《きそ》を教えていた。

これは重要な実習の前段階。これを疎《おろそ》かにすると、とても危険。

私の場合、これをせずに実習に手を出し、大変なことになりかけたから。

いや、正確に言うなら、手を出させられて？

師匠に言われるままにやったことだったので。

今にして思えば、あれは私の魔力の多さと、その危険性を認識させるために必要だったと解《わか》るけど、正直、かなりびびった。必死で魔力操作を練習するほどに。

そのおかげで、学校の実習が始まっても苦労せずに済んだわけだけど。

つまり、しっかりやればとても有益なのだ。

「そうそう。ロレアちゃん、筋が良いよ？」

「ホントですか？　ありがとうございます」

「ロレアちゃんは、魔法《まほう》の練習も順調だし、そっち方面では心配ないかもね」

「わぁ、嬉《うれ》しいです！」

当然、このまま努力を続ければ、という前提があってのことだけど。

でも私、弟子《でし》は褒《ほ》めて伸《の》ばす指導方針なのだ！

ん？　初めて指導するんじゃないかって？

うん。だから、今日決めた。たぶん、真面目《まじめ》なロレアちゃんには合うと思う。

その予定はないけど、調子に乗るタイプの弟子を取ったら、そのときに考えよう。

「魔力操作は地味な修業だけど、これ、かなり重要だからね。極端《きょくたん》なことを言うと、これさえ上手ければ、錬金術師としてやっていけるから」

もちろん、錬金許可証《アルケミーズ・ライセンス》を取れるだけの最低限の知識・技量は必要だけど。

魔力が多ければなんとかなる、雑な魔法使《まほうつか》いとは違《ちが》うのだ。

「あ、一応言っておくけど、ロレアちゃんが錬金術を使えるようになっても、勝手に錬成《れんせい》とかしちゃダメだからね？　バレたら、捕《つか》まっちゃうから。下手《へた》したら、頭と胴体《どうたい》、泣き別れになっちゃうから」

これは冗談《じょうだん》ではない。じっと見つめてそう言えば、ロレアちゃんは気圧《けお》されるように、ゴクリと唾《つば》を飲み込んだ。

「するつもりはありませんが……そうなんですか？」

「そうなんです。錬金許可証《アルケミーズ・ライセンス》は飾《かざ》りじゃないのです」

正に『許可証』。これを持たずに錬成すると、王国法で罰《ばつ》せられる。

例外は、錬金許可証《アルケミーズ・ライセンス》を持った正規の錬金術師の指導下で行われる場合のみ。

錬金術師養成学校を途中《とちゅう》でドロップアウトする人は結構多いので、そんな人がモグリでやっている錬金術師もどきが、時折摘発《てきはつ》される……らしい。

私も話に聞いただけだけど。

何故《なぜ》そんなに厳しいのかといえば、とても危険だから。

出来の悪い錬成具《アーティファクト》が事故を起こすこともあるけれど、特に問題となるのは錬成薬《ポーション》。

粗悪《そあく》なら動作すらしない錬成具《アーティファクト》に比べ、錬成薬《ポーション》は見ただけでは効果が判らない。

結果、身体《からだ》にとんでもない悪影響《あくえいきょう》を及《およ》ぼすような物が流通してしまう危険性もある。

それ故《ゆえ》、モグリの錬金術師に対する罰則《ばっそく》も厳しくなっているのだ。

学校ではそのあたり厳重に注意されるし、定期試験に落第して退学になる場合には、再度の警告と誓約書《せいやくしょ》を書かされるんだとか。

幸い、私には縁《えん》がなかったイベントだけど。

もっとも、錬金許可証《アルケミーズ・ライセンス》を所持した上で悪質な行為《こうい》に手を染める錬金術師も存在するのだから、なんとも言えない。真面目にやれば、それなりに稼《かせ》げるのにね？

「そんなわけで、もしロレアちゃんが錬金術師になるのを諦《あきら》めたとしても、そのあたりの決まりには縛《しば》られることになります。注意してね？」

「もちろんです。というか、諦めませんから！」

「うん、そう願ってる」

学校に入学した誰《だれ》もがそう思いながら、実際に実現できるのは一部のみ。

それぐらいに厳しいのが、錬金術師。

まぁ、ロレアちゃんには、試験による落第がないから、挫《くじ》けさえしなければ『諦めない』は実現できると思うけど。

「さて、今日の練習はこんなものかな？　あんまり長くやっても効率が悪いし、毎日続けることが大事だから」

「解りました。ありがとうございます」

「はい、お疲《つか》れ様《さま》」

ぺこりと頭を下げたロレアちゃんに私は頷《うなず》き、グッと伸びをして、ふぅと息を吐《は》く。

「休み時間は……もう少しありそうですね。お茶を淹《い》れますね」

「うん、ありがと～」

自分がやるわけじゃないけど、魔力操作の練習を見るのは地味に疲れる。

いや、むしろ自分がやるよりも疲れる。

きちんと操作ができているか、他人の魔力を『見る』必要があるから。

軽く目元をマッサージしながら待っていると、私の前にコトリとカップが置かれた。

立ち上る香気《こうき》に鼻をくすぐられ、気持ちが落ち着く。

ロレアちゃんにお礼を言って、お茶を一口。程良い温度と渋《しぶ》みが心地《ここち》好《よ》い。

「ふー、美味しい」

「お粗末様《そまつさま》です。――あの、魔力操作が上達する良い方法とかありますか？」

「当然だけど、基本的には地道な練習だね。魔法を精密に使ったりするのも効果的だけど、今のロレアちゃんが使える魔法だと向いていないから、これはそのうち、かな？　あとは錬成具《アーティファクト》を扱《あつか》うのも効果があるよ。魔力を流す感覚というのが解るから」

「錬成具《アーティファクト》……魔導《まどう》コンロとかでも、ですか？」

「あのへんは一般《いっぱん》人でも使いやすくなっているから、そこまでじゃないけど……以前ロレアちゃんがフライパンを熔《と》かしかけた魔力炉《まりょくろ》なんかは、ある意味最適」

それはウチに魔導コンロが導入される前。

貧相で手抜《てぬ》きな食事をしていた私に、ロレアちゃんが『私が作ります！』と料理を作ってくれたことがあるんだけど……その時に使ったのが、工房《こうぼう》にある魔力炉。

大型のものじゃなく、ちょっとした鍛冶《かじ》作業に使う小型の物ではあったけど、それでも金属を熔かせるだけの能力はあるわけで。

魔力操作が未熟だったロレアちゃんは、必要以上の魔力を注ぎ、結果、家から持ってきたフライパンをダメにして、大火傷《おおやけど》をしかけた。

フライパンの方は私が直したけど、あの時は私もちょっと焦《あせ》った。

ついでに、もう一つ失敗もあったので、当然だけどあれ以降、工房で料理なんてさせていないし、既《すで》に台所が整備された今では、する必要もない。

それを思い出したのか、ロレアちゃんは気まずそうに目を伏《ふ》せ、口を曲げる。

「あ、あれは……苦い思い出です」

「うん、さすがに私も、あれに触《さわ》らせる気はないよ、今はまだ。他《ほか》の物だと……そうだね、ちょうどそこに置いてある、育苗補助器なんかは危険がなくて良いかも」

「あれですか。綺麗《きれい》な錬成具《アーティファクト》ですよね」

ロレアちゃんは手に持っていたカップを置いて腰《こし》を上げると、育苗補助器の前に立ち、その上に並ぶポットをじっと観察する。

「まだ芽は……出てませんね」

「さすがに一晩じゃ出ないよ～。補助するだけで、生長を促進《そくしん》するわけじゃないから」

育苗補助器は植物の最適環境《かんきょう》に近付けるだけなので、発芽にかかる期間は普通《ふつう》に植えた場合とそんなに違いはない。

植物の中には一晩で芽を出すような生長の早い物もあるけど、今回植えた物はいずれも価格の高い――つまり、栽培《さいばい》の難しい薬草。簡単に芽を出すはずもない。

「あ、でも、育苗補助器の方は、昨日見た時と少し違いますね。なんだか、光が薄《うす》くなったような……？」

「え、ホント？　そんなすぐに判《わか》るほど魔力《まりょく》消費はしないはずだけど……」

「でも、ここ、違いませんか？」

ロレアちゃんが指さしているのは、側面に配置された魔晶石。

それは明らかに昨日よりも白さが劣《おと》り、魔力消費の兆候が見て取れた。

「……ホントだ。んぅん？」

この育苗補助器、私が買い出しなどでお店を空けることも考えて、やや多めに魔力を蓄《たくわ》えられるように設計している。

普通なら僅《わず》か一日で、魔力の消費が判るような変化は起きるはずがない。

にも拘《かか》わらず、そうなっているわけで……。

もしかして、作るときに何か失敗したかな？

「ちょっと気になるけど……ま、補充《ほじゅう》しておけば良いか。動作には問題ないみたいだし」

「あ、サラサさん。私がやってみても良いですか？」

「そうだね、いいよ。やってみて。ここに指を置いて」

「むむ、確かにこれは……魔導コンロを使うのとは違いますね」

「でしょ？　でも、ちゃんとできてるよ」

ややぎこちないながら、魔力はきちんと補充されている。

そのまま見守っていると、やがてロレアちゃんが育苗補助器から手を離《はな》す。

「ふぅ……。私にはこれぐらいが限界でしょうか」

「うん、あまり無理しないでね。大体、満タンだし」

私はチョイと育苗補助器を触って足りない分を注ぐと、魔力を消費してふらつきそうなロレアちゃんを椅子《いす》に座らせ、私もその隣《となり》に腰を下ろす。

「どのぐらいまで消費すると行動に支障が出るかとか、どのぐらい休めば回復するかとかを把握《はあく》するのも重要だからね。しばらく座って休んで」

「はい。ありがとうございます」

ロレアちゃんの身体に手を添《そ》えたまま、私が少しぬるくなったお茶を飲めば、気怠《けだる》げにテーブルに身体を預けた彼女は、空いている椅子をぼーっと眺《なが》めた。

「……アイリスさんたち、今頃《いまごろ》、どうしているでしょうか？」

「う～ん、サラマンダーはいないから、危険性は低いだろうし、順調にいけばそろそろ帰路につく頃《ころ》だと思うけど……同行者が研究者、だからねぇ」

自分の興味優先で、予定外の行動をするのが研究者だと、私は思っている。

ちょっと偏見《へんけん》入ってるけど、たぶん、そこまで外れてはいない。

それを考慮《こうりょ》すると、下手をすれば途中で盛大に道草を食い、やっと現地に着いたぐらい、なんてことすらあり得る。

「まぁそれでも、食料の都合があるから、その範囲《はんい》で戻《もど》ってくるとは思うけどね」

さすがに食料の現地調達をしながら粘《ねば》る、なんてことはないと思いたい。

サラマンダーの洞窟《どうくつ》周辺で確保できる食料なんて、溶岩《ようがん》トカゲぐらい。

研究第一で他のことは二の次みたいなノルドさんはともかく、それに付き合わされるアイリスさんたちが可哀想《かわいそう》すぎる。

「でも、危なくないのなら、ちょっと安心です」

「うん、ま、何かあっても、そのときのために――」

と、まるでタイミングを計っていたかのように、家の中に声が響《ひび》き渡《わた》った。

「助けて欲しいにゃん！　助けて欲しいにゃん！」

「「……………」」

どこか聞き覚えのある声に、普通ならその人が口にしそうにない言葉。

何だか冷たく見えるロレアちゃんの視線が、私にグサリと突《つ》き刺《さ》さる。

「……サラサさん、これは？」

「これは共鳴石、つまり、アイリスさんたちからの救難要請《ようせい》だね。何か自分たちでは解決できない問題が発生した模様」

「いえ、そうではなく。あ、いや、そっちも重要ですが、この台詞《せりふ》は？」

「これ？　単なるベルの音とかだと聞《き》き逃《のが》すかもしれないから、アイリスさんにお願いして、絶対に気付く音にしてみた」

「――という体《てい》で？」

「アイリスさんに、可愛《かわい》い台詞を言わせてみたかった」

「サラサさん……」

ロレアちゃんの呆《あき》れたような声に、ちょっぴり刺激《しげき》される私の罪悪感。

でもむしろ、そのために共鳴石を作ったといっても過言ではない！

どんな台詞にするかを決める過程で、色々楽しませてもらったから！

羞恥《しゅうち》に染まるアイリスさんが――こほん。

その代わり、共鳴石自体はタダで提供したから、問題ないよね？

「しかし、実際に使うことになろうとは」

「あっ！　つまりこれって、アイリスさんたちが危険な状態にあるってことですよね⁉」

「間違《まちが》えて壊《こわ》しちゃった、ということも考えられるけど……たぶん？」

「た、大変じゃないですか‼　どうしましょう⁉」

慌《あわ》てて立ち上がろうとしてふらついたロレアちゃんを支え、再び椅子に座らせてから、私は静かに応《こた》える。

「落ち着いてロレアちゃん。そのために錬金生物《ホムンクルス》を同行させているんだから」

「そうでした！　い、急いで確認《かくにん》してください！」

「了解《りょうかい》。少し遠いから、大変だけど——」

錬金生物《ホムンクルス》と意識を同調させると、自分の身体の方が疎《おろそ》かになる。

本当は寝《ね》た状態が一番なんだけど、不安に揺《ゆ》れるロレアちゃんの瞳《ひとみ》を見ると、『ちょっとベッドで横になってくるね！』とは言いづらい。

私は椅子に腰を落ち着かせ、両手をテーブルに置いて身体を安定させると、ゆっくりと魔力を練り始めた。

No 010

錬金術大全：第八巻登場
作製難易度：ハード
標準価格：18,000レア～

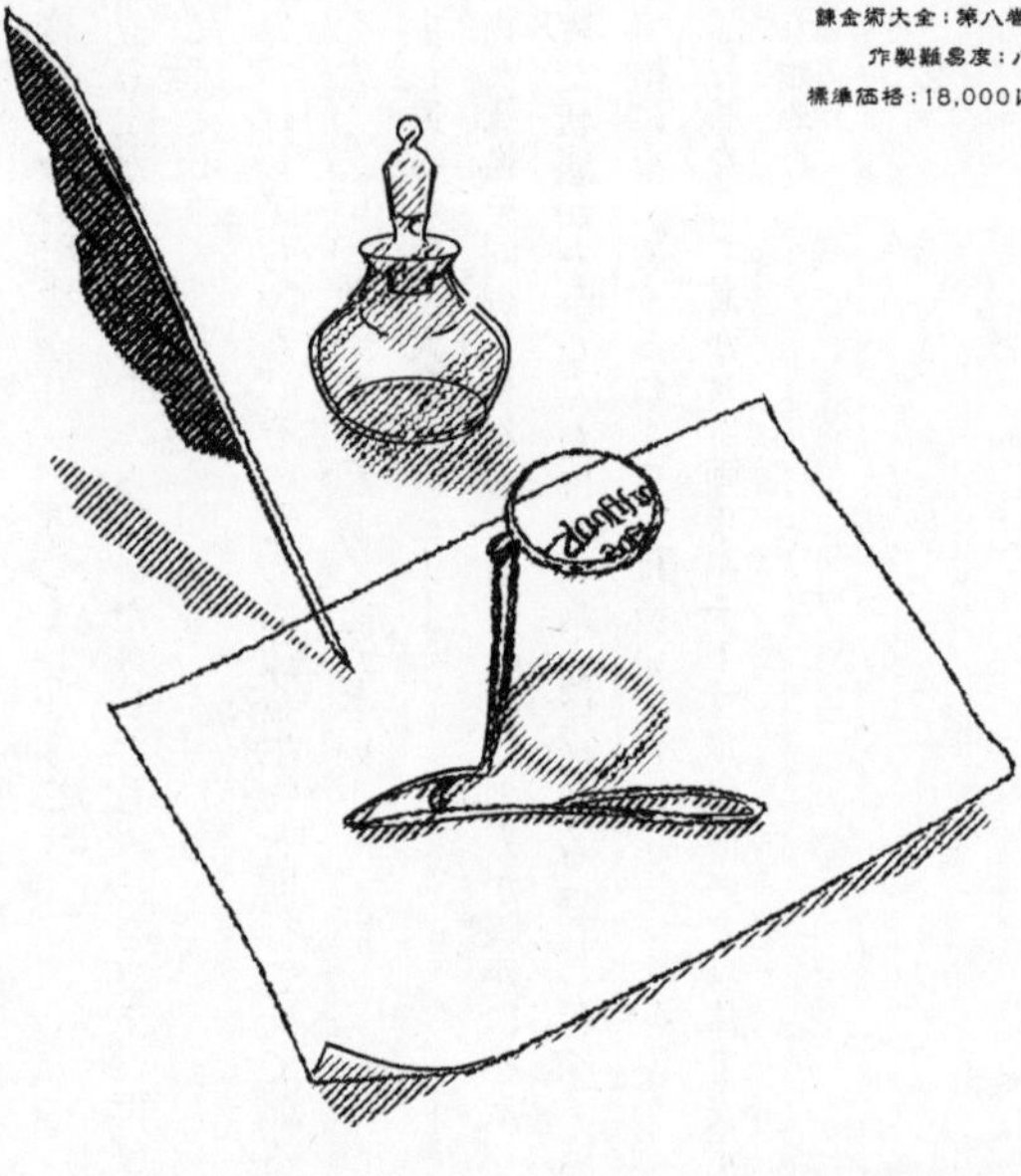

〈透明インク〉

透明感のある色を求め、本当に透明になってしまったインク。失敗作かと思いきや、ペアになった特別な眼鏡を使えばちゃんと見えます。秘密のお手紙を書く際には重宝しますので、人には言えないお付き合いをしている方は是非。

Episode 4

The Rescue Call

救難要請

振動《しんどう》が止《や》み、岩が崩《くず》れる音が聞こえなくなった。

やがて、周囲に漂《ただよ》っていた土煙《つちけむり》が収まり、耳が痛いような静寂《せいじゃく》が戻る。

それは短時間の出来事であったが、当事者からすれば永遠にも感じる時間であった。

「お、収まった、のか？」

頭を抱《かか》えてしゃがみ込んでいたアイリスたちが、ゆっくりと動き出す。

「み、みんな、無事？」

「ボクは大丈夫《だいじょうぶ》。この近くでの崩落《ほうらく》はなかったみたいだね」

流れてきた土埃《つちぼこり》でアイリスたちと荷物は汚《よご》れていたが、周囲に崩落の形跡《けいせき》はない。

それを確認して言ったノルドラッドにアイリスも頷《うなず》き、音が聞こえた方へ顔を向ける。

「崩れたのは、私たちが来た方向か。どう考えても嫌《いや》な予感しかしないが……」

「そうね。ただ、慰《なぐさ》めになるかどうかは判らないけど、サラマンダーの足音みたいなのは、聞こえなくなったわね」

「戻って行ったのなら良《い》いんだけどねぇ……。さて、状況《じょうきょう》を確認しないと方策も決められないよね。見に行くとしようか」

気軽そうに言うノルドラッドだが、その言葉自体は間違っていない。

荷物をその場に置いて来た道を戻り始めた彼の後を追い、アイリスとケイトが歩き出せば、さほど進まないうちに、それは見えてきた。

三人が並んで歩けるほど広かった通路を塞《ふさ》ぐように、天井《てんじょう》や壁《かべ》が崩落した現場。

判るのは光が届く範囲だけだが、その被害《ひがい》の大きさははっきりと見て取れた。

半ば想像通りとはいえ、かなり困った状況に一行は表情を暗くして周囲を見回す。

「これは……かなり崩れているな」

「ノルドさん、明かりをもっと強くできないかしら？」

「あんまり強くすると、魔力《まりょく》消費が増えるんだけど……了解」

少し不平を零《こぼ》しつつも、必要なことと感じたのか、ノルドラッドは明かりの錬成具《アーティファクト》を調節し、光量を大幅《おおはば》に強めた。

それによって照らし出されたのは、洞窟の天井部分まで積み重なった岩と土砂の山。

どこかに隙間《すきま》が、などという希望も持てないほど、その崩落の規模は大きかった。

「やはり、完全に塞がっていたか」

「しかも、かなり厚そうよ？　足音が聞こえなくなったのも、これのせいかしら？」

「だろうね。取り除くのは、ちょっと現実的じゃなさそうだねぇ」

どこか他人事にも聞こえるノルドラッドの言葉に、アイリスがピクリと眉《まゆ》を上げる。

「ご自慢《じまん》の筋肉でも、どうにもならないか？」

さっぱりした性格のアイリスとしては珍《めずら》しい物言いだが、それも仕方がないだろう。

サラマンダーの復活と洞窟《どうくつ》の崩落、どう考えても無関係とは思えないのだから。

だが、その皮肉が利《き》くかどうかは別問題である。

「うん。岩を動かすだけなら問題ないけど、崩れてくるのは止められないね」

気付いているのか、いないのか、ノルドラッドはまったく気にした様子もなく平然と答えを返し、それを聞いたアイリスは、少し口元を歪《ゆが》めたが、ケイトにポンと腰《こし》を叩《たた》かれ、ため息と共に不満を押し流す。

このような状況で仲違《なかたが》いしても百害あって一利なし、それを考えるだけの冷静さを、アイリスは有していた。

「サラマンダーが追ってくる心配がないことだけはありがたいが、ここから外に出るのは難しいか」

「時間をかけて掘《ほ》っていく方法はあるだろうけど、崩れる心配があるからねぇ。ケイト君は土系統の魔法《まほう》を使えたよね？　それで土を固めたりは……できないかい？」

「残念ながら、私が使えるのは地面を軟《やわ》らかくする魔法なので……」

ケイトがサラサから習っているのは、開拓《かいたく》に役立つ魔法。土を掘り起こす魔法ではあるが、それは地面を軟《やわ》らかくするためのもので、この場面ではむしろ逆効果だろう。サラサほど魔法と魔力操作に長じていれば、それでもなんとかするのだろうが、ケイトのような初心者の魔法に命を預けるのは、どう考えても悪手である。

「やっぱり、ここを掘るのは現実的じゃなさそうだね。ひとまず戻《もど》ろうか」


元の場所へと戻ってきた一行は、一度気持ちを落ち着かせようと、温かいお茶を淹《い》れて一息ついていた。

不幸中の幸い、崩落現場に遮《さえぎ》られているとはいえ、サラマンダーという脅威《きょうい》がいる洞窟に閉じ込められている状況。どこか落ち着かないアイリスたちに比べ、ノルドラッドは一人焦《あせ》った様子もなく、ゆっくりとお茶を傾《かたむ》けている。

もちろんパニックになるよりは余程良いのだが、アイリスたちがそれにどこか釈然《しゃくぜん》としないものを感じるのは仕方のないところだろう。

「ノルド、落ち着いているな？」

「魔物《まもの》の研究者なんてやってると、窮地《きゅうち》に陥《おちい》る機会なんて、掃《は》いて捨てるほどあるからね。そんな状況でも生還《せいかん》できるよう、筋肉を鍛《きた》えているわけだよ。——まぁ、今回は役に立たなかったけど」

「私としては、筋肉を付ける前に、自らの行動の方を省みて欲しいところですが」

今回のことも、ノルドラッドが妙《みょう》な実験をしなければ起きなかったと思われる事故なわけで、ケイトの言い分はもっともである。

だが、非難するように言ったケイトの言葉にも、ノルドラッドは朗《ほが》らかに笑う。

「ハッハッハ、それは無理だね。研究者だから。探究心と冒険《ぼうけん》心をなくしたら、それはもう研究者じゃないよ」

「冒険心の中にも、慎重《しんちょう》さを持って欲しいですね。協力者、いなくなりますよ？」

「やっぱり？　二度目の護衛を引き受けてくれる人って、少ないんだよね。報酬《ほうしゅう》は悪くないと思うんだけど」

——それって絶対、一度目で懲《こ》りるからだ。

アイリスとケイトの心情は確実に一致《いっち》したが、今それを言っても仕方なく、二人は顔を見合わせ、何度目かになる深いため息をついた。

「……取りあえず、打開策を考えましょうか」

「そうだね。来た道は使えそうにないけど、ここってまだ奥に続いているよね。こっちってどこに繋《つな》がるか判《わか》ったりしないかい？」

「いや、前回来たときは、一切《いっさい》脇道《わきみち》には入らなかったからな。どこかに繋がっている可能性がないとは言わないが、同時に危険もありそうだよな」

元々この辺りは、ヘル・フレイム・グリズリーが生息するようなエリアである。

斃《たお》すだけなら溶岩《ようがん》トカゲを脅威としないアイリスたちだが、それは相性の問題と状況を整えて戦いに挑《いど》むから。何も考えずに戦えば十分に強敵だし、同レベルの他《ほか》の魔物と戦うことになれば、かなりの危険を伴《ともな》う。

今回の護衛を請《う》けたのも、遭遇《そうぐう》する魔物の種類が限定され、サラマンダーがいないということが前提となっているのだ。

「だけど戻れない以上、先に進むしかないよね。それとも、他の方法があるかな？　良い考えがあるなら、取り入れることもやぶさかじゃないよ？」

「だが、私たちに、ノルドを守る自信は……」

「心配しなくても、もし死んでも責めるつもりはないさ。ここでじっとしているよりは助かる確率が上がりそうだからね」

自身の命が懸《か》かっていても合理的に考えるあたり、さすがは研究者というべきなのかもしれないが、護衛のアイリスとしては、簡単に諾《だく》とは言えない。

悩《なや》むアイリスを見て、ケイトが思い出したように荷物の方に目を向けた。

「――そういえばアイリス、店長さんから共鳴石を渡《わた》されていたじゃない」

「うっ……あれか。あれを使う、のか」

煮《に》え切《き》らないその様子に、ケイトは不思議そうに小首を傾《かし》げた。

「……？　どうしたの？　店長さんからタダで貰《もら》ったのよね？　今使わないと、いつ使うの？　それとも、使ったらお金を請求《せいきゅう》されるとか？」

「いや、そんなことはない。これに関してお金はいらないと確認《かくにん》してある。——その代わり、大事な物を売り渡すことになったのだが」

「え？　何か言った？」

「いや、何でもない」

ぼそりと言った言葉を聞き返され、アイリスは重く首を振《ふ》った。

ちなみに、アイリスがサラサに売り渡したのは、羞恥心《しゅうちしん》である。

採用されたあの台詞《せりふ》以外にも、調子に乗ったサラサに、アイリスは何種類ものちょっと恥《は》ずかしい台詞を言わされ、ガリガリと精神力を削《けず》る羽目になったのだ。

そんな台詞がサラサの家で再生され、サラサやロレアはもちろん、下手《へた》をすれば来店していた客にも聞かれる可能性があると思えば、彼女が使用を躊躇《ためら》うのも当然だろう。

だが、はっきり言って状況は良くなかった。

ケイトの言う通り、むしろ今使わなければいつ使うのか、というぐらいに。

のろのろと荷物から共鳴石を取り出したアイリスは、「ふぅ～」と重いため息。

「えぇい、ままよ！」

やけくそのようにそれを地面に叩きつけた。

石のように見えても、そこは割ることを目的とした錬成具《アーティファクト》。

共鳴石はあっさりと砕《くだ》け、まるで宙へ解けるように消え失せる。

その地味さに、ケイトはどこか拍子抜《ひょうしぬ》けしたように目をパチパチと瞬《しばた》かせた。

「……これだけ？　音も何もないのね」

「あ、あぁ、そうだな」

対してアイリスの方は、かえって何も起きなかったことに、ホッと胸を撫《な》で下《お》ろす。

こちらでも同じ音が再生されたりしたら、彼女の精神的ダメージは計り知れない。

しかし、見た目は地味だが、この地味さには意味がある。

共鳴石を使うような状況、場合によっては敵に追われていたり、どこかに閉じ込められて救助を待っていたりするようなことも考えられる。

そのようなときに大きな音を出すなど致命《ちめい》的。

共鳴石に送信側、受信側の区別はないが、そのような理由から、先に壊《こわ》した方では音が鳴らないようになっているのだ。

「それは、サラサ君に連絡《れんらく》できる錬成具《アーティファクト》かい？」

「はい。これで、店長さんに私たちの危機が伝わるはず……よね？」

「あぁ。伝われば、錬金生物《ホムンクルス》でこちらの様子を確認してくれると思うのだが……」

初めて使った錬成具《アーティファクト》故《ゆえ》に、アイリスはどこか自信なさそうに答えると、荷物の上に座ってじっとしていたクルミを持ち上げ、自分の前に座らせる。

そして、ケイトと共にその挙動をじっと見つめるが、クルミはそんな二人の視線など気にした様子も見せず、ころりと寝《ね》っ転《ころ》がると、「ふわぁぁ～」と大きなあくびをする。

「「………」」

それでも目を逸《そ》らさず、じっと待つ二人に、ノルドラッドが遠慮《えんりょ》がちに声を掛《か》ける。

「あ～、二人とも。意識の同調など、すぐにはできないと思うけど？」

「ん？　そうなのか？　以前見せてくれた時には、一瞬《いっしゅん》でやっていたみたいだが」

「それは距離《きょり》が近いからだろうね。……いや、普通《ふつう》ならすぐ近くでも多少時間がかかるはずだけど、そのあたりは術者の腕《うで》かな？　そもそも、これだけ離《はな》れていながら錬金生物《ホムンクルス》が動いていること自体、あり得ないんだけど」

「……そういえば、店長さんもギリギリって言ってたかしら」

「それでも動いているんだから凄《すご》いけどね。普段《ふだん》動かないのは、省エネかな？」

「ふむ、そうなのか」

しばらく時間がかかると判ったからか、アイリスが手遊《てすさ》びにクルミのお腹《なか》をわしゃわしゃとくすぐれば、クルミもそれに応《こた》えて、パタパタと手足を動かす。

「ふふふ、可愛《かわい》い……って、アイリス、もしかして店長さんじゃ？」

微笑《ほほえ》ましそうにそれを見ていたケイトが、途中《とちゅう》からクルミの動きが変わったことに気付き、慌《あわ》ててアイリスの手を押《お》さえる。

「え、もう？」

彼女が慌てて手を引くと、クルミはどこか人間くさい動きで『やれやれ』とでもいうように、身体《からだ》を起こして周囲を見回した。

「……店長殿《どの》か？」

「がう」

「す、すまない！　同調まで時間がかかると聞いたので……」

こくりと頷《うなず》くクルミにアイリスが慌てて頭を下げれば、クルミは気にするなと首を振り、周囲を見回して首を傾げる。

「がう？」

「実は洞窟《どうくつ》が崩落《ほうらく》してな。おそらく原因はサラマンダーなんだが」

「ノルドさんが、凄い実験をしたせいでね」

「いや〜、そんなに褒《ほ》められると照れるじゃないか」

どう考えても皮肉である。

「がう〜」

「「はぁ……」」

クルミも含《ふく》めた三者から冷たい視線を向けられても、まったく応えた様子を見せないノルドラッドの鋼《はがね》の精神は、ある意味、研究者として得難《えがた》いものかもしれないが、色々と生きづらそうではある。しかし、それを今云々《うんぬん》しても意味がない。

「がうがうが〜う」

仕方ないとばかりに、クルミは身振《みぶ》り、手振りで何やら訴《うった》えるのだが——。

「すまない、店長殿。何が言いたいかは……」

残念ながらアイリスたちに動物（？）の言葉を理解する能力はなく、クルミは困ったようにその場をうろうろしていたが、やがて地面にガリガリと文字を書き始めた。

『魔晶石《ましょうせき》はない？　このままだと、魔力《まりょく》が切れる』

錬金生物《ホムンクルス》は、ただ存在しているだけでも蓄《たくわ》えた魔力を消費していく。

荷物に引っ付いているだけの省エネモードから、意識の同調をした上で活動モードに移行するとなれば、魔力の消費が跳《は》ね上がるのは当然だろう。

そして当然ながら、魔力がなくなれば、錬金生物《ホムンクルス》は活動を停止することになる。

サラサの要求を受け、ケイトとアイリスは慌てて自分の荷物を探る。

「いくつかは残っているはずだが……」

「私の方にも少しだけ……」

「魔晶石かい？　実験用に集めてきたから、それなりには残っているよ」

ノルドラッドも自分の荷物をあさり、中から革袋《かわぶくろ》を引っ張り出した。

その革袋を渡されたクルミは、そこから魔晶石を一つ取り出して口の中に放り込み、ゴリゴリと噛《か》み砕いた。

「……そうやって見ると、普通の生き物じゃないことを実感するな」

そう言うアイリスをチラリと見つつ、クルミは追加でもう一つ魔晶石を食べたところで、再度ガリガリと地面に文字を書く。

『助かった。少し計算違《ちが》い』

当初のサラサの予測では、アイリスたちが戻《もど》ってくるまで魔力が保《も》つはずだったのだが、サラサも錬金生物《ホムンクルス》を作ったのは初めてのこと。

長距離《ちょうきょり》での同調で消費される、錬金生物《ホムンクルス》側の魔力量の想定が甘かったのだ。

その魔力を魔晶石で緊急的《きんきゅう》に賄《まかな》ったのだが、サラサが直接補充《ほじゅう》する魔力と、魔晶石で賄える魔力には大きな差があり、決して魔力が潤沢《じゅんたく》になったとはいえない。

そのため、魔晶石の入った革袋はしっかりと保持したままである。

「サラサ君、非常事態だし、その魔晶石を消費するのは構わないのだが、明かりの錬成《アーティフ》具《アクト》にも必要だから、多少は残しておいてね？」

「ノルドさん、それは魔力でも動く物ですよね？　でしたら、私でも魔力の補充ができますよ。魔法の方は、ほぼ使い道がないですから」

「お、そうかい？　助かるよ。ボクの魔力量だと、賄えないんだよねぇ、これ。ちょっと特殊《とくしゅ》だから」

明かりの錬成具《アーティファクト》は比較《ひかく》的一般《いっぱん》的な物だが、その種類は様々で、街中の夜道を歩くために使われる物から、広範《こうはん》囲を昼間のように照らし出せる大規模な物まである。

ノルドラッドの持つ物はその中でも高価な部類に入り、先ほど崩落現場全体を照らし出せたようにかなり強力なのだが、魔力消費は多いという欠点がある。

「暗い場所でも研究ができて便利なんだけど……もうちょっと奮発して、効率が良い物を買うべきだったかな？」

「私たちからすれば、その錬成具《アーティファクト》でも、とても手が出ないと思うんですが……」

少しの羨《うらや》ましさと呆《あき》れが混ざった言葉を漏《も》らすケイトの注意を引くように、その脚《あし》をクルミがたしたしと叩《たた》いた。

「がうがう！」

『時間がない。もう少し詳《くわ》しい説明を』

「あぁ、そうね。えっと、まずは――」

『委細承知、検討してみる。また連絡する。緊急パックを確認して』

ケイトたちの説明を聞き終わるなり、サラサは時間と魔力が勿体《もったい》ないとばかりに、すぐに同調を切った。

それと同時に、糸が切れたようにクルミの身体がころりと転がったが、すぐに何事もなかったかのように起き上がり、魔晶石入りの革袋をしっかりと持ったまま座り直した。

「クルミに戻ったの？」

「がぅー」

確認するように尋《たず》ねたケイトにクルミが鳴き声で応えれば、ケイトはどこかホッとしたように、クルミを抱《だ》き上げた。

そんなクルミを、ノルドラッドはじろじろと、研究者としての目で観察する。

「ふむ。興味深いね。これだけの距離で、視覚や聴覚《ちょうかく》の同調だけじゃなく、思い通りに動かすことができるとは」

「ノルドさん、状況《じょうきょう》を考えて」

ノルドラッドの視線から守るように、ケイトはクルミをぎゅっと抱きしめ、彼に冷たい視線を向けるが、そんな視線を向けられた当の本人はあまり気にした様子もなく、肩《かた》をすくめて首を振《ふ》った。

「何もしないよ。それより『緊急パック』とはなんだい？」

「あぁ、それか。出発前に『もしものときには開けて』と言って渡《わた》された物だな。私も中身の詳細《しょうさい》は知らないのだが……」

ゴソゴソと自分の荷物を探ったアイリスは、一番奥に仕舞《しま》ってあった箱を取り出す。

金属製のその箱は、ノートの見開きぐらいの大きさで、厚みは拳《こぶし》一つ分程度。

きっちりと密閉されているその蓋《ふた》をアイリスが開ければ、ケイトとノルドラッドも興味深そうに中を覗《のぞ》き込んだ。

「……色々入っているわね？」

「そうだな。この錬成薬《ポーション》は……毒消し、病気治療《ちりょう》、怪我《けが》の治療だな。汎用《はんよう》だから、ちょっと高めのを入れておいた、と言っていたな」

「店長さんの言う『ちょっと高め』ね。少し怖《こわ》いわね」

「うむ。共鳴石と違って、こっちの中身は『使ったときだけ、料金を請求《せいきゅう》しますね』と言われているんだよな」

「『氷壁《アイス・ウォール》』の魔法を封《ふう》じ込《こ》めた、あの魔晶石と同じ扱《あつか》いね」

使わなければ無料ということは、お金を払《はら》わずにもしものときの保険が手に入るということで、通常であればとんでもない好条件である。

だが、請求される金額を考え、借金生活のアイリスたちは戦々恐々《せんせんきょうきょう》。

緊急時だけに良い物が入っていれば嬉《うれ》しいような、怖いような、複雑な気分である。

「ノルド、これは負担してもらえるだろうか？」

「うーん、この状況にはボクの責任もあると思うから、すべて負担すると言いたいところだけど……それらの錬成薬《ポーション》、かなり高いよね？」

「やっぱりそうなのか？」

「汎用品はねぇ。特定の病気、特定の毒に対応する錬成薬《ポーション》に比べると、何倍……いや、下手《へた》したら数十倍はするんだよ。それだけ有効なのは間違《まちが》いないんだけど」

効果としては汎用品の方が劣《おと》るとはいえ、どのような病気に罹《かか》り、どのような毒に冒《おか》されるかも判《わか》らない状況では、特定の錬成薬《ポーション》を持ち歩くことは難しい。

それ故《ゆえ》、汎用品が重宝されるのだが、当然ながら多くの症状《しょうじょう》に効果を発揮する錬成薬《ポーション》の作製難易度と必要とされる素材のコストは高く、必然的にその価格も跳ね上がる。

アイリスたちでは、ちょっと手が出ないぐらいに。

「まぁ、毒や病気の錬成薬《ポーション》は使う機会もないだろう。怪我用の錬成薬《ポーション》ならともかく」

「アイリス、そういうのってフラグっていうんじゃないかしら？　ここでじっとしているなら別だけど、奥に進めば毒蛇《どくへび》や毒虫、出てこないとは限らないと思うけど？」

フラグ云々は措《お》くとしても、ここは探索《たんさく》したこともない、正体不明に近い洞窟の中。

その強弱はあれど、毒を持つ虫などがいる確率は決して低くない。

ケイトに非常にもっともなことを言われ、アイリスは「うっ」と言葉に詰《つ》まる。

「そのへんは……万が一、使うことになれば、私たちも店長殿《どの》に交渉《こうしょう》しよう」

「頼《たの》むよ。ボクもない袖《そで》は振れないからね」

「うむ。さて、次は……〝湧水筒《ゆうすいとう》〟だな。見せてもらったことがある」

「それはありがたいね。食料はある程度残っているけど、水の方は心許《こころもと》なかったから」

一見すると普通《ふつう》の水筒に見えるそれだが、これも歴《れっき》とした錬成具《アーティファクト》である。

大きさは縦長のコップぐらいで、魔力を注げば水筒一本分の水を生み出せる。

平均的な魔力量の人間であれば、水を持たずに旅ができるほどに便利な代物《しろもの》だ。

とはいえ、魔力量に拘《かか》わらず時間あたりで生み出せる水の量には限りがあり、ケイトとサラサが同じ時間だけ湧水筒を使えば、得られる水の量も同じである。

それでも四六時中魔力を注ぎ続ければ、一日で風呂《ふろ》桶《おけ》数杯《はい》分の水を確保できるのだが、普通の人間なら一〇分足らずで魔力が尽《つ》きるため、あまり現実的ではない。

「色違《いろちが》いでもう一本、橙色《だいだいいろ》のがあるけど、こっちは？」

「そっちも水が出るんだが……なんか甘くて美味《おい》しい水が出る」

「……何それ？」

「いや、私に言われても困るんだが。店長殿が作った物だし……」

ケイトに真顔で聞き返され、アイリスは困ったように言葉を濁《にご》す。

だがノルドラッドの方は、少し驚《おどろ》いたように目を瞠《みは》った。

「それ、滅多《めった》に見かけることがない錬成具《アーティファクト》だよ。ほぼ作られることがないから」

「そうなのか？　店長殿は『ついでに作ってみた』みたいな、軽い感じだったが」

「作るのも難しいらしいけど、需要《じゅよう》がないんだよ。単なる水を作るより大量の魔力《まりょく》が必要になるし、普通は湧水筒が必要な状況で贅沢《ぜいたく》をしようとは思わないだろう？　街中なら、甘い物が飲みたければ買えば良いだけだし」

ちなみに同等品質の普通の湧水筒と比べ、消費魔力は一〇倍で湧水量は一〇分の一。

水分補給と考えると、あまりにも効率が悪い。

ただし、水分以外に糖分も摂《と》れるというメリットがあり、遭難《そうなん》したときにはかなり助かりそうに思えるのだが――実はそんなに便利でもない。

この湧水筒で、普通の人が一日に出せる量は、せいぜいコップ一杯《いっぱい》か二杯。

余程魔力量が多くない限り、これで活動エネルギーを賄うなんてとても無理。

それでもサラサがこれを入れておいたのは、甘い物を摂ることで危機的状況での精神的なストレスを軽減できれば、と考えてのことであろう。

「となると、それはおまけか。甘くて美味しかったんだがなぁ……」

ケイトが持つ湧水筒を少し残念そうに見て、次にアイリスが取り出したのは魔晶石《ましょうせき》。

だが、緊急パックに入っているだけあって、単なる魔晶石ではない。

「それはもしかして、先ほどの氷の壁《かべ》を作った物と同じ物かい？」

「そうだな。封じ込められた魔法は何種類かあるみたいだが」

「これも高いのよねぇ……ノルドさん」

「解《わか》ってるよ。危ないときには気にせず使ってくれ。代金は持つから」

「助かる。これらを私たちが負担すると、ノルドから貰《もら》う依頼料《いらいりょう》を全部使っても足りないだろうからなぁ……」

アイリスとケイトは魔晶石の効果を確認《かくにん》しつつ、それをポケットに入れていく。

数は多くないので、本当に切り札のようにしか使えないだろうが、強力な魔法を持たないこの三人からすれば、心強い命綱《いのちづな》であることは間違いないだろう。

そして最後に残ったのは、片手に載《の》るほどの小さな箱が三つ。

「この箱は……携行保存食《レーション》ね。これは私も見たことがあるわ。食べたことはないけど」

「私は食べさせてもらったぞ。一粒《ひとつぶ》か二粒で一日分らしい」

「たったそれだけで？　なら当分は飢《う》えて死ぬ心配はないのね。朗報だわ」

紙箱の中に並んでいたのは、一辺一センチほどのキューブ。

それが三段に積まれ、一つの箱の中に三〇〇個ほど。

「残りの二箱は……うっ、色違いで三種類か」

ケイトの開けた箱――白いキューブを見たときには少し嬉しそうだったアイリスの顔が、二つ目と三つ目の箱を開け、緑と黄色のキューブを見た途端《とたん》、渋面《じゅうめん》に変わった。

「どうしたの？　そっちのは何か違《ちが》うの？」

「うむ、まずケイトが持っているタイプ。それが一番良《い》いやつだ。普通に美味しくて、栄養もバッチリ。先ほど言ったように、それ一粒で一日保《も》つ」

ただしそれは、普通の成人男性が街中で日常生活を送る場合。

肉体労働者や採集者のように激しく身体《からだ》を動かす人の場合は、一粒ではやや不足するため、もう一粒食べるか、他《ほか》の食べ物で補う必要がある。

「次に黄色いの。これは甘くて美味しい。一日分のエネルギーは摂れるらしいが、それだけ食べていると病気になるとか。私にはよく解らないが」

「それはあれだね。パンだけでもお腹《なか》は膨《ふく》れるけど、肉や野菜も食べないと身体に悪いのと同じことだね」

穀物だけでは身体の健康や成長に影響《えいきょう》があることは、経験的に知られているが、その詳細を理解しているのは、医者の真似《まね》事《ごと》もする錬金術師《れんきんじゅつし》や研究者などの知識人たち、極《ごく》一部に限られている。そのため、一般《いっぱん》人よりは知識人寄りのアイリスたちでも、曖昧《あいまい》な知識しか持ち合わせていない。

「なるほど。そう言われると理解できる。……白い方は大丈夫《だいじょうぶ》なのが、不思議だが」

「そのへんの不具合も解消してるってことだろうね。高い分」

「やっぱり高いのか？　こっちの白い方は」

「高いね。具体的には緑の方の、五倍はするね。確実に」

「五倍……ということは、ノルドはこっちの緑も知っているのか。不味《まず》いことも？」

「え、そこまでじゃないよ？　もちろん美味しいとは言わないけど、味以外は問題ないし、一日の食事が一〇秒で終わるからね。忙《いそが》しいときには重宝するんだよ」

緑の携行保存食《レーション》の販売《はんばい》価格は、一粒で庶民《しょみん》の一日分の食費よりも少し高いぐらい。

節約できる時間と手軽さを考えれば、頭脳労働者にはさほど高い物ではないが、一般的な味の評価はアイリスに近く、『苦い草のパサパサクッキー』というもの。

ノルドラッドのような特殊《とくしゅ》な人を除けば、好んで食べる人はほぼいない。

なお、黄色い物の価格は緑と白の中間。

なので、この携行保存食《レーション》三箱で、地味に一財産だったりする。

「……まぁ、味のことは措いておきましょ。全部で九〇〇粒あるから、二粒ずつ食べても、一五〇日は生き延びられそうね」

どこかホッとしたように言って、携行保存食《レーション》の箱を閉じるケイトだったが――。

「う～ん、それはどうかなぁ？」

それに疑問を呈《てい》するように、難しい表情で唸《うな》ったのはノルドラッドだった。

◇　◇　◇

「ふぅ」

「ど、どうでしたか、サラサさん！」

意識を自分の身体に戻《もど》すと同時、隣《となり》に座るロレアちゃんが私をぐいぐい揺《ゆ》らす。

「あー、ゴメン、少し待って……」

「は、はい」

慣れない長距離《ちょうきより》での意識の同調は思ったよりも負担が大きく、自身の身体感覚とのズレから、ふらつきそうな頭を支えて「ふぅ～」と大きく息を吐《は》く。

「あの、大丈夫ですか？」

「うん、少し疲《つか》れただけ。――よし。あのね」

感覚が回復したところで顔を上げ、先ほど聞いた状況《じょうきょう》を斯《か》く斯く然々《しかじか》と説明すれば、ロレアちゃんの顔からだんだんと血の気が引いていき、プルプルと震《ふる》え始めた。

「どど、どうしましょう⁉」

「落ち着いて。状況は良くないけど、最悪じゃないから。閉じ込められはしたけど、現時点で危険はないし、怪我《けが》もしていない。先は判らないけど、奥に続く道もあるし、食料も……それなりに残っているはず」

アイリスさんに渡《わた》した緊急《きんきゅう》パックの中には、携行保存食《レーション》がある。

味の悪さを我慢《がまん》すれば、長期間生き延びられるし、こんなこともあろうかと、ちょっと奮発して他にも色々入れてあるから——いや、嘘《うそ》です。

共鳴石を作った後、顔を真《ま》っ赤《か》に染めて、あうあう言っているアイリスさんに罪悪感が刺激《しげき》され、当初の予定より良い物を多めに入れただけです。

作りはしたけれど、私にはイマイチ使い道がない物も一緒《いっしょ》に。

「もっとも、外に出る方策がなければ、死ぬまでの時間が延びるだけなんだけど」

「大変じゃないですか!!」

「うん。だから、対策を考えないとね」

焦《あせ》っても意味はない。努めて冷静に言う私に、ロレアちゃんも身を引いて椅子《いす》に座り直し、ウンウンと頭を捻《ひね》り始めた。

「……サラサさんが助けに行くのは無理なんですか？」

「それが順当なんだけど、私一人だと厳しいし、場所と状況が良くない」

まずは場所。前回、アイリスさんとケイトさんしか連れて行けなかったように、特別な装備が必要な上、それらの装備は私の分しか手元にない。

次に状況。崩落《ほうらく》だけであれば、最悪、私だけでも救出が可能かもしれないけど、今はサラマンダーが復活してしまっている。

この状況で救出に行っても、私の身が危ない。

救出活動は、まず自分の身の安全が確保できることが大前提。

そこで無理しても、二次遭難などで犠牲《ぎせい》を増やす結果になるだけである。

「もう一度、サラマンダーを斃《たお》すのは――」

「難しいね。前回はゴリ押しでなんとかしたけど、すっごいギリギリだったから」

氷牙《ひょうが》コウモリの牙《きば》が潤沢《じゅんたく》にあったからこそ、なんとかなったと言える。

当然ながら、今から短時間で同じだけの量を揃《そろ》えることは不可能である。

「じゃ、じゃあ、どうしたら……」

「基本は、自分たちで脱出《だっしゅつ》を目指してもらわないとダメかな？　奥へ続く道はあるみたいだから、そちらの探索《たんさく》を進めてもらうとして……支援《しえん》が必要だろうね」

「何かあるんですか？」

「例えば、出口の方向を示す錬成具《アーティファクト》――正確に言うなら洞窟《どうくつ》の先が外に繋《つな》がっているかを確認できる錬成具《アーティファクト》があるんだけど……」

外に繋がっているのかだけは判《わか》る、というのがミソ。

実際に行ってみたら、人間は通れないほど小さな穴だったとか、深い穴の底で上に空が見えるだけとか、断崖絶壁《だんがいぜっぺき》に穴が空いていたとか、普通《ふつう》には脱出が難しい場所に到達《とうたつ》することもあり得る。

ついでに言うと、余程高性能じゃなければそこまでの判定は難しく、大抵《たいてい》の物は『ここから一定距離《きょり》までは行き止まりになっていない』という程度しか判らない。

「それでも十分に便利そうですけど、渡せなければ意味がないですよね」

「そこは一応、手段がある。向こうにはクルミがいるから」

本来、錬成具《アーティファクト》とは、魔《ま》法《ほう》を誰《だれ》もが使えるようにした物。

つまり、錬成具《アーティファクト》で実現できることは魔法でも実現できる、とも言える——原理上は。

実際にはそんなに単純ではない。

たとえばドッカン、バッカンやるような攻撃魔法《こうげきまほう》なら直接魔法を使う方が簡単だったり、精密で複雑な魔法なら、時間をかけて魔力回路を描《えが》き、貴重な素材を使用して錬成具《アーティファクト》を作る方が成功率が高かったりと、状況次第《しだい》で様々。

一概《いちがい》に、どちらが優《すぐ》れているというものでもない。

唯一《ゆいいつ》絶対的に優れているのは、魔法を使えない人でも、錬成具《アーティファクト》なら使える点かな？

「えっと……つまり、その探索《たんさく》魔法？　ですか？　それをサラサさんが、クルミを通じて使う、ということですか？」

「察しが良いね、ロレアちゃん。色々と難しいところはあるけれど、それに近い。手助けにはなると思う。ただ……」

「ただ？」

「その錬成具《アーティファクト》って、まだ作れないんだよね、私」

「ダメじゃないですか！」

確か、六巻か七巻に載《の》っていると聞いた覚えが。

錬金術師のレベルによって読める巻数が決まっている錬金術大全、さすがに今から五巻の残りの物を全部作って、六巻を読めるようになるというのは非現実的だ。

「うーん、抜《ぬ》け道《みち》っぽい方法はあるけど……」

それは、読める人に複写してもらったり、直接教えてもらうという方法。

これであれば、錬金術大全に関係なく錬成具《アーティファクト》が作れちゃったり。

「えっと……それって、ありなんですか？」

「本当はあまり良くないけど……ありといえばあり、なんだよね」

錬金術師だって商売。修業にやってきた新人に、売る予定もないアイテムを作らせてやるほど優《やさ》しくはない。なので普通は、先輩《せんぱい》や師匠《ししょう》の指導の下《もと》、巻数に関係なく注文が入った物を作ることになる。

私が師匠のお店でバイトしていた時も、一巻から順番に作っていったわけじゃない。

師匠に言われるままに作っていたら、結果的に三巻までのアイテムは全部作っていたというだけ。たぶん――いや、絶対に師匠が調整してくれてたんだろうけど。

「ただ今回は……微妙《びみょう》かなぁ。ダメと言われたら、他の手段を考えよう」

本来は失敗したときに監督者《かんとく》がサポートするからこそ、認められる手段だし。

「何はともあれ、問い合わせてみてから、だね」

善は急げと、私は師匠への手紙を書き始める。

事情を書いておかないと『ダメ』と言われるだろうから、そのあたりは丁寧《ていねい》に。

「あの、何かお手伝《てつだ》いできることはありますか？」

「う～ん、ロレアちゃんはいつも通りに店番してくれるのが、一番助かるかな？　店を任せられる人がいないと、私も救出作業に専念できないから」

「それはもちろん、やらせて頂きますけど、何か他には……」

「そうだねぇ……」

心情的に、アイリスさんたちのために何かしてあげたいという気持ちは解《わか》るけど、同年代よりは賢《かしこ》く機転が利《き》くとはいえ、まだ未成年のロレアちゃん。

体力自慢《じまん》というわけじゃないし、戦闘《せんとう》力も一般人レベル。

二次遭難《そうなん》や森に入る危険性を考えれば、直接手伝ってもらえることはない。

「あ、そうだ。育苗《いくびょう》補助器の魔力供給を頼《たの》んでも良《い》い？　私の魔力は、節約したいから」

私の総魔力量からすればさほど多くないとはいえ、その僅《わず》かな差がアイリスさんたちの生死を分ける可能性もないとは——うん、たぶんないね。

でもゼロではないし、ロレアちゃんも手助けしている気持ちになれて、且《か》つ魔力操作の訓練にもなる。

事実ロレアちゃんも、「ふんすっ！」と鼻息も荒《あら》く気合いを入れているし。

「解りました！　任せてください。他《ほか》にも何かあれば、遠慮《えんりょ》なく言ってくださいね？」

「うん。そのときはお願いするよ」

師匠の返事は、予想以上に早く届いた。

問い合わせていた錬成具《アーティファクト》——〝抜小路《ぬけこうじ》検知《けんち》器《き》〟の詳細《しょうさい》と共に、『どうしようもなくなったら連絡《れんらく》しろ』との手紙も付いていたけど、できればそれは避《さ》けたい。

だって、マスタークラスの師匠に救出をお願いするとか、普通に報酬《ほうしゅう》を払《はら》うなら、本気でシャレにならない額になる。

先日、なんとか返済したロッツェ家の借金なんか、目じゃないぐらいに。

もっとも、なんだかんだ言いつつも優しい師匠だから、私たちが賄《まかな》える範囲《はんい》で許してくれるとは思うけど……さすがにそれはね。

マスタークラスの社会的影響《えいきよう》力を考えれば、事はそう単純でないのは私にも解る。

「それでも、二人の命に危険が迫《せま》るようなら、泣きつくことも考えないといけないけど」

さすがにアイリスさんとケイトさんの命には代えられないし。

ノルドさん？　冷たいようだけど、彼はどうでも良いかな？

――いや、むしろ、責任を取れと言いたい。

私も錬金術《れんきんじゆつ》第一だし、研究第一なのは理解できないでもない。

でも、それにアイリスさんたちを巻き込むな、と。

いくら護衛の報酬が高くても、今回のことは、ちょっとない。

「……ま、今はこれの解析《かいせき》が先か」

師匠が送ってくれた紙に書かれているのは、抜小路検知器の作り方。

これの構造を理解して分解、魔法を抽出《ちゆうしゆつ》する必要がある。

普段《ふだん》は魔法を錬成具《アーティファクト》に組み込めるように設計するので、逆の工程になるけど、これはさして難しくはない。組み立てるより分解する方が簡単なのは自明だから。

問題なのは、その魔法をクルミが使えるようにする方法だけど……。

「やはり、魔力回路を併用《へいよう》するのが順当？　クルミが保持できる魔力量も考慮《こうりよ》しないといけないし、魔晶石《ましようせき》は必須《ひつす》、かなぁ？　うーん、自分で使うより余程難しい……」

その上、これが完成しても『外へ繋がるかもしれない道を判別できる』だけ。

これだけで外に出られると考えるのは、あまりにも楽観的すぎる。

私自身が救出に行くことも含《ふく》め、複数の案は検討すべきだろう。

「他に何か使えそうな錬成具《アーティファクト》は……万が一に備え、錬成薬《ポーション》も作るべきかも……？」

私はいくつもの方法を検討してはボツにするを繰《く》り返《かえ》し、アイリスさんたちを無事に救出するという目的の実現のため、ひたすら頭を悩《なや》ませるのだった。

◇　◇　◇

「ノルド、何か問題があるのか？」

当分は大丈夫《だいじょうぶ》そうと言ったケイトの言葉を否定する様子を見せたノルドラッドに、アイリスは不安に多少のいらだちが混ざったような表情で、眉間《みけん》に皺《しわ》を寄せた。

「いや、君たちはあまり意識してないようだけど、この場所って、かなり暑いんだよ」

「え……あっ！」

ノルドラッドに指摘《してき》され、ケイトがはっとしたように声を上げた。

アイリスとケイトの身に着けている防熱装備は、溶岩《ようがん》の傍《そば》でもさほど熱を感じないほど高品質な物で、この辺りの気温であれば、熱による不快感すらない。

しかし、ノルドラッドの防熱装備は二人よりも数段性能が落ちる。

彼をよく見れば、今も額に汗《あせ》を浮《う》かべ、それが時折垂れて地面を濡《ぬ》らしている。

それぐらいに周囲は高温で、必然的に水の消費量は増えるし、休息もままならない。

「そちらの問題があったか……ノルド、大丈夫なのか？」

「これでも鍛《きた》えているからね。幸い、サラサ君に作ってもらったフローティング・テントには温度調節機能があるから、魔力を気にしなければそこで休める。大丈夫だよ」

「そうか。……ん？　なら、何が問題なんだ？」

アイリスは少しホッとしたように頷《うなず》いた後、不思議そうに首を傾《かし》げる。

「だから、魔力、だよ。ボクの防熱装備もそうだけど、着ているだけで魔力は常に消費される。周囲が暑ければ尚更《なおさら》ね」

防熱装備は素材自体に高い断熱性能を備えているが、それだけで高温環境《かんきょう》を快適に過ごせるはずもなく、断熱性能の強化や内部の冷却《れいきゃく》などは魔力で行われている。

その魔力は通常、着用者によって賄われるのだが、その消費量は周囲の気温に比例するし、仮に量が少なくとも、常に魔力が消費され続ける状況《じょうきょう》は身体《からだ》に負担がかかる。

「君たちの防熱装備がいくら良い物でも、消費はゼロじゃないだろう？」

事実、アイリスたちの防熱装備は、店売りではあり得ないほどに高性能である。

戦闘力と魔力は高くても、体力には自信のないサラサが長時間活動できる快適性。

それと同等の性能を保持しながら、アイリスたちの魔力量でもサラサと共に行動できるような魔力効率の高さ。

サラサの『自分だけが楽をするのはちょっと……』という罪悪感から作られたそれは、通常であれば魔力の消費を気にする必要がない性能を有していたが、数十日にも亘《わた》って高温環境で活動してもアイリスの魔力が保《も》つかどうか、彼女たちには判《わか》らなかった。

そのことに考えが至り、アイリスたちも深刻な表情を浮かべる。

「た、確かにそれは、大問題だな」

「だろう？　暑さを凌《しの》げなくなれば魔力の回復も遅《おそ》くなるし、水の消費量も増える」

「しかも、その水も魔力で出さないといけないわけで……悪循環《あくじゅんかん》ね」

「うん。ボクは……まぁ、最低限動ければ良いけど、君たちは戦えるだけの体力は残してもらわないといけないしね」

「これを脱《ぬ》げば……あぁ、ダメだな。戦闘がなくても一日保つかどうか、微妙だな」

周囲の気温は『防熱装備がなければすぐに命に関わる』というほどには高温でないが、何の備えもせずに一晩寝《ね》れば、朝には熱中症《ねっちゅうしょう》で死んでいるぐらいには暑い。

試《ため》しにコートを脱いだアイリスも、その暑さに頭を振《ふ》ってすぐに着直した。

「つまり、魔力《まりよく》切れが命の切れ目、と」

「そういうことだね。ある程度は魔晶石で賄えるけど、たぶん、魔晶石がなくなった時点で、一気に崩《くず》れる。君たちの魔力回復能力が特に高いなら別だけど」

「……いえ、おそらくノルドさんの言う通りね」

最低限、防熱装備と湧水筒《ゆうすいとう》に消費される魔力が、魔力回復量に釣《つ》り合《あ》えば現状維持《いじ》が可能なのだが、アイリスとノルドラッドはもちろん、三人の中では魔力の多いケイトでも、この環境ではかなり微妙なラインだろう。

その上、戦闘などで体力を消費すれば、魔力の回復量にも影響が出るし、当然、水の消費量も増え、結果的に魔力消費も増えることになる。

「むむ……。店長殿《どの》なら、まったく問題ないのだろうが……」

「私たちじゃ、ね。現状でも、十分に恵《めぐ》まれているとは思うけど」

緊急《きんきゆう》パックの存在自体が僥倖《ぎようこう》であり、本来は三人が自分たちで対処すべき問題なのだ。

「それを踏《ふ》まえて、さて、方針を考えようか」

ノルドラッドはその顔にやや疲《つか》れを浮かべ、汗を拭《ぬぐ》いながらニコリと笑った。

しばらく話し合った一行だったが、現実的に選択肢《せんたくし》などほぼなかった。

今の場所で救助を待とうにも、助けに来てくれる可能性があるのはサラサのみ。

だが、そのサラサには本来、アイリスたちを救出する義務も責任も存在しない。

もちろん彼女はアイリスたちの救出に尽力《じんりょく》するだろうが、それに頼《たよ》り切ってしまえるほど、アイリスたちの面《つら》の皮は厚くない。

とはいえ、崩落箇所《ほうらくかしょ》を掘《ほ》り起《お》こせない以上、できるのは奥へ進むことだけである。

新たな脅威《きょうい》に遭遇《そうぐう》する危険性もあったが他に方法はないし、周辺の気温が下がるだけでも、魔力消費が抑《おさ》えられるメリットがある。

そのようなことから、歩き始めたアイリスたちだったが――。

「……何だか、周囲の気温が、上がっているように、思えないかい？」

ノルドラッドが途切《とぎ》れ途切れにそう漏《も》らしたのは、半日ほど経った頃《ころ》のことだった。

細かなアップダウンはありつつも、当初こそ上方向へ延びていた洞窟《どうくつ》。

だが、やがてそれは下方向へと変わり、今となっては崩落現場よりも低い位置まで下りてきていると思われ、気温が上がったのも、おそらくそれが原因だろう。

ケイトたち自身は高品質な防熱装備のおかげで変化を感じていなかったが、それを口にするのは憚《はばか》られたのか、別のことを口にした。

「水、補給しましょうか？」

「助かるよ……」

ノルドラッドは滴《したた》る汗を拭いつつ、ほぼ空になっていた水袋《みずぶくろ》をケイトに差し出した。

それを受け取ったケイトは湧水筒を傾《かたむ》け、自身の魔力を使ってそれに水を注ぐ。

「ケイト君、魔力の方は大丈夫かい？」

「今のところは……店長さんに感謝、でしょうか」

ケイトがノルドラッドに水を補給するのは、これで既《すで》に四度目。

平均的な人が一日に出せる水の量が一五〜二〇リットルぐらいであることと、防熱装備を使い続けていることを考えれば、魔力量の多いケイトでも魔力残量に問題が出てきそうな頃だが、未《いま》だケイトは魔力の減少から来る疲労《ひろう》を感じてはいなかった。

「それは朗報だね。水まで節約しないといけないとなると、さすがにボクの筋肉も悲鳴を上げるよ」

「「……」」

アイリスたちとしては、『筋肉じゃなくて身体だろう』などとツッコミを入れたいところだったが、ノルドラッドの言い分は、必ずしも間違《まちが》いではなかった。

洞窟の入り口からサラマンダーの所へと続いていた道と異なり、今進んでいる道は正に自然の洞窟。大きな岩を乗《の》り越《こ》え、岩壁《がんぺき》を這《は》い上がり、天井《てんじょう》の低い通路を屈《かが》んで進み、幅《はば》のない場所では背負った荷物を下ろして横向きになって進む。

なかなか距離《きょり》が稼《かせ》げない上に、その道程では腕力《わんりょく》を酷使《こくし》することも多く、最も多くの荷物を運んでいるノルドラッドの腕《うで》には、かなりの疲労が蓄積《ちくせき》していた。

「しかし、予想以上に道が険しいな」

「最初に通った道に比べると、かなり違《ちが》うわよね」

「あそこはサラマンダーが出入りしていたからだろうね。明らかに歩きやすかったから」

「つまり、この辺りにはサラマンダーも来ていないということか」

それは安心材料ではあるが、別の見方では、外に繋《つな》がるかどうかも不明ということ。

だが、そのことに考えが至っても、誰《だれ》もそれを口にしようとはしない。

「……ノルド、体力は大丈夫か？」

「正直、ギリギリだねぇ。調査はともかく、サラマンダーとの追いかけっこと道なき洞窟の探索《たんさく》。なかなかにハードな一日だったから」

「そう、だよなぁ……」

「ええ、そうよね……」

ノルドラッドの言葉に、アイリスとケイトは顔を見合わせ、しみじみと頷く。

イベント盛りだくさんではあったが、あれから未《いま》だ一日も経っていないのだ。

不慮《ふりょ》の事故――いや、故意の事故さえなければ、今頃《いまごろ》は家路についている頃。

それを思えば自然とこみ上げる微妙《びみょう》に黒いモノ。

アイリスはその感情を押し殺しつつ、ノルドラッドに尋《たず》ねる。

「今の時間は判るだろうか？　そろそろ休むべきかと思うのだが」

「あぁ、ちょっと待ってくれ。時間帯ごとの観察も必要だから、時計はあるんだ。えっと……外ではもう日が落ちてる時間だね。寝るには少し早いけど、休むかい？」

荷物から時計を取り出し、そう言ったノルドラッドにアイリスは頷く。

「その方が良《い》いだろう。ノルドも限界なんだろう？」

「正直ね。数日ならともかく、長期に亘《わた》っては無理が利《き》かないだろうし」

「解《わか》りました。では夕食を食べて休みましょう。携行保存食《レーション》以外の食料は……早めに消費した方が良さそうですね」

「そうだね。傷《いた》んで食べられなくなったら勿体《もったい》ないし。……周辺温度が高すぎて、逆に大丈夫かもしれないけど。ハハハ……」

「それはなんとも言えませんけど……危なそうな物は早めに使い切ってしまいましょう。ちょっと豪華《ごうか》な食事になってしまいますが」

「これが最後《さいご》の晩餐《ばんさん》にならなければ良いんだが……」

「「……」」

あまり冗談《じょうだん》になっていないアイリスの言葉に一同は無言になり、ケイトの作ったやや豪華な夕食を静かに終えると、その日は早めに就寝《しゅうしん》したのであった。

フローティング・テントと防熱装備を併用《へいよう》した野営は、アイリスたちの想像よりも快適だったが、魔力を消費し続けているからか、それとも閉じ込められているという精神的重圧の影響《えいきょう》か、残念ながら目覚めの方は爽快《そうかい》とは言えなかった。

どこか重く感じる頭を振りつつ、もそもそと起き出した一行は、昨晩よりもだいぶ貧相になった朝食を終え、今日も洞窟の奥へと歩き出す。

相変わらず道は悪かったが、幸いなのは分かれ道がないことだろう。

所々にとても入れそうにない隙間《すきま》こそあったが、仮にそこが外へと繋がっていても通れないのでは意味がない。迷う必要がないという点で、彼女たちには都合が良かった。

しかしそんな幸運も、その日の昼頃《ごろ》までだった。

「――分かれ道、だな」

「そうだね。どちらかといえば、分かれ裂《さ》け目って感じだけど」

「どれも、予断を持たずに選べそうですね」

三人の前に現れたのは、人一人がやっと入り込めそうな、縦方向の三つの裂け目。

地中深くへと切れ込んだその隙間は、下の方は脚《あし》が入る幅すらなく、両側の壁《かべ》で身体《からだ》を支えながら先へ進むしか方法はないだろう。

その困難さはどれを選んだとしても大差はなさそうで、ケイトの言う通り、通路の難易は選択《せんたく》に影響を与《あた》えずに済みそうであった。

「……考えても仕方がない。順に進んでみるしかないだろうな」

アイリスはこれからの道中に現れるだろう険難を思い、深くため息をついた。

二日目以降、一行の探索はあまり進んではいなかった。

ただでさえ険しい洞窟。そこに分岐《ぶんき》まで現れ、しかもその大半で行《ゆ》き詰《づ》まって引き返すことになれば、精神的にも、肉体的にも疲労は激しく、休息は必須《ひっす》となる。

結果、探索に費やされる時間は減少し、実質的に進めた距離も僅か。

そして四日目、徒労感から来るストレスで全員の口数が乏しくなった頃、アイリスの荷物に省エネモードで張り付いていたクルミに動きがあった。

「がうっ、がうっ！」

「……あ？　おお、どうした、クルミ。お腹《なか》が減ったのか？」

「バカ、アイリス、しっかりして！　店長さんよ、きっと」

疲れからか惚《とぼ》けた言葉をかけたアイリスの手をケイトが引き、その場に立ち止まれば、クルミはぴょんと地面に降り立ち、ケイトの言葉を肯定《こうてい》するかのように頷《うなず》く。

そして、アイリスたちの顔を見回して、地面に文字を書いた。

『お疲れ？』

「情けないことにな。店長殿のおかげで、暑さには耐《た》えられるし、激しい戦闘《せんとう》をしたわけでもないのだが……」

元々アイリスは、曲がりなりにも貴族の令嬢《れいじょう》。

採集者になって以前より厳しい環境《かんきょう》で生活するようにはなったが、基本は日帰りで、何日も泊《と》まり込むような、本格的な採集活動の経験は少ない。

前回のサラマンダー討伐《とうばつ》は厳しい行程だったが、その時には戦闘面で頼りになるサラサという存在、そしてアデルバートとカテリーナという保護者も一緒《いっしょ》だったので、精神的な安心感は大きかった。

だが今は、戦闘面で頼れるのは自分たちのみ、ノルドラッドは守るべき対象であり、無事に脱出《だっしゅつ》できるか先の見えない状況《じょうきょう》。

体力よりも精神的な部分で、かなりのストレス状態に置かれていた。

その点ノルドラッドは、装備の面でアイリスたちに劣《おと》り、体力の消耗《しょうもう》は激しかったが、もっと酷《ひど》い環境で長期間魔物《まもの》を観察した経験や、危機的な状況に陥《おちい》る経験を積んでいることで、精神的には多少の余裕《よゆう》がある。

「実は魔力《まりょく》面で不安があるんだよね。湧水筒《ゆうすいとう》と防熱装備が命綱《いのちづな》だから、魔力切れは直ちに命の危険に繋がる。サラサ君、そのあたり、どうだい？」

その問いにクルミはきょとんと首を傾《かし》げ、ガリガリと地面に文字を書いた。

『アイリスさんたちなら魔力量に問題はない。橙色《だいだいいろ》の湧水筒を使いすぎなければ』

「なにっ！　そうなのか⁉」

「ギリギリだと思ってたんだけど？」

『そんなことはない。これぐらいの気温なら、お風呂《ふろ》に入ろうとでもしなければ大丈夫《だいじょうぶ》』

クルミの書いた文章を目にしたアイリスたちは、揃《そろ》って大きく息を吐《は》き、肩《かた》を落とす。

「いや、さすがにこの状況で風呂なんて考えないが……それは、防熱装備をずっと身に着け、フローティング・テントを使い、湧水筒で飲みきれないほどの水を生み出しても、と考えても良いのか？」

『そう。ケイトさんはもちろん、アイリスさんも案外魔力を持っている』

「そうだったのかぁ……なんだか、一気に気が抜《ぬ》けたぞ」

『橙色の方も、一日コップ一杯《いっぱい》ぐらいなら問題ない。甘い物を飲んでリフレッシュ』

実際、サラサが橙色の湧水筒を緊急《きんきゅう》パックに入れたのもそれが目的。

携行保存食《レーション》がなくなって、現地調達の酷い食事をするような状況に陥っても、一日に一度、甘い物が飲めれば精神的にはだいぶ違うだろうとの心遣《こころづか》いである。

『ただし、私《わたし》が渡した錬成具《アーティファクト》に関してのみ。他《ほか》の錬成具《アーティファクト》は知らない』

「それはそうだろうね。錬成具《アーティファクト》の魔力効率は様々だから。マスタークラスから直接指導を受けた弟子《でし》と、そのへんの錬金術師《れんきんじゅつし》が作った物は同列に比べられない。でも、そんなに効率が……さすがだね」

『フローティング・テントなら魔物の素材でも稼働《かどう》する。ちょっと勿体ないけど』

通常、錬成具《アーティファクト》の稼働には、使用者の魔力か魔晶石《ましょうせき》を必要とするのだが、たとえば氷牙《ひょうが》コウモリの牙《きば》のように魔力を多く含《ふく》む素材であれば、それを燃料とすることもできる。

だが、『冷蔵庫と氷牙コウモリの牙』といった相性の良い組み合わせを除けば、その魔力の使用効率は著しく悪い。

それは一時期サラサが検討していた『氷牙コウモリの牙を魔晶石に加工する』こと以上で、素材の価値からしても非常に勿体ない使い方となる。

「なるほどね。いざとなれば使おう。高価な素材も、帰れなければ売れないしね」

「不吉《ふきつ》な⁉」

「でも実際そうだよ？　ボクは常に自分の命を最優先にしてきたからこそ、今生き残っている。必要なら高価な実験道具を捨ててでも逃《に》げる。その思い切りがないと、魔物の研究なんてやってられないよ」

どこか自慢《じまん》げにそんなことを言うノルドラッドだが、それを聞かされたアイリスとケイトの表情は、はっきり言って苦い。

「なら、もうちょっと慎重《しんちょう》に実験して欲しいものだけど……」

「ノルド、今の危機を招いた原因は、お前にあるからな？」

「そっちの自覚もある。でも、実験優先だから。実験した上で命が助かるように、他の物を捨てる覚悟《かくご》がある」

どこか矛盾《むじゅん》しているが、もし命が最優先であれば危険な魔物の研究など、そもそもできるはずもない。実験の必要性とそれに伴《ともな》う命の危険、ノルドラッド自身には何らかの基準があるのだろうが、それを余人が理解するのはなかなかに難しそうである。

少なくともアイリスたちには無理だったようで、胸を張って主張するノルドラッドに、アイリスは深く肩を落とし、クルミに視線を向けた。

「それで店長殿《どの》。何か手助けは……してもらえるのだろうか？」

状況が状況だけに遠慮《えんりよ》がちに尋ねたアイリスに、クルミはこくりと頷く。

『そうだった。抜小路《ぬけこうじ》検知器《けんちき》の準備をした』

クルミの書いた内容に、アイリスとケイトは首を傾げたが、ノルドラッドは心当たりがあるらしく、「ふむ」と頷く。

「抜小路検知器……聞いたことはあるね」

「そうなのか？　私は知らないのだが」

「普通《ふつう》の人にはあまり使い道がない錬成具《アーティファクト》だからね。未知の洞窟《どうくつ》の探索《たんさく》や坑道《こうどう》で事故が起こった場合など、かなり限定的な状況でしか使われない物だから」

そんな物をノルドラッドが知っていたのは、洞窟に棲息《せいそく》している魔物を研究しようかと下調べをしたときに耳にする機会があったからである。

『なら話は早い。説明して』

「うん。これは文字通り、通り抜けられる道を探す錬成具《アーティファクト》。つまり今までとは違《ちが》って、頑《がん》張《ば》って進んでみたけど行き止まり、なんてことがなくなる。険しければ険しいほど徒労感も凄《すご》いから、これが避《さ》けられるだけでも大きな価値があるね」

『でも、欠点もある』

「そうだね。これで判《わか》るのは、一定の距離は行き止まりになっていないということだけ。途中《とちゅう》で分かれ道があったり、一本道でもずっと長く続いていれば判別はできない。どれぐらいの距離を調べられるかは性能と消費魔力に依存《いそん》するんだけど、そのあたりは……」

『あまり良くない。イレギュラーな使い方になる』

「それはそうだろうね。というか、どうやるんだい？　腕《うで》の良い錬金術師は錬金生物《ホムンクルス》を通じて魔《ま》法《ほう》を使えるなんて、眉唾《まゆつば》な話を聞いたことはあるけど」

『眉唾じゃない。事実。でも難しい。だから、この場で作る』

クルミの書いたその言葉に、アイリスたちだけではなく、研究者として知識の深いノルドラッドもまた息を呑《の》んだ。

「作るって……錬成具《アーティファクト》をかい？　そんなこと、できるなんて聞いたことないけど……」

『師匠《ししょう》に助力を頼《たの》んだ。不可能ではない』

「そっか、マスタークラスの経験と技術があればそれも可能……？」

『ただし、正式な錬成具《アーティファクト》ではなく、魔法を使う補助具のような物。使うのはクルミ』

「クルミ……店長さんがクルミを通じて、ということよね？」

確認《かくにん》するように言ったケイトの言葉を、クルミは首を振《ふ》って否定する。

『違う。クルミ自身がやる。使いたいときに都合良く私が同調することはできないし、仮にできたとしても、魔力が足りない。そして、そろそろ危ない。魔晶石』

クルミがそう書き終わると同時に手を差し出す。

僅《わず》かな間、その手をじっと見つめたアイリスたちだったが、すぐにケイトがハッとした
ように、慌《あわ》てて魔晶石を取り出し、その手に載《の》せる。

クルミはそれを口に放り込み、ガリガリ。

「そうか、クルミの身体の維持《いじ》が……」

「魔晶石には限りがあるものね」

現在、サラサと同調しているだけでも、クルミの身体の維持に必要な魔力はどんどん消
費されている。そのことを考えれば、同調を続けることは当然に論外。

定期的に短時間の同調を繰《く》り返《かえ》すことすら、困難であろう。

『時間が勿体《もったい》ない。作るには素材が必要。ここにある錬成具《アーティファクト》や素材を並べて』

「わ、解《わか》った！」

アイリスとケイトがこれまでに確保していた魔物の素材を、ノルドラッドが自身の実験
道具を地面に並べれば、クルミがその間を歩いていくつかの品物をピックアップする。

『壊《こわ》れるけど、良《い》い？』

「もちろん構わないよ。命が優先だから。お財布《さいふ》的には、かなり痛いけどね」

『感謝』

クルミはそれだけ書くと、慌《あわ》ただしく作業に取り掛《か》かった。

豪快《ごうかい》に爪《つめ》を閃《ひらめ》かせて錬成具《アーティファクト》を解体し、組み合わせて、ガリガリと削《けず》って回路を描《えが》く。

アイリスたち三人がじっと見守る中、熊《くま》のその手からは想像もできないような細かな作業を続け、魔晶石を更《さら》に三つばかり消費した後、その錬成具《アーティファクト》もどきは完成した。

『できた』

一見すると、複雑な模様が描かれた板に、不格好に物が引っ付いているアイテム。

錬金術師ではないアイリスたちにはさっぱり理解できなかったが、作った本人ができたと言う以上は信用するしか他にない。

「これで……使えるのか？」

『大丈夫。クルミに「道を判別」と言えば使える。強度はないから気を付けて運んで』

「じゃあ、それはボクが運ぼう。荷物も……減ったからね」

そう言うノルドの視線の先にあるのは、解体された錬成具《アーティファクト》の残骸《ざんがい》。

抜小路検知器もどきに使われた部材より、そちらに積み上げられた物の方が確実に多く、失われた価値もまた大きそうである。

「これはもう使い道がないのか？」

『ゴミ』

少し残念そうに尋《たず》ねたアイリスに、クルミの返答は端的《たんてき》だった。

だが実際、錬成具《アーティファクト》という物は、錬成《れんせい》に失敗すれば使った素材を丸ごと破棄《はき》するしかないような、繊細《せんさい》に組み立てられた代物《しろもの》である。

そこから使える部品を取り出すという作業は、本来非常に困難で、『部品を取り出す』というよりも、『錬成具《アーティファクト》の不要な部分を削り落とす』ことに近い。

削り落とした物にまで価値を残すことなど、土台無理な話なのだ。

「それじゃ、こっちは捨てていけば良いのね。店長さん、ありがとう」

『もう切る。今後、極力完全同調はしない。頑張って』

ケイトの言葉に頷《うなず》いたクルミは、やや慌てたようにそれを地面に記すなり、前回のようにコテンと地面に転がった。

「え、もう？　……店長殿？　切れたのか？」

「がう」

アイリスの言葉に応《こた》えるように、起き上がったクルミがそう鳴けば、アイリスは意外そうにクルミの身体《からだ》を抱《だ》き上げた。

「何だか、最後は慌ただしかったな……。私など、お礼も言えていないのに」

「たぶん、限界だったんじゃないかな？　距離や作業の難易度を考えれば」

「そうよね、かなり高度なことをやってるわけだものね。……店長さんに、また借りができちゃったわね」

「そうだな。お礼を言うため、そして恩を返すためにも、是《ぜ》が非《ひ》でも帰らなければな。それと、完全同調はしない、と書いていたが……」

不完全な同調があるのかと、首を捻《ひね》るアイリスに答えたのはノルドラッドだった。

「それは、視覚や聴覚《ちょうかく》だけの同調だね。当然その方が消費魔力《まりょく》が少ないけど、これからクルミがこの抜小路検知器を使うための魔力も必要となる。たぶん、余程じゃなければ同調はしないんじゃないかな？」

「つまり、店長さんの手助けは、もう期待できないのね」

ケイトが少し残念そうに言うが、アイリスは真剣《しんけん》な表情で首を振る。

「本来なら手助けしてもらえるような状況《じょうきょう》じゃない。緊急《きんきゅう》パックとこの錬成具《アーティファクト》の存在、それだけでも十分すぎるほどだ。これからは今ある物、そして自分たちの力で乗り切らねばな。クルミも頼んだぞ？」

「がうっ！」

自身を抱き上げたままじっと見つめるアイリスに、クルミは元気よく手を上げた。

サラサが遠隔《えんかく》で作り上げた抜小路検知器もどき。

それが実際に使えるのか、どこか不安を覚えていたアイリスたちだったが、それを実証する機会はすぐに訪れた。

サラサのアドバイスに従い、橙色《だいだいいろ》の湧水筒《ゆうすいとう》で一服したアイリスたちが探索を再開して数十分、彼女たちの前には三つに枝分かれした道が出現していた。

一つはアイリスならなんとか立って歩けるほどの通路、もう一つは横向きなら通れそうな幅《はば》の裂《さ》け目《め》、そして最後の一つは這《は》って行かなければ先に進めそうにない穴。

「これまでなら、広い道から進むところだが……」

「使ってみるべきでしょうね、店長さんが作ってくれたんだから」

「ならこれは……地面に置けば良いのかな？」

ノルドラッドが抜小路検知器もどきを地面に置いて、アイリスを振り返って頷くと、彼女もまたそれに応えるように頷いて、クルミを見た。

「それじゃ、クルミ。『道を判別』」

「がう！」

アイリスの言葉を聞くなり、ぴょんと地面に飛び降りたクルミは、抜小路検知器もどき

の前に立つと、それに手を置いて「ぐるるー」と唸《うな》る。

その声と共に抜小路検知器《ぬけこうじけんちき》もどきが淡《あわ》い光を放ち始め、それを確認したクルミは手を離《はな》し、すぐに次の動作に移った。

「がーう、がーう、がうがーう！」

どこか踊《おど》るかのように、地面に置いた抜小路検知器もどきの周りを回るクルミ。

一周、二周、三周。次第《しだい》に光が強くなり――。

「ががーう‼」

鳴き声と共に仁王立《におうだ》ちでピッと両手を上げ、動きを止めるクルミ。

そんな儀式《ぎしき》（？）をじっと見守っていたアイリスたちは、それ以上クルミに動きがないことを見て、探るように声を掛けた。

「……終わった、のか？」

「がう！」

力強く答えたクルミは、一番広い通路を指さすと「がう」と両腕《りょううで》を使ってバツ印。

「この道は、行き止まり、と？」

「がう」

確認するアイリスにクルミは頷き、次に細い隙間《すきま》を示して同じ動作。

そして最後に這わなければ進めない穴を示して、両手を上げてマル印……っぽい動作をするのだが、腕《うで》が短すぎてマルに見えない。

「くぷっ……。こ、これは通れるってことか？」

「がう」

ちょっと噴《ふ》き出しつつ尋ねるアイリスに頷くクルミ。

「そうか、ありがとう。凄《すご》くありがたい……が、ここを進むのか」

ニコリと微笑《ほほえ》みつつ、お礼を言うアイリスだったが、改めてその小さな穴を見て、憂鬱《ゆううつ》そうにため息をつく。

荷物を背負っていては支《つっか》えるほどに狭《せま》いその穴。

先も見えないそんな場所に入ることなど、できれば避《さ》けたいのは当然だろう。

「でも、行くしかないでしょ。荷物は……ロープで引っ張るしかないでしょうね」

「そうだな……はぁ」

「アイリス君、なんだったら、ボクが先に行こうか？」

ため息をついて荷物を下ろすアイリスに、ノルドラッドがそう声を掛けるが、彼女は迷うことなく首を振《ふ》る。

「いや、さすがにそれはダメだろう。一応、護衛だからな、私たちは。……よしっ！」

アイリスが一つ気合いを入れ、屈《かが》み込んだその時、そんな彼女を制するように、その前にクルミが立ち、ポンと自分の胸を叩《たた》いた。

「がうがーう」

「ん？　なんだ？」

「……もしかして、自分が先に行くと言っているのかしら？」

「がう！」

クルミは『その通り！』とでもいうようにケイトを指さすと、アイリスに先んじて狭い穴へと足を踏《ふ》み入れた。

「がっうー！」

さほど待つことなく聞こえてきた力強い声に、三人は顔を見合わせた。

「大丈夫《だいじょうぶ》、みたいだね？」

「……来いと言っているのかしら？」

「おそらくそうだろう。だが、これで少し安心できる。クルミに感謝だな」

アイリスは地面に這いつくばると、クルミの後を追って穴の中へと這い進んでいった。

一行が洞窟《どうくつ》に閉じ込められて、二〇日あまりが経過していた。

魔力に不安がないと知ったことで、精神的にはだいぶ楽になったアイリスたちだったが、実際の状況は良くもあり、悪くもあり。

クルミのおかげで無駄足《むだあし》を踏む回数は大幅《おおはば》に減ったが、抜小路検知器もどきの性能の制限もあり、ゼロにはなっていないし、一〇日目頃から周辺温度が下がった代わりに、魔物《まもの》が出現するようにもなっていた。

幸いなことに、出てきた魔物はアイリスたちでも対処可能な強さで、その数も少なかったが、中にはブラック・バイパーのような強力な毒を持つ魔物も存在し、決して気が抜《ぬ》けるような状況ではなかった。

それでも高価な錬成薬《ポーション》のお世話にならずに済んでいるのは、ブラック・バイパーの牙《きば》も通さない、頑丈《がんじょう》な防熱装備があったからこそだろう。

だが、そんな風にやや快適な状態も、半日ほど前から変化が出てきていた。

「何だか、再び気温が上がっているように感じるんだけど、君たちはどうだい？」

「……湿度《しつど》は上がっているように思えますね」

防熱装備を着込んだままのケイトに温度変化は判《わか》らなかったが、顔に当たる空気が湿《しめ》っているように感じてアイリスを見れば、彼女もまた同意するように頷《うなず》く。

「だいぶ下《くだ》ってきたからな。地下水でも染み出しているのか……。通路も広くなってきたし、良い兆《きざ》しならありがたいのだが……」

「このまま、外に出られたら良《い》いんだけど」

「それは高望みだろうね。外が近いにしては、空気の流れが少なすぎる」

ケイトの口にした希望を、ノルドラッドは現実的思考でバッサリと切り捨てる。

にべもないその言い方に、ケイトはため息をつきつつ首を振る。

「解《わか》ってますよ。でも、それぐらいポジティブに考えないとやってられないです」

「観察した事実から予測を立てるのが研究者だから。――ただ、出口ではないけど、変化はあったみたいだよ」

ノルドラッドが明かりの錬成具《アーティファクト》の光量を上げ、緩《ゆる》やかに下った道の先を指さした。

照らし出されたのは広大な空間。強めた明かりでも全体が見通せないほどに広く、その床《ゆか》には大量の水が蕩々《とうとう》と湛《たた》えられ、光を反射している。

「地底湖、だな」

「いや、見た感じ、明らかに温度が高そうだよ？　いうなれば、地底温泉？」

ノルドラッドが指摘《してき》した通り、その地底湖全体からは白い湯気が立ち上っていた。

周辺温度の高さもあり、もうもうと白く煙《けむ》るほどではないが、それは明らかに普通《ふつう》の地下水とは異なっている。

「先頃《さきごろ》から湿度が上がっていたのは、これの影響《えいきょう》だったのね」

「そのようだね。しかし、温泉か……地底湖が温められただけなのか、それともより深い場所から湧《わ》き出ているのか、興味深いところだね」

「私としては、この水を利用できるかが重要なのだが……調べることはできるか？」

「できるけど、飲み水なら湧水筒《ゆうすいとう》が――あぁ、なるほど。君たちも女性だもんね。身体《からだ》が臭《にお》いのは嫌《いや》だよね」

ノルドラッドは一瞬《いっしゅん》疑問を浮《う》かべ、すぐに合点がいったようにポンと手を叩いた。

その平然とした無神経さに、アイリスとケイトから冷たい視線が突《つ》き刺《さ》さる。

「ノルド……仮に。仮にだ！　もし事実だとしても、それを口にするのはどうなんだ？」

「あ、ゴメンゴメン。別に君たちが臭《くさ》いというわけじゃないよ？　そもそも自分も同じだから、全然気にならないし！」

まったくフォローになっていない。

臭くないと言いながら、気にならないとも言っている時点で、ダメだろう。

だが、アイリスたちとノルドラッド、どちらが酷《ひど》い状態かといえば――明らかに高価な防熱装備のないノルドラッドの方である。

それに加え、サラサに『風呂《ふろ》に入ろうとでもしなければ大丈夫』と保証されて以降、アイリスたちは寝《ね》る前には必ず身体を拭《ふ》いていた。

一応、ノルドラッドにも水は提供していたのだが、彼は魔物研究者。

必要であれば草むらにじっと潜《ひそ》み、数十日でも観察を続けることすらできる彼からすれば、まだまだ余裕《よゆう》であった——周囲にはかなり迷惑《めいわく》なことだが。

なお、アイリスたちがまったく問題ないかといえば、さにあらず。

身体は拭けても、服を洗濯《せんたく》するほどの余裕はなかったのだから。

それを解っているからこそ、アイリスたちは気にしているわけで。

「ノルドさん、もうちょっと気遣《きづか》いを覚えないと、女性にモテませんよ？　顔とかは悪くありませんのに」

「んー、そっちはあんまり気にしたことがなかったなぁ。今は研究の方が楽しいし？」

実際、ノルドラッドの容姿は、整っていると言っても過言ではない。

顔にはフィールドワークでできた傷跡《きずあと》が残っているが、醜《みにく》いというほどには酷くなく、筋肉質で引《ひ》き締《し》まった体つきは、それを好む女性には大きなアピールポイントであろう。

研究成果を出していることから社会的地位もあり、経済的にも決して悪くない。

難点を挙げるなら、危険な場所に出向くことが仕事ということだろうが、もし今後、植物研究に軸足《じくあし》を移すのであれば、それもなくなる。

もっとも、本人にその気がないのであれば、それらの魅力《みりょく》にも意味がないのであるが。

「でも、ま、君たちに対する点数稼《かせ》ぎは重要だね。ボクの安全のためにも。温泉の調査をしてこよう」

「それとは関係なく守るつもりではあるが……調べてくれるとありがたい」

「任せて。幸い、そのための錬成具《アーティファクト》は、サラサ君の手を逃《のが》れているからね」

ひょいと肩《かた》をすくめたノルドラッドは、荷物から何かの錬成具《アーティファクト》を取り出すと、湯気を上げる地底湖へと近付いていった。

検査の結果は『飲用には適さないが、入浴用としては上質』というものだった。

水に濁《にご》りもなく透明《とうめい》で、不審《ふしん》な物がいないか水中を見通すのにも都合が良く、その上、洗濯にも使える。そうなればアイリスたちが遠慮《えんりょ》するはずもない。

ノルドラッドを遠ざけて洗濯と入浴に邁進《まいしん》、一通りの作業を終え、さっぱりとしたアイリスは、トロンとした表情で大きく息を吐《は》いた。

さすがに温泉内にどっぷりと浸《つ》かってしまうほどには気を抜けないが、たっぷりのお湯で身体を洗い、浅瀬《あさせ》に足を浸けるだけでも疲《つか》れが抜ける。

その隣《となり》にケイトも腰《こし》を下ろし、脚《あし》でお湯をかき混ぜながら、肩の力を抜く。

「ふぅ～、生き返るな……」

「ええ。気になっていた服や下着も、纏《まと》めて洗えたし」

「うむ。都合の良いことに、周囲の岩もかなり熱いしな」

触《ふ》れるだけで火傷《やけど》するほどではないが、お湯を掛《か》けてもすぐに乾《かわ》く程度に熱い岩は、洗《せん》濯物《たくもの》を乾かすには非常に都合が良かった。

当然アイリスたちはそれを利用し、周囲の岩には洗濯物がたくさん張り付いている。

その上、今のアイリスとケイトはほぼ裸《はだか》。

ちょっと異性には見せられない光景である。

そんな二人の横で、気楽そうにバシャバシャと泳いでいるのはクルミ。

そして、しばらく泳いで気が済んだのか、よじよじと岩の上に這《は》い上がったクルミは、キランッと爪《つめ》を閃《ひらめ》かせた。

「がう～ぅ、が～がぅ～♪」

何やら嬉《うれ》しそうに、岩を削《けず》るクルミ。

この辺りの岩は決して軟《やわ》らかいわけではないのだが、クルミの爪は欠けたりする様子もなく、その爪痕《つめあと》がしっかりと岩に刻み込まれている。

だが、その行動自体に何か意味があるようにも思えなかったアイリスは、目を瞬《しばたた》かせて

不思議そうに小首を傾《かし》げた。

「……なぁ、クルミは何をしているんだ？　爪研《つめと》ぎ？」

「熊《くま》って爪を研ぐの？」

「いや、知らないが、木の幹とかに爪痕を付けているよな？　縄張《なわば》りの主張するために」

「なら、錬金生物《ホムンクルス》には関係ないわよね？　ちなみに、今までも時々やってたわよ」

「そうなのか？　気付かなかった……」

「何か意味があるのかもしれないけど、クルミは説明できないし……。気になるなら、帰ってから店長さんに訊《き》いてみたら？」

「そうだな。……なぁ、ケイト。私たち、無事に帰れると思うか？」

頷いた後、少し沈黙《ちんもく》してポツリと呟《つぶや》くように言ったアイリスに、ケイトはさして意外そうな表情も見せず、顔を向けた。

「あら？　ちょっと弱気ね？」

「弱気にもなる。私たち、かなりの距離《きょり》を歩いてきたつもりだが、直線距離にしたら、どれほど移動できたと思う？」

中腰《ちゅうごし》や横歩きならまだマシ、這って進まなければいけない箇所《かしょ》も少なくなく、その際の移動速度は推《お》して知るべし。

上下の移動に加えて、来た方向へ折り返すように続く道も多くあり、目的の方向も定まらないまま進んできたアイリスたちの行程は、決して順調とは言えなかった。

「正直、あまり考えたくないわね」

「だろう？　出口に近付いていると思いたいが……それ自体がないことも考えられる」

「自然の洞窟《どうくつ》だものね。でも、絶望は食料が尽《つ》きてからにしましょ。ちょっと早いわ」

努めて明るく言ったケイトの言葉に、アイリスは苦笑《くしょう》。

「携行保存食《レーション》がか？　まだ数ヶ月分は十分にあるわけだが」

「いいえ、食べられる物が何もなくなってからよ。幸い魔物も出てくるし？　大丈夫《だいじょうぶ》、多少不味《まず》くても、私たちには店長さんの橙色《だいだいいろ》の湧水筒があるわ」

「いや、それはそうだが……つまり、絶望するな、と」

「当然でしょ。死ぬ寸前まで足掻《あが》く。生きる術《すべ》があるのに諦《あきら》めたなんて知られたら、アデルバート様に叱《しか》られるわよ。そして私はお母様に殺される。現状でもかなりマズいのに」

アイリスとケイトは親友同士とはいえ、現実には主筋に対しての臣下。

ロッツェ家が借金で潰《つぶ》れかけていてすら、その忠誠を揺《ゆ》るがせなかったスターヴェン家の長女であり、アイリスの役に立てるよう、両親から厳しく育てられたケイト。

その役目には当然、アイリスのフォローも含《ふく》まれており、ある意味、この三人の中で一番ストレスが溜《た》まっているのは彼女といえるかもしれない。

「ふむ。そのときは私が弁護しよう」

その言葉を聞き、少し考え込んでいたケイトは、ハッと顔を上げた。

「……いいえ、この仕事は、アイリスが強引に請《う》けたことにしましょう。そうすれば、私は『無茶なアイリスに付き合わされた』とアデルバート様とディアーナ様から同情が引けるし、その状態ではお母様もお父様も、強くは言えないはず！」

「おい、それだと私が、お父様たちから叱られるのだが？」

ジト目を向けるアイリスに、ケイトはとても良い笑顔《えがお》で応じる。

「アイリス、私たち、親友よね？」

「……親友だから、犠牲《ぎせい》になれと？」

「大丈夫よ。どうこう言っても、アデルバート様はあなたに甘いから。第一、詳《くわ》しい条件も訊かずに『承《うけたまわ》った！』と言ったのは誰《だれ》だったかしら？」

「うっ！　それを言われると弱い」

「それに無事に戻《もど》った後なら、そこまできつくは言われないわよ、きっと」

「かもしれないが……あ、そうだ。今回のことは、お父様たちには知らせない、というのはどうだろう？」

アイリスは良いことを思いついたとばかりに表情を明るくしたが、ケイトはため息をついて首を振《ふ》った。

「ねぇ、アイリス。たぶんだけど、店長さんって今回のことで、かなりのお金を使っている気がするのよ。『師匠《ししょう》に助力を頼《たの》んだ』と言っていたけど、それにコストがかかっていないと思う？」

「……相手はマスタークラス。普通《ふつう》であれば、とんでもない謝礼が必要になる。実費だとしても、かなりのコストは掛かっているだろうな」

「でしょ？　あの抜小路検知器《ぬけこうじけんちき》だって、いくら店長さんでも、ぶっつけ本番で作り上げたとは思えないし、他にも色々とやってくれている可能性は高いと思う。それらに掛かったお金、返さないわけにはいかないでしょ？」

「当然だ。受けた恩は返す。ロッツェ家の娘《むすめ》として、それは譲《ゆず》れない」

サラサが必要ないと言ったとしても、アイリスとしてはとても受け入れられることではない。それぐらいの矜持《きょうじ》は、アイリスはもちろん、ケイトも持ち合わせていた。

「うん。つまり、現状抱《かか》えている借金に加えて、それが増えるということは――」

「お父様たちに、話を通さないわけにはいかないか」

「そういうこと」

「う〜む。何だか私たち、採集者として稼ぐお金より、失うお金の方が多くないか？」

「そうよね。でも〝縁《えん》〟という意味では大幅《おおはば》にプラス収支よ？　借金は減ってないけど、ロッツェ家は救われているんだから」

「すべて店長殿《どの》と知り合えたからこそ、か。私の命も含め」

そうしみじみと呟き、「むむむ……」と考え込んだアイリスの元に、遠くからノルドラッドの声が響《ひび》いてきた。

「ねぇ、二人とも！　そろそろ代わってくれないかい！」

「あ、あぁ、すまない！　もう切り上げる！　――ということでケイト、それに関しては帰ってから相談しよう」

「私としては、アイリスが犠牲になって――」

「帰ってから相談しよう！　ほらほらケイト、早く身体を拭いて、服を着るんだ。ノルドに見られてしまうぞ！」

ケイトの言葉を食い気味に遮《さえぎ》り、アイリスは温泉から脚を上げてケイトを急《せ》かす。

「はいはーい。解《わか》りました〜」

ケイトはそれに軽く応《こた》えながら、先ほどに比べてずいぶんと明るくなったアイリスの表情に、そっと安堵《あんど》の息をつくのだった。

アイリスたちの遭難《そうなん》も三〇日を超《こ》えていた。

今彼女たちは、精神的な面に加え、別の面でも困難に直面していた。

「ケイト、魔晶石《ましょうせき》はどれぐらい残っている？」

「そろそろ片手を切りそうね。クルミが失われることになれば……」

「通路の判定ができなくなるのも問題だが、店長殿に顔向けできないし、ロレアにも泣かれかねないな」

魔力《まりょく》がなくなれば、クルミは早晩、動けなくなる。

それを死と捉《とら》えるかどうかは人それぞれだろうが、長期間一緒《いっしょ》に過ごしてきたアイリスにとっては、サラサたちに申し訳ないという思いと共に、自分自身がクルミを失いたくないという思いも強かった。

ままならない状況《じょうきょう》に、アイリスが額に手を当てて天を仰《あお》いだその時、彼女の荷物の上でクルミが立ち上がり、ぴょんと地面に飛び降りた。

「がうっ！」

「えっ！　クルミ⁉」

「ど、どうしたんだ⁉」

休憩《きゅうけい》時間以外は荷物に張り付き、言われなければ動こうとしないクルミの突然《とつぜん》の行動に、ケイトとアイリスが戸惑《とまど》いの声を上げるが、クルミはチラリとアイリスたちを振り返ると、すぐにとっとこ走り始めた。

「いったい――」

「あー、色々言う前に、追いかけた方が良《い》いんじゃないかい？」

「そ、そうだな！」

ノルドラッドに指摘《してき》され、即座《そくざ》にクルミの後を追いかけ始めたアイリスたちだったが、はっきり言ってクルミの運動能力は、彼女たちを大きく上回っていた。

狭《せま》い場所でも難なく通り抜《ぬ》けられ、急な岩壁《がんぺき》であっても爪を立てて容易に登り切る。

更《さら》には平地を走る速度すら、小さな身体《からだ》と短い足からは想像もできない速さ。

クルミが三人を置き去りにするつもりならあっさりと引《ひ》き離《はな》されただろうが、そのようなことはなく、追いついてきたら再び走り出すことを繰《く》り返し……その追いかけっこは一時間ほども続いただろうか。

「ク、クルミ、もう、終わりか？」

「なかなか、疲《つか》れたわ……」

「ボ、ボクとしては、終わりにしてくれると、助かる。さ、さすがにもう……うぷっ」

やっと足を止めたクルミの前で、膝《ひざ》に手をついて息を整えるアイリスに、それよりはマシなものの、やはり疲れを見せているケイト。ノルドラッドに至っては、激しく肩《かた》で息《いき》をしながら口元を押《お》さえ、その場に座り込んでしまった。

「この場所に連れてきたかったのかしら？」

「おそらくな。……だが、何もないな？」

クルミの止まったそこは、一見、何の変哲《へんてつ》もない通路だった。

幅《はば》は両手を広げたほど、高さはアイリスが手を伸《の》ばせばなんとか届きそうなぐらい。あえて違《ちが》いを挙げるとするなら、ちょうど通路が屈曲《くっきょく》し、右側に大きく曲がっている箇所といえるだろうか。

「ク、クルミ君。こ、ここに何があるんだい？」

「がう」

まだ息の整わないノルドラッドの問いに、クルミはポンポンと側壁《そくへき》を叩《たた》く。

そこに三人の視線が集中するが、じっと見つめても、やはりごく普通の洞窟の壁《かべ》。

「……何か貴重な物でも埋《う》まっているとか？」

「貴重な物って？」

「例えば……金鉱脈とか」

「それは確かに貴重だけど、さすがにそれはないでしょ。この状況で」

「うん、ないね。この辺りの壁の状況は、金鉱脈があるような感じじゃないよ」

ケイトの言葉に同意したノルドラッドだが、その意味は少しズレていた。

「がうがーう」

首を捻《ひね》る三人に対し、クルミは両腕《りょううで》をゆっくりと上下に動かし、落ち着けとでも言いたげなジェスチャーをする。

「むぅ、何かあるんだろうが、よく判《わか》らないのは落ち着かないな」

「そうね……って、何か聞こえるような……？」

耳をピクピクとさせるケイトに、アイリスが眉《まゆ》を撥《は》ね上げ、慌《あわ》てたように周囲を見回す。

「何かって——まさか、サラマンダーが近くにいるのか⁉」

「なら、また崩落《ほうらく》が⁉」

急いでノルドラッドが腰《こし》を上げた次の瞬間《しゅんかん》——。

ガンッ、ガラガラ！

やや控《ひか》えめな音を立てて、先ほどクルミが叩いていた岩壁が崩《くず》れ落ち、穴が出現した。

その大きさは直径一メートルに満たないほど。

そこから吹《ふ》き込《こ》んだ冷たい風が、唖然《あぜん》としている三人の顔を撫《な》でる。

これまでとははっきりと違うその空気に、三人はハッと息を呑《の》んだ。

「――っ‼　もしかして、外に⁉」

「正解です、アイリスさん」

懐《なつ》かしさすら感じさせる声と共に土煙《つちけむり》が晴れ、そこから現れた顔を見た瞬間、アイリスの瞳《ひとみ》から図らずも涙《なみだ》が溢《あふ》れた。

◇　◇　◇

「お久しぶりです、アイリスさん、ケイトさん。救出に来ましたよ。ついでに、ノルドさんも」

「「店長殿（さん）！」」

腰をかがめた私が狭い穴から出るなり、アイリスとケイトさんが飛びついてきた。

その衝撃《しょうげき》をなんとか受け止め、その後ろで苦笑《くしょう》しながらも、どこかホッとした様子を見せるノルドさんにも視線を向ける。

「ハハ、ボクはついでかい？」

「はい、ついでです。ノルドさんだけなら、助けに来ませんでしたから」

ちょっときつい言い方かな、とは思うけど、仕方ないよね？

今回の原因、どう考えてもノルドさんなんだから。

いくら彼が研究者で、アイリスさんたちがその護衛とはいえ、限度がある。

実験するなら安全を確保してから。

でもそれを守れない、非常に迷惑《めいわく》な人がいることはよく知っている。

そして、概《がい》してそういう人こそ成果を出したりするものだから、手に負えない。

人と違うことをするからこそ、特別な結果が出るのかもしれないけど、できればそういう人には私とは関わりのないところで幸せになって欲しいものである。

「て、店長殿、実は私、そろそろ、ダメかと……」

「結構時間がかかりましたからね。でも、もう大丈夫《だいじょうぶ》ですよ。ちょっと狭いですが、この穴はちゃんと外に繋《つな》がっていますから」

私から離れ、声を震《ふる》わせるアイリスさんの目元をハンカチで拭《ぬぐ》えば、アイリスさんは涙をこぼしながらも笑《え》みを浮《う》かべる。

「店長さん、本当にありがとう。大変だったんじゃない？　色々と」

「まぁ、それなりに。でも、私としても、ケイトさんたちは見捨てられませんから。さぁ、早く外に出ましょう――っと、その前に」

私は傍《そば》に座り込んでいたクルミを抱《だ》き上げ、魔力を補充《ほじゅう》する。

……うん、やっぱり、ギリギリだったね。

良かった。失うことにならなくて。

「サラサ君、先ほどまでのクルミの動きは、やはり君が？」

「そうですね。でも、続きは外に出てからにしましょうか。待っている人もいますから」

「待っている人？　店長殿《どの》だけではないのか？」

「さすがに私も、この森で一人、長期間の野営は厳しいですよ。さぁ、行きましょう」

再び腰をかがめ、アイリスさんたちを先導して外へと向かう。ちょっと腰が辛《つら》いけど、大きく掘《ほ》るとそれだけ必要コストと難易度が上がるので、これは仕方ない。

このサイズの穴を掘る錬成具《アーティファクト》でも、かなり高価なんだから。

その上、今回の救出作業だとまったく利益は出ないわけで……とても痛い。

でも仕方ないよね、アイリスさんとケイトさんのためだから。

「外に出ますよ」

「おぉ、ついに……太陽の光だ……」

穴から出るなりぐっと腰を伸ばしたアイリスさんは、両手を広げて目を細める。

ケイトさんもまた、眩《まぶ》しさに耐《た》えるかのように目元を押さえた。

「久しぶりの……あぁ、空気が冷たいわ。もう冬なのね……」

「ですねー。先日は少し雪も降りましたし、これ以上長引くようなら、私たちも厳しくなるところでした」

「私たち——そういえば、他にも人が……」

「はい、あちらですね」

そこにいたのは、いつもお世話になっている、お馴染《なじ》みの採集者三人。

「おう、アイリスの嬢《じょう》ちゃん、無事だったか」

「取りあえずは元気そうだな」

「怪我《けが》がなくて良かった」

「アンドレ！　ギル！　グレイ！　お前たちも助けに来てくれたのか！」

「ありがとうございます！　まさか、店長さん以外にも来てくれる方が……」

「つっても、サラサちゃんに頼《たの》まれて、だがな」

「簡単な力仕事だけだ。大したことはできていない」

「いいえ、皆《みな》さんがいなければ、準備を整えることはできませんでしたから、重要な手助けでしたよ」

照れたように謙遜《けんそん》するアンドレさんたちだが、実際三人の手助けは非常に重要だった。

今回のことに対処するにあたって、距離《きょり》の制約はそれなりに大きかった。

クルミと同調するにしてもできるだけ近い方が効率が良いし、何らかの対処をするにしても素早く行える。でも私は錬金術師《れんきんじゅつし》。錬成具《アーティファクト》や錬成薬《ポーション》を使えることが一番の強みなのに、工房《こうぼう》のある自宅を離《はな》れてしまえば、できることに大きな制限がかかる。

それに対処するために私が考えた方法は、近場に拠点《きょてん》を作ることだった。

加工した部材をここまで運び、小屋を建て、その中に魔力炉《まりょくろ》と錬金釜《がま》を設置する。時間さえあれば私一人でも可能だけど、その時間が貴重なわけで。

アンドレさんたちには、荷物の運搬《うんぱん》や村との連絡《れんらく》役、周囲への警戒《けいかい》など、とても多くの手助けをしてもらった。一応日当は支払《しはら》っているけど、彼らから提示されたその額は決して高くなく、仕事の内容にはとても見合わない。

きっとアイリスさんたちの救出作業だからこそ、協力してくれたんだと思う。

「つまりサラサ君は、ここから洞窟《どうくつ》内の状況《じょうきょう》を把握《はあく》して、救出策を練っていたと。とても興味深いね」

私たちが感動の再会――っぽいものをしている間、一人身体《からだ》をほぐしていたノルドさんが一段落ついたと思ったのか、ひょっこりと後ろから顔を出し、小屋の中を覗《のぞ》き込む。

しかし、そんな暢気《のんき》な物言いに、強面《こわもて》採集者の三人の表情が厳しくなる。

「おう、コイツが今回の研究者サマかい？」

「アイリスちゃんとケイトちゃんを危険な目に遭《あ》わせてくれたそうじゃねーか？」

しかしノルドさんに棘《とげ》のある言葉など馬耳東風、朗《ほが》らかに笑う。

「ハッハッハ、まったくだね。今回はボクの筋肉が足りなかったようだよ。君たちぐらいあれば、なんとかなったかもしれないんだけどさ」

「ふむ……」

腕《うで》を曲げてパシンと二の腕を叩《たた》いたノルドさんと、彼をじっと見るグレイさん。

そんな二人の視線が交わり、何かが通じ合った。

「理解しているなら、これ以上、俺から言うことは何もない」

「いや違《ちが》うだろ⁉　サラサちゃんから話を聞いた限り、多少筋肉が多くても、どうにもならねぇからな⁉」

即座《そくざ》にギルさんからツッコミが入ったが、グレイさんはそれを聞き流し、ポンとノルドさんの大胸筋を叩く。

「お前の筋肉も悪くない。とても机にかじりついている研究者とは思えないな」

「ボクは現場を大事にするからね。筋肉を鍛《きた》えるのも当然のことさ！」

キラリと歯を光らせてサムズアップするノルドさんと、男臭《おとこくさ》い笑みを浮かべて腕を組み、深く頷《うなず》くグレイさん。

対してギルさんは額に手を当てて天を仰《あお》ぎ、距離を置いたアンドレさんは、処置なしとばかりに肩《かた》をすくめた。

「えーっと……ノルドさんって、筋肉推《お》しなんですか？」

戸惑《とまど》いつつ、アイリスさんに確認《かくにん》してみれば、アイリスさんは少し考えて頷く。

「そうだな、どこかそんな雰囲気《ふんいき》は感じられたな」

「いえ、かなり露骨《ろこつ》だったと思うけど？」

うーむ、何か、危ないときに筋力で切り抜《ぬ》けた原体験でもあったのだろーか。

細マッチョに鍛えられた肉体は、見方によっては魅力《みりょく》的だとは思うけど。

「でも、ノルドさんが身体を鍛えていたおかげで、生き延びられた部分もあるのよね。険しい道のりだったから」

軟弱《なんじゃく》な研究者でフォローが必要だったなら、たぶん無理だったと言うケイトさんに、私も然《さ》もありなんと頷いた。

「確かに、険しい道でしたよね」

「解《わか》るのか、店長殿？」

「ええ、ある程度は。クルミのおかげで。ねー？」

「がうがーう！」

完全同調こそ控《ひか》えていたものの、ここに拠点を作って以降は時折、一部感覚の同調を行ったり、クルミが把握した状況をフィードバックしたりと、情報収集は行っていた。

その中でも重要だったのは、抜小路検知器《ぬけこうじけんちき》もどき。

最高品質の抜小路検知器であれば、先に続く通路の形状まで判《わか》るのだが、当然ながら私がでっち上げた〝もどき〟に、そんな機能はついていない。

代わりに、クルミを術式に組み込んだことで、自身の錬金生物《ホムンクルス》の位置を調べる錬成具《アーティファクト》などと併用《へいよう》すれば、私の方で通路の概観《がいかん》を把握できるようになった。

しかし、魔力《まりょく》残量を考えると、それをアイリスさんに伝えることは不可能である。

それ故《ゆえ》、こちらで大まかな地図を作り上げて彼女たちの救出が可能な位置を特定。

そこに向けて穴を掘ると同時に、アイリスさんたちをクルミに案内させたのだ。

「だから、救出できたのね」

「さすがに、闇雲《やみくも》に穴を掘るわけにはいきませんからね」

これでもかなり綿密に、それでいて急いで計画を立てたのだ。

食料面はまだしも、魔晶石《ましょうせき》の残りが危《あや》うかったから。

「でも、話を聞くと、とってもコストが掛《か》かってそうなんだけど……」

「まぁ、安くはない……ですね」

ちょっと考えたくないぐらいには。

私は言葉を濁《にご》し、探るように聞いてくるケイトさんから視線を逸《そ》らす。

せめてもう少し、そんなことは忘れて二人が助かった喜びに浸《ひた》っていたい。

「それより今は、早く戻《もど》ることを考えましょう。ロレアちゃんも心配しています。元気な姿を見せてあげないと。手早く撤収《てっしゅう》作業を――」

開始しましょう、と言おうとしてグレイさんたちの方へ視線を戻せば――理解不能な状況が、そこで展開されていた。どういう経緯《けいい》を辿《たど》ったのか、グレイさんとノルドさんの二人が上半身《じょうはんしん》裸《はだか》になり、パンプアップ。

ポーズを変えながら繰《く》り返《かえ》されるそれは、下手《へた》をすると年齢《ねんれい》制限が必要になりそうな絵《え》面《づら》である。具体的に言うなら、未成年お断り？

「何事……？」

理解できない光景に私が目をパチパチしていると、近付いてきたアンドレさんが苦笑《くしょう》しつつ解説してくれた。

「それが、何故《なぜ》かグレイとノルド、どちらの筋肉がより実用的か、言い合いになってな」

「……意味解りません」

解説を聞いても理解できなかった。

「さっきまで、意気投合してませんでした？　あの二人」

「筋肉という総論では解り合えたようだが、実戦で鍛え上げた筋肉が一番だとか、それは非理論的でバランスが悪いとか、各論では一致《いっち》しなかったようだな」

「グレイさんって、真面目《まじめ》な人だと思ってたんですが……」

更《さら》に理解不能。

困惑《こんわく》する私に、ギルさんも二人へのツッコミを放棄《ほうき》して近付いてきた。

「いやぁ、あいつも俺たちと似たようなもんだぜ？　無口さに騙《だま》されがちだけどよ、俺と一緒《いっしょ》にやってけてるんだからな。はははっ！」

「なるほど、それは理解できました」

ギルさんの軽薄《けいはく》にも近い軽妙《けいみょう》さ、それを我慢《がまん》できる時点で忍耐《にんたい》力が強いのか、もしくはどこか似たところがあるのか。前者かと思ったら、後者だったらしい。

しかし、いつまでも二人のパフォーマンスを見ているわけにもいかない。

私の趣味《しゅみ》じゃないし。

「ねえ、アイリスさん、ケイトさん。あれ、止めてくれません？」

「すまない。私のような乙女《おとめ》は、ちょっと近付けない」

「えぇ、そうよね。私たち、貴族の令嬢《れいじょう》とその付き人だし」

……あれ？　以前、騎士《きし》としての訓練に参加してるから、男の上半身裸とか、見慣れているとか聞いたような覚えが。記憶違《きおくちが》い？

でも、生い立ちだけを考えれば、ケイトさんの言葉は間違《まちが》っていないわけで。

「ギルさんたちは――」

「あいつら、全然話を聞きやしねぇ」

「筋肉談義は面倒《めんどう》くさい。サラサちゃん、ビシッと言ってやってくれ」

当てにならなかった。

私は深くため息をつくと、仕方なしにその汗臭《あせくさ》そうな空間へと近付いた。

「二人とも！　筋肉なんかどうでも良《い》いですから、帰る準備をしてください！」

「どうでも良いって……重要だよ、筋肉。あったら便利だからね。サラサ君は……ちょっと貧弱そうに見えるよ？」

「うむ。少し肉付きが足りないな」

「そうだね。筋肉だけじゃなく」

「うっ……」

ちょっぴり自覚はある。

孤児院《こじいん》時代の影響《えいきょう》か、私はちょっと成長が遅《おそ》く、身体も小さめ。

それに伴《ともな》う筋力の少なさから、魔力による身体強化なしでは、時に錬成《れんせい》作業に影響が出るほど。でも、ノルドさんみたいなマッチョにはなりたくない。

女の子として、絶対に。

そして、肉付きが足りないとか言った二人は許さない。

「ふふふ……。ノルドさん、グレイさん、そんなに筋肉に自信があるなら、錬金釜と魔力炉、担《かつ》いで持ち帰れますよね？」

持ち込んだときには、ダルナさんから荷車を借りて運んできたんだけど、当然ながら既《すで》に返却《へんきゃく》済み。今から借りに戻っていたら、村への帰還《きかん》が遅くなる。

でも筋肉自慢《じまん》の二人なら大丈夫《だいじょうぶ》に違いない。

そんな思いを込めてにっこりと微笑《ほほえ》めば、直接は知らないノルドさんはやや困惑気味に眉《まゆ》を上げ、ここまで運んできたグレイさんは言葉に詰《つ》まる。

「錬金釜と魔力炉……？」

「あ、あれか……」

「まさか、持てないなんて言いませんよね？　肉付きが、足りず、貧弱な私でも持てるんですからっ！」

私はそう言いながら、小屋の中から錬金釜《れんきんがま》と魔力炉《まりょくろ》を運び出し、ドンッ、ドンッと二人の前に置く――当然、魔力による身体強化を使ってだけど。

「いや、しかし、ここから村までは日数が……」

「大丈夫です。走れば一日で着きます」

「逆に大丈夫じゃないやつだよね、それ⁉」

「おや？　ノルドさんの筋肉はそんなものですか？　どう思います、アイリスさん」

「ん？　そうだな、筋肉は見せるものじゃなく、使うものだよな」

アイリスさんにパスすれば、ごく自然に良い感じに煽《あお》ってくれた。

そしてケイトさんは、むふりと笑い、意図的に煽る。

「使えない筋肉に意味はないわよね。それとも、その筋肉は見せかけだけだったの？」

「違《ちが》――って言って良い場面？　これ？」

「何だ、実戦で鍛えられていない筋肉など、所詮《しょせん》その程度か」

「何を――」

「違うというなら、見せてみろ！　その筋肉を見せてみろ！　フンッ！」

気合いを入れて錬金釜を担ぎ上げるグレイさん。

私が入れるほどに大きい金属製のそれは、かなり重い。

「ちょっと、そっちの方が軽く見えるんだけど⁉」

そしてそれよりもズシリと重いのが、魔力炉。

なので、ノルドさんの言い分は間違っていない。ただし形状的に持ちやすいのは魔力炉の方なので、運ぶときにどちらが楽かは微妙《びみょう》なところ。

「気のせいだ。さあ、帰るぞ。お前の筋肉に嘘《うそ》がないというのなら、しっかり担いでついてこい！」

「いや、絶対こっちが重いよね⁉　サラサ君の表情からしても！」

おっと、顔に出ちゃってたか。でも文句を言いつつも、ノルドさんは魔力炉を持ち上げ、歩き出したグレイさんの後を小走りに追う。

うん。筋肉云々《うんぬん》はともかく、それを持てる時点でかなり鍛《きた》えられていることは間違いないから、誇《ほこ》って良いと思う。

「はぁ～。面倒くさくてすまねぇな、サラサちゃん」

「あ、いえ。あのグレイさんはちょっと意外でしたが、普段《ふだん》のギルさんに比べれば、どうということも」

二人の背中を見送りながらヤレヤレと首を振《ふ》るギルさんに、ポロリとそんなことを言えば、ギルさんが愕然《がくぜん》とした表情で私を振り返った。

「え、酷《ひど》くねぇ⁉　俺ってそんなにウザい⁉　どのへんが？」

「……なんとなく？」

「明確な理由がない分、更に酷《ひで》ぇ！」

実際のところ、頼《たの》んだお仕事はきっちり熟《こな》してくれるし、結構頼《たよ》れる人なんだけど、ちょいちょい挟《はさ》み込まれる軽口が、印象を下方修正しちゃってるんだよね。

何というか……良い人には一歩及《およ》ばない、悪くない人レベル？

「自業自得だろうが。お前もそろそろ落ち着きを覚えても良い歳《とし》だと思うぞ？　サラサちゃん、荷物は纏《まと》めておいた」

「ありがとうございます、アンドレさん。いつも助かってます」

対してこっちはできる人。安定して頼れるのは、さすが三人のリーダーか。

さすがに、年齢的に対象外だけど。

「見落としがないかもう一度確認《かくにん》して、帰りましょうか」

「そうだな。取りに戻るのは面倒だからな」

「そいじゃ、俺はあっちを見てくるわ」

手分けしてしっかりと確認を始めた私たちに、アイリスさんが少し戸惑《とまど》ったように、既に小さくなり始めている二人の背中と、私たちを見比べ、口を開く。

「なぁ、後を追わなくて良いのか？　あの二人、もうずいぶん先に行ったようだが……」

「急ぐことはない。どうせあのペースじゃ、長くは続かないさ」

「ですね。さすがにあれを持って、村まで一日で辿り着けるとは思えませんし」

戸惑い気味のアイリスさん、そしてケイトさんには休んでいてもらい、しっかりと確認を終えた私たちは、ここしばらくの拠点《きょてん》として使っていた小屋の扉《とびら》を閉じて鍵《かぎ》を掛けた。

折角作った小屋、野生動物や魔物《まもの》に荒《あ》らされるのは勿体《もったい》ないからね。

「さて、帰りましょうか」

ポンと両手を合わせ、荷物を持ち上げた私は、少しぐったりとして地面に座り込んでいるアイリスさんとケイトさんに手を差し出した。

ずっと気を張っていたからか、安心できる状況《じょうきょう》になって疲《つか》れが出た様子のケイトさんは、ホッと息を漏《も》らして、私の手を取る。

「あぁ……、やっと帰れるのね」

「すみません、お待たせしましたね」

「いいえ、気にしないで、店長さん」

「何だ、ケイト。情けないぞ！」

すぐに立ち上がり、『ふんすっ！』と胸を張ったアイリスさんを見て、ケイトさんが深いため息をついた。

「……はぁ。ちょっと前までは、帰れるか判《わか》らないと泣き言を言っていたのに」

「なっ⁉　（それは秘密だぞ、ケイト！）」

チラチラと私の顔を見ながら、何やらケイトさんに囁《ささや》いているアイリスさんだけど……

まぁ、クルミが耳にしたことは、ある程度、把握《はあく》しちゃっています。

ケイトさんはそれを理解しているみたいだけど、特に何も言わず、アイリスさんの背中を押した。

「そっちは忘れても良いけど、無事に脱出《だっしゅつ》できたんだから、アデルバート様への報告を考えないとね」

「うぐっ、それがあったか……」

「大丈夫よ、帰るまでは一日以上かかるみたいだし、ゆっくり考えれば。——責任が私にかからない報告を」

「やっぱり叱《しか》られるのは、私の役目なのか⁉」

やや騒々《そうぞう》しくも、晴れやかなアイリスさんたちの会話に、私とアンドレさん、ギルさんは笑《え》みを浮《う》かべ、森の中を歩き出す。

そんな私たちの間を、ざわざわと音を立てて風が吹《ふ》き抜《ぬ》けた。

その風の冷たさを感じたのか、アイリスさんが頬《ほお》に手を当てて空を見上げる。

「……もう冬、か。洞窟《どうくつ》の中とは違《ちが》うな」

「そうね。私たちの秋は失われたわね」

ケイトさんも周囲の木々を見回して、少し憂鬱《ゆううつ》そうに呟《つぶや》いた。

「結構長い間、閉じ込められてましたからねぇ」

「それも命の代わりだと思えば、安いものだが……そろそろ雪が降り始める。そうなると、森の中に入るのが難しくなるな」

「採集者には、厳しい季節になるわね……」

まるでその言葉に応《こた》えるかのように、にわかに空から白い物が落ち始めたのだった。

epilogue

エピローグ

村に戻《もど》ったノルドさんは、一泊《いっぱく》だけしてすぐに村を発《た》った。

曰《いわ》く、『早く帰って研究結果を纏めないと、生活費すら危《あや》うい』らしい。

でも、それもそのはず。

当初の予定を大幅《おおはば》に超過《ちょうか》することになったノルドさんの調査活動ではあったが、アイリスさんたちには、その日数分に若干上乗せした報酬《ほうしゅう》がしっかりと支払《しはら》われている。

それに加え、私がアイリスさんたちに持たせた緊急《きんきゅう》パックなどの代金も、手持ちのお金をギリギリまで吐《は》き出して支払ってくれた。

正直、残ったお金で帰り着けるのか不安なぐらいだったんだけど、ノルドさんは『大丈夫《だいじょうぶ》。いざとなればボクには、この筋肉があるからね！　ハハハ！』と笑っていた。

狩《か》りでもして食いつなぐつもりなのだろーか？

実際、知識はあるから、採集者の真似事《まねごと》をしても十分にやっていけそうではあるけど。

でも、その気前の良さとタフさが、成功している理由なんだろう。

これでケチっていたら、私たちからのノルドさんへの印象、最悪だったから。

そんな風に元気だったノルドさんとは異なり、アイリスさんたちの方は、帰宅早々熱を出し、数日間に亘《わた》って寝込《ね》むことになった。

村で悶々《もんもん》として待っていたロレアちゃんと、泣いて再会を喜んだ翌日にそうなったもの
だから、ロレアちゃんがかなり狼狽《うろた》えたんだけど、私の診断《しんだん》結果はただの過労。病気や毒
の症状《しょうじょう》は確認できなかったので、体力を回復させる錬成薬《ポーション》を処方しておいた。
たぶん、精神的な要因が大きな割合を占《し》めていると思うから、そちらを回復させる
錬成薬《ポーション》を使う方法もあるんだけど……そっち方面のはヤバい物もあるので、休息を取って
回復を待つのが一番。
急いで回復させる必要があるわけじゃないしね。
そして、アイリスさんたちが帰還《きかん》して一週間。色々な後片付けも終わり、彼女たちの体
力もだいぶ回復した頃《ころ》を見計らい、私は一つの提案をした。
「湯治に行きましょう！」
夕食の席、ばばんっとぶち上げた私に、アイリスさんとケイトさんが困惑《こんわく》したように、
私を見上げた。ちなみにロレアちゃんには事前に話を通しておいたので、ちょっとだけ呆《あき》
れ顔《がお》ながら、何も言う様子はない。
「湯治……？　それは、温泉に行く、ということか？」
「はい」

「温泉って。この辺りに温泉なんてなかったと思うけど。店長さん、あまり遠出は……」

「先日、できたんですよ。アイリスさんたちが閉じ込められている、ちょうどその時に」

「なんと！」

素直《すなお》に目を丸くしてくれるアイリスさん。

でもジト目のロレアちゃんからツッコミが入った。

「いえ、サラサさん、できたんじゃなくて、作ったですよね？　サラサさんが」

「……どういうことかしら？　店長さん」

訝《いぶか》しげなケイトさんに、私は言葉を濁《にご》す。

「あー、うん。何というか……ここ最近で温泉、何か心当たりがありません？」

「ん？　……まさか、あの洞窟の中の？」

「それです。なんやかんやあって、あそこの温泉を外まで引き出したんですよね」

「なんやかんやって……そんな言葉で片付けられるほど、容易《たやす》いことじゃない気がするのは私だけかしら？」

「容易くはないですよ。滅茶苦茶《めちゃくちゃ》、お金掛《か》かってますよ。ねぇ、サラサさん？」

「いやいや、あれは必要な実験だったから！　……ちょっと、お財布《さいふ》直撃《ちょくげき》だったけど」

鉱業は国造りにとって非常に重要な産業故《ゆえ》に、錬成具《アーティファクト》にも関連する物が多く存在し、最後にアイリスさんたちを助け出すために使った、掘削《くっさく》用の錬成具《アーティファクト》もその一つ。

でもそんな錬成具《アーティファクト》、通常であればこの村で需要《じゅよう》があるはずもないし、一般《いっぱん》的なサイズのそれは非常に大きく重く、余所《よそ》の町に売りに行くことすら困難。

そんなわけで、私が作って保管していたのは、手のひらサイズの小型版。

というか、普通《ふつう》に作らせるのはさすがに無理があると判っているのか、小型化の仕方もちゃんと載《の》っていた。その中でも私が作ったのは特に小さい物だったので、コストとは別の面でなかなかに苦労したんだけど。

「まずはそれで、目的の場所まで安全に穴を掘《ほ》れるか、確認したんです」

「それが、あそこの温泉か。だが、どうやって場所を？」

「クルミですよ。時々、何か描《えが》いていませんでした？」

「あれか！　岩で爪《つめ》を研《と》いでいた！」

「爪研ぎじゃないですけど、それです。まぁ、目的地はどこでも良かったんですが、場所的に都合が良かったんですよね、あそこ」

あとは、人が通れるサイズにして作り直すのみ。

苦労した経験があったので、救出用の物を短時間で作れたとも言える。

屈《かが》まないと通れないようなサイズになったのは、コスト削減《さくげん》の結果だけど、それでもロレアちゃんが唖然《あぜん》とするぐらいの費用が掛かっている。

なんと言っても、成功したら莫大《ばくだい》な利益が見込める鉱山開発で使われる錬成具《アーティファクト》。

そんな値段でもペイするのだ――普通ならね。

「ま、折角引っ張って来られた温泉。無駄《むだ》にするのも勿体《もったい》ないので、入れるようにしておいたのです。空き時間を使って」

「それって、あの拠点《きょてん》の所よね？　そんなのがあったなんて、気付かなかったけど……」

「少しだけ離《はな》れた場所ですからね。源泉との位置関係の問題で」

「なるほど。それで見えなかったのか。温泉に行くのは、ロレアも含《ふく》めた全員でか？」

「もちろん。ロレアちゃんを仲間はずれにはしませんよ。お店は臨時休業です」

「良《い》いの？　私たちの救助作業で、店長さんは結構お店を空けてたんでしょ？」

「構いませんよ。冬になると、採集者も休業する人が多いですからね」

冬場は採集できる素材が減ることに加え、寒さで動きが鈍《にぶ》ると事故も起きやすくなるし、泊《と》まりがけでの採集など、下手《へた》をすれば命に関わる。

そんなこともあって、冬場は一切活動しないという採集者は少なくないし、金銭的に余《よ》裕《ゆう》がない場合は、もっと暖かい地方へ活動場所を移したりする。

つまり、お店を開けていても、あんまりお客さんが見込めないのだ。

「サラサさん、私ももう反対はしませんけど、良いんですか？　ずいぶんお金を使って、サラサさんのお師匠様《ししょうさま》にも、借金したんですよね？」

「うっ……」

そうなのだ。今回、アイリスさんたちの救助作業を行うにあたり、私はかなりの無理をして、多くの錬成《れんせい》を行っている。

まずは錬金生物《ホムンクルス》関係。クルミを利用した救出方法を探るべく、錬金術大全の五巻に載っている、関連する錬成具《アーティファクト》の中で使えそうな物は、片っ端《かたぱし》から作ってみた。

錬金生物《ホムンクルス》の作り方が載っているのは五巻ということもあり、その数はかなり多く、消費された素材もまた多い。

それに加え、万が一の際の錬成薬《ポーション》。実際には使わずに済んだけれど、アイリスさんたちが毒に冒《おか》されていたり、病気に罹患《りかん》していた場合に備え、多くの種類を作り置いた。

それらに必要な素材は、当然手持ちの物では賄《まかな》えず、お金で購《あがな》ったり、師匠から借りたり、師匠に買い集めてもらったり。

斯様《かよう》にかなりの部分が師匠頼《だの》み。情けないことにね。

「ま、まぁ、なんとか、なる、かな？　なるよね？　きっと。うん」

「あっ！　そ、そうだった！」

頑張《がんば》って自分に言い聞かせる私を見て、アイリスさんが慌《あわ》てたように立ち上がり、部屋を出て行くと、すぐに革袋《かわぶくろ》を手に戻ってきた。

「店長殿《どの》、足りないとは思うが、これを受け取ってくれ」

「あ、そうだったわね。今回、ノルドさんから受け取った、私とアイリスの報酬。掛かった経費にも満たないと思うけど……」

「足りない分は、しばらく待ってもらえると嬉《うれ》しい。必ず返すから！」

日数が増えただけに、机の上に置かれたその革袋はなかなかに重そう。

ただ、それでも――。

「う～ん、お気持ちはありがたいですけど、今の私の借金額からすると……」

「……そんなに大金を使ったのか？」

ゴクリと喉《のど》を鳴らすアイリスさんに、私はこくりと頷《うなず》く。

「まぁ、少なくはないですね」

「でも店長さんって、貸しているお金も多いわよね？　心配する必要はないんじゃ？」

「だよな？　当家は当然として、サウス・ストラグ周辺の錬金術師」

「ディラルさんの宿屋、あそこの建物もそうよね」

「ははは……、そのへんを全部回収しても、ほとんど、焼け石に水ですねぇ……」

乾《かわ》いた笑《え》みを浮《う》かべた私に、ケイトさんたちがしばらく沈黙《ちんもく》し、コテンと首を傾《かたむ》けた。

「……えっ、本当に？」

「……冗談《じょうだん》じゃ、なく？」

「はい、本当に、です。いや、まぁ、実際には焼け石に水というほどには酷《ひど》くないんですけど、それでもまったく足りないぐらいには」

アイリスさんが今差し出したお金だと、本当に焼け石に水。

もし、ウチに素材を売りに来た採集者からの買い取りという形で集めていれば、今回のコストは半分以下になったとは思う。

でも、季節要因や相場などを考えず、無理に買い集めればそれは一気に跳《は》ね上がる。

ある物を買うのと、ない物を探して買うのとでは、全然違《ちが》うから。

私が持っている狂乱《きょうらん》時のヘル・フレイム・グリズリーの素材なんかも、その一種。

これを私がどこかに売りに行ってもそこまで高くは売れないけど、必要だからと探して買おうとすれば、とんでもなくお金が掛かる。

狂乱が発生しなければ手に入らない、稀少《きしょう》な素材だけに。

そんな素材をいくつも使えばどうなるか……自明だよね。

「それは……」

想像される金額の大きさに、さすがにアイリスさんたちも『全部支払《しはら》います』とは口に出せないようで、言葉を濁す。

でも、これは私が決めて行動したこと。

私の経験にもなっているし、アイリスさんたちに請求《せいきゅう》するつもりはない。

「良いんです！　借金については、今は忘れます。いえ、忘れさせて！」

忘れなければやってられない。貧乏性《びんぼうしょう》の私としては。

幸い、借金の相手は師匠。

悪徳商人じゃないので、強引な回収もされないし、身売りさせられる心配もない。

……いざとなれば、師匠が私を回収する心配はあるけど。

でも大丈夫《だいじょうぶ》。私が一人前の錬金術師になれば、ちゃんと返せる金額だから！

そうなる予定だから！

「い、いや、さすがに確実に払《はら》うとまでは言えないが、可能な限り協力させてもらうぞ。なあ、ケイト？」

「え、ええ、そう、そうね。頑張る……わ？」

震《ふる》えつつもしっかりと頷くケイトさん、ちょっとカワイイ。そして、誠実。

「何というか……」

だからこそ、私も助けたいと思うんだけどね。

「ありがとうございます。そのときはお願いしますね。でも今は、リフレッシュしましょう。私たちには癒《い》やしが必要です！」

私の精神的にも、アイリスさんたちの肉体的にも。

「そんなわけで、温泉です。決定です。面倒《めんどう》なことは、しばらく忘れちゃいます！」

やや強引に話を打ち切り、私はそれを頭の中から追い出したのだった。

◇　◇　◇

「ふへぇ～。気持ちいいですねぇ、温泉。初めて入りました」

「でしょ～？　疲《つか》れと悩《なや》みが溶《と》けていくようだよねぇ～」

行くと決めてから、僅《わず》か数日後。

私たちはのんびりと温泉に浸《つ》かって、まったりとしていた。

ここの温泉には既《すで》に結構な回数入っている私だけど、その時はアイリスさんたちのことが心に懸《か》かっていて落ち着けなかったから、今回はかなりまったり。

「私もこんな温泉に入るのは初めてだな」

「しかも露天《ろてん》。考えてみれば、凄《すご》く贅沢《ぜいたく》よね」

「まぁ、普通は高級な保養地ぐらいですよねぇ、こういう経験ができるの」

「温泉自体は洞窟《どうくつ》の中でも入ったが……あの時は同じ温泉の湯に、穏《おだ》やかな気持ちで浸かれるとは思いもしなかった」

「クルミはあの時と変わらず、嬉しそうだけどね」

「がうがーう♪」

ふふっ、と笑うケイトさんの視線の先には、バシャバシャと泳いでいるクルミの姿。

クルミは属性的に火に寄っているので、温かい温泉が心地《ここち》好《よ》いのか、とても機嫌《きげん》がよさそうである。

「確かにこの温泉の位置なら、小屋からは見えないな」

「はい。洞窟内の温泉との距離《きょり》や位置関係とか、色々考えてここにしました」

上手《うま》いこと温泉が出てくるかは判《わか》らなかったけど、出てきたときに備え、周辺の状況《じょうきょう》も考慮《こうりょ》して場所を選んだ。目《め》隠《かく》しになる岩とか、野生動物が侵入《しんにゅう》しづらい地形とか。

もちろん、それだけでは不足なので、他の対処もきちんとしている。

「それにしても、結構しっかりとした作りね？」

掘《ほ》り下《さ》げられた湯船は岩と漆喰《しっくい》で固められ、その周囲には石畳《いしだたみ》。自然障壁《しょうへき》のない部分には、目隠しと野生動物の侵入に備え、しっかりとした柵《さく》が作られている。

ヘル・フレイム・グリズリーを完全に防ぐのは無理だろうけど、あのレベルの魔物《まもの》はそうそう出てこないし、多少でも時間が稼《かせ》げれば、私たちなら対処可能。

まったく戦えない人が入りに来るには危険だけど、ある程度の戦闘《せんとう》力がある人なら、のんびりと湯に浸かれる環境《かんきょう》が整えられていた。

「大まかなところは私がやりましたが、大半はアンドレさんたちのお手柄《てがら》ですね。結構暇《ひま》でしたから」

護衛をお願いしたアンドレさんたちだけど、この周辺の危険度はさほど高くなく、常時三人は必要ない。必然的に一人か二人は暇な人ができ、そんな彼らが持て余した時間を使って整備したのがこの温泉。

冬になり寒くなった、この拠点での生活。

そんな辛《つら》い生活を、幾分《いくぶん》でも向上させることに一役買ってくれたのだ。

「アンドレたちか。彼らにも改めて礼を言わなければな」

「ついでに、ゲベルクさん、ダルナさんたちにも、ですね。協力してもらいましたから」

「お父さんたちはあまり気にしなくて良いと思いますけど……。サラサさんがちゃんと報《ほう》酬《しゅう》を支払っていますし。アンドレさんたちにも、ですよね？」

「まぁ、そうだけど。でも、お礼はちゃんと言わないとね」

「それは当然ね」

「う～む、そんなことを聞かされると、ますます店長殿に頭が上がらなくなってしまうではないか」

「そこはあまり、気にしなくて良いですけど……」

「でも、私たちのせいで借金を背負わせることになったわけだからね」

「そうだな。――しかし、店長殿も借金生活か」

「……なんですか、アイリスさん」

しみじみと言う彼女に聞き返せば、アイリスさんは私の顔を見て「うむ！」と頷く。

「私たちとお揃《そろ》いだな！」

「やったわね、店長さん！」

「そ、そんなお揃い、嬉しくな～い!!」

そんな惚《とぼ》けたことを言って、どこか嬉しそうにニコリと笑う二人に、思わず上げた私の抗議《こうぎ》の声が、森の中へと響《ひび》き渡《わた》ったのだった。

no 011

錬金術大全：第五巻登場
作製難易度：ノーマル
標準価格：10,000レア～

〈共鳴石〉

虫の知らせ？　そんな不確実なものに頼ってはいけません。もしもの時に確実に知らせてくれる、それが共鳴石。ペアで作製した共鳴石、その片方を壊すともう片方から音が響きます。ピンチに素早く駆けつければ、好感度アップは間違いなし！※どのくらいの距離で"共鳴"が可能かは、作製した錬金術師の腕次第です

あとがき

いつもお買い上げ頂きありがとうございます。いつきみずほです。

ソーシャルディスタンスが叫《さけ》ばれる今日この頃《ごろ》、皆様《みなさま》いかがお過ごしでしょうか？

それとも、この本が刊行される頃には、平常に戻《もど》っているでしょうか？

そうであることを願ってやみませんが、今後、ある程度の変化は必然なのかな、と思ったりもします。

それに関連して諸外国と日本、挨拶《あいさつ》の仕方の違《ちが》いが話題になったりしてます。

具体的には、キスやハグ、握手《あくしゅ》、お辞儀《じぎ》などですね。

日本人な私としては、初対面の人とは握手までかな、とか思ったりするのですが……相手を選べないエライ人は大変ですね。

でも、今後は距離《きょり》を取った挨拶が主流になったりするのでしょうか？

挨拶の仕方に関しては小説を書くときにも色々悩《なや》んだりします。歴史的、文化的背景があっての挨拶ですから、同じことをしても人によって受け取り方は様々です。

小説の中で、初対面の女性キャラに男性キャラがハグしたら？

頬《ほお》や手の甲《こう》にキスをしたら？

その直後に『真面目《まじめ》な男性』とか書いてあったら、ツッコミが入りそうですよね。

そんなわけで、結局は読者層に合わせて、現代日本の感覚をベースとして行動させることになるのですが。

ちなみに、日本でも江戸《えど》以前には握手という習慣はなかったようですし、現在の最敬礼である上体を四五度以上傾《かたむ》ける礼も、『最敬礼』には不足。更《さら》には膝《ひざ》を曲げ、手を膝や足の甲に置くのだとか。

時代劇なんかでたまに見る、お侍《さむらい》さんに対して農民がやっているアレ……よりも更に腰《こし》が低いような感じでしょうか。

とてもキツそうですね。足腰を鍛《きた》えておかないと、礼もできません。

足がプルプルして、ずっこけちゃったりしたら、無礼打ちとかされたんでしょうか？

さて、それはそれとして、本文について。

今回の見所はクルミと、「にゃん」なアイリスさんです。

……え？　『文』じゃない？　それは、ふーみさんの素敵イラスト？

うん、そうですね。

それじゃ、あれです。

サラサの家に「来ちゃった♪」と言って、引《ひ》っ越《こ》してくる嫁《よめ》なロレアちゃん。

……え？　そんなシーンはない？

おかしいですね。記憶違《きおくちが》いでしょうか。

大丈夫《だいじょうぶ》です、きっと似たシーンはあるはずです。読んでみてください。

さて、最後になりましたが、昨今の状況《じょうきょう》で本が出版できるのも、関係者の皆様のご尽力《じんりょく》あってと感謝しております。テレワークで済むことばかりじゃありませんし、きっと普段《ふだん》以上に大変だったことでしょう。

そして、この巻を出すことができたのも、三巻をお買い上げ頂いた読者の方々のおかげです。本当にありがとうございます。

またどこかでお会いできるのを楽しみにしております。

いつきみずほ

Special Short Story

[書きおろし特別ショート・ストーリー]

報奨金と貯金箱、そして魔力操作

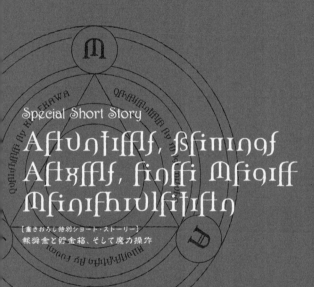

入学して最初の定期試験が終わり、先輩《せんぱい》の言っていた〝風物詩〟の季節が過ぎ去った。

そして、少なくない雛鳥《ひなどり》が巣から落ち、私の周りは少し静かになった。

更《さら》に頑張《がんば》った私の手元には、ずしりと重い革袋《かわぶくろ》が。

成績が良ければ報奨金が貰《もら》えるとは知っていたけど、その額は想像以上。

こんな大金、未《いま》だかつて手にしたことがない！　金色の輝《かがや》きに震《ふる》える‼


「――そんなわけでして、師匠《ししょう》。何か良い方法はないでしょうか？」

「報奨金か。そんな物もあったな」

私が大事に抱《かか》え込み、ちょっと挙動不審《ふしん》になりつつも持ち込んだ大金入りの革袋。

それを見ても師匠は平然としたもので、興味なさげにチラリとだけ中を確認《かくにん》する。

「私が預かってやっても良いんだが――」

「本当ですか⁉　是非《ぜひ》――」

師匠は勢い込んだ私を遮《さえぎ》るように手を上げ、言葉を続ける。

「焦《あせ》るな。お前も錬金術師《れんきんじゅつし》だろう？　少しは錬金術で解決する方法を考えろ」

「まだ卵以前の私に、そんなこと言われても……」

結構な無茶振《ぶ》り。でも師匠の言うことと、現状の知識で頭を捻《ひね》る。

「……持ち運べないほど重い素材に換《か》えておく、とか？」

しばらく考えて出した答えを口にすれば、師匠が少し驚《おどろ》いたように眉《まゆ》を上げる。

「それはそれで斬新《ざんしん》だな。鉄の塊《かたまり》なら、その程度の金でもかなりの重量になるが……だが
サラサ、お前はそれをどうやって持ち帰るつもりだ？」

「……無料配達サービス？」

たくさん買ったお客さんへのサービス的な？

「そんなサービスはない。普通《ふつう》に人を雇《やと》えば、その金、半分ぐらいはなくなるぞ？」

「そ、それは困ります！」

それじゃ何のために頑張ったのか解《わか》らない。

親のいない私にとって、バイト代と報奨金だけが収入源なのだからして。

「そもそも、そんな重量物を寮《りょう》に持ち込んだら、床《ゆか》が抜《ぬ》けるぞ」

「ダメですか」

「ダメだな。それより、錬金術師ならまず錬成具《アーティファクト》を考えるべきだろう。〝貯金箱〟という、
そのものズバリのアイテムがあるんだが」

それは硬貨《こうか》を入れる隙間《すきま》の付いた箱で、一度床に置いて魔力を補充《ほじゅう》すると、その場に固

定されて動かすことも、破壊《はかい》することもできなくなる。

「破壊するためには、貯金箱の魔力残量を打ち消せるだけの魔力が必要だからな。お前の魔力量なら、時々補充してやるだけで、盗《ぬす》める奴《やつ》はほぼいないだろう」

「それは便利ですね！　……ちなみに、お金を取り出したいときは？」

「ん？　出せないぞ？　貯金箱だからな」

「ダメじゃないですか⁉」

「いや、大丈夫《だいじょうぶ》だ。壊《こわ》せば出せる——というか、必要な時には壊して出す物なんだ」

「な、なるほど。それなら無駄遣《むだづか》いの心配はないですね」

半強制的な貯金だね。

そっちの機能はともかく、盗まれる心配がないのはありがたい。

「言っておくが、持ち金を全部入れたりするなよ？　養成学校はあまり金が掛《か》からないが、たまには必要になる。屋外での実習なんかが始まるとな」

「解りました。計画的に利用します」

「うむ。——それで、作ってみるか？」

「はい！　お願いします！」

そんなわけで、私は師匠の指導の下《もと》、貯金箱作りに取り掛かる。

「叩《たた》け！　叩いて鍛《きた》えろ！」

「はい、師匠！」

「曲げろ！　曲げて箱の形にしろ！」

「はい、師匠！」

「刻め！　私が描《えが》いた線に沿って、しっかりと刻め！」

「はい、師匠！　——あっ！　はみ出ちゃいました、師匠～」

「ちっ。貸してみろ。直してやる」

◇　◇　◇

「——と、そんなこんなでできたのが、この貯金箱なんです」

「う、羨《うらや》ましいですわ！」

寮の自室の隅《すみ》、そこに設置した小振《こぶ》りな貯金箱を披露《ひろう》したところ、プリシア先輩から返ってきた反応はそんなものだった。

「——あぁ、先輩たちは貴族ですから、成績が良くても報奨金、貰えないですもんね」

「違《ちが》いますわ！　そんな端金《はしたがね》どうでも良いのです。ミリス様に直接指導してもらえることが、ですわ！」

端金……私、生まれて初めて持った大金だったのに……。

ま、まぁ、貴族だからね、うん。

「私は端金とは思わないけど……ミリス様の直接指導の方が羨ましいのは、同じかな？」

「ラシー先輩もですか。う〜ん、指導はともかく、紹介《しょうかい》するだけなら――」

「本当ですの⁉」

「しょ、紹介だけですよ？　今日はバイトですし、少しぐらいならたぶん……」

愛想に欠けるところはあるけど、実は優しい師匠。

先輩を紹介するぐらいなら、邪険《じゃけん》にはされないと思うし。

「それだけでも嬉《うれ》しいですわ！　ラシー、あなたも行くわよね？」

「そうだね。私たちからすれば、マスタークラスと面識が得られるだけでもありがたい」

そんなわけで、今日は先輩たちと一緒《いっしょ》に出勤。

店員さんに『サラサちゃん、お友達がいたのね！』などと言われつつ、先輩たちを師匠の所に案内、『お世話になってる先輩です』と紹介した。

「プリシア・カーブレスです。オフィーリア・ミリス様、お見知りおきくださいませ」

「ラシー・ヘイズです。よろしくお願い致《いた》します」

ガチガチに緊張《きんちょう》したプリシア先輩と、プリシア先輩ほどじゃなくとも緊張しているラシー先輩。こういうのを見ると、師匠って凄《すご》いんだな、と実感する。

「ふむ、伯爵《はくしゃく》家と侯爵《こうしゃく》家の……まぁ、そう硬《かた》くなるな。サラサが世話になっているんだろう？　オフィーリアで構わん。そうだな……お前たち、時間は大丈夫か？」

「お忙《いそが》しいでしょうし、すぐにお暇《いとま》致します」

遠慮《えんりょ》がちに首を振《ふ》ったプリシア先輩だったが——。

「そうか。もし暇《ひま》だったら——」

「今暇になりました！」

師匠の言葉を聞くなり、即座《そくざ》に手のひらを返した。

「いや、用事があるなら別に構わんのだが……まぁ良いか。ちょっと待ってろ」

そう言った師匠が持ってきたのは、両端《りょうたん》に手のひらの形が向かい合うように描かれた長方形の板。その指先からは線が延び、互《たが》いに繋《つな》がっている。

「師匠、それは？」

「魔力操作を楽しく練習するための道具だな。ここに手を置いて、五本の指から均等に魔力を注ぐと、こんな感じに……」

指先から描かれた線に沿って青い光が五本、同じ速度で伸《の》びていくが、師匠が手を離《はな》すとすぐにそれも消える。

「私が付き合ってやろうかと思ったんだが……サラサも負けてばかりでは面白《おもしろ》くないだろう。お前たち二人なら適当だ。サラサと……プリシア。向かい合って座って、ここに手を置け。そうだ。そして私がやったようにやってみろ」

「は、はい」

「解りました」

突然《とつぜん》の指名だけど、相手が師匠ともなればプリシア先輩も逆らうことなく——いや、むしろ嬉々《きき》として椅子《いす》に座り、指示に従う。

私の方からは赤い光、プリシア先輩の方からは青い光が伸び、板の中央辺りでぶつかったかと思うと、しばらくの間、押したり押されたり。やがて青が優勢になり——。

バチィイイッ!!

「うにゃっ⁉」

手のひらに走った衝撃《しょうげき》と痺《しび》れるような感覚に、私は椅子から飛び上がった。

「サ、サラサさん！　大丈夫ですか⁉」

「え、えっと……大丈夫？　たぶん」

手のひらを見ても、なんともなっていないし。

　よく解らない現象に目を瞬《しばた》かせる私を見て、師匠が「ククッ」と笑う。

「面白いだろう？　五本の指から注ぐ魔力《まりよく》、その量に偏《かたよ》りがあると、より偏っていた方がそうなる。ちょっとした罰《ばつ》ゲームだな」

「罰ゲームって……何ですか、これ」

「だから、魔力操作を楽しく練習するための道具だ。なかなか効果的なんだぞ？　これで練習したやつは、すぐに上達する。元は負けた方の服が破けるようにしてあったんだが、サラサを剝《む》いても面白くないからな。そこは改造しておいた」

　その不穏《ふおん》な言葉に、思わずジト目を向けてしまう私。

　そりゃね！　師匠とやったら、私が素《す》っ裸《ぱだか》にされるだけだよね!!

「師匠、誰《だれ》を剝いたら面白いんですか？　誰とやってたんですか、これ！」

「秘密だ。――対戦相手がいるなら、そのままが良かったか。戻《もど》してやろうか？」

「結構です！　このままで良いです！」

　まかり間違《まちが》って侯爵家、伯爵家のご令嬢《れいじよう》を剝いちゃったら、シャレにならないから！

「そうか？　学校で挑戦《ちようせん》料を徴収《ちようしゆう》して対戦すれば、それなりに儲《もう》けが――」

　そこで言葉を区切った師匠は、私の頭の上から下まで眺《なが》め、首を振る。

「サラサには、まだ無理か」

そうだね！　魔力操作が、未熟だもんね！

「よし、次はプリシアとラシー、やってみろ」

「わ、解りました……」

私の結果を見たからか、少し腰《こし》が引け気味のラシー先輩《せんぱい》だけど、師匠《ししょう》に言われては否《いな》もないらしく、私の代わりに椅子に座る。そしてプリシア先輩と対戦した結果――。

「キャッ‼」

悲鳴を上げたのはプリシア先輩だった。

「ま、そんな感じだ。サラサ、今はやることもない。それで魔力操作の練習をしていろ」

バイトに来てそれで良いのかな？　と思わなくもないけど、師匠のご命令。

私たちは素直《すなお》に遊ぶ――もとい、訓練に励《はげ》んだ。

当初は私が負けてばかりだったけど、日が落ちるまでには、先輩たちに何度か勝つこともでき、成果の確認《かくにん》に来た師匠には「悪くない」とのお言葉を頂いた。

「それはお前にやる。両手を置けば相手がいなくても使える。一人で練習するなり、そっちの二人に付き合ってもらうなり、好きにしろ」

「ありがたく頂きます、師匠」

冗談《じょうだん》のような道具だけど、きっとそれなりに高度な錬成具《アーティファクト》。折角くれるというのだから

とお礼を言って持ち帰ったんだけど――師匠の言った通り、その効果は抜群《ばつぐん》だった。

対戦を繰《く》り返《かえ》すうちに、私と先輩たちの魔力操作技術は大幅《おおはば》に向上。

この錬成具《アーティファクト》は、全員の成績を押し上げることに貢献《こうけん》してくれることになる。

◇　◇　◇

ちなみに自室に設置した貯金箱。

日々、真面目《まじめ》に魔力を補充《ほじゅう》し続けたおかげで、卒業までの間、しっかりと私の財産を守

ってくれることになるんだけど――卒業を目の前にして問題が発覚する。

なんと破壊に『打ち消せるだけの魔力』が必要なのは、持ち主の私も同じだったのだ。

結果として、迫《せま》る退寮日《たいりょうび》と動かせない貯金箱。

私は泣きそうになりながら、魔力消費の限界に挑戦する羽目に陥《おちい》るのだった。

お便りはこちらまで
〒一〇二―八一七七
ファンタジア文庫編集部気付
いつきみずほ（様）宛
ふーみ（様）宛

富士見ファンタジア文庫

新米《しんまい》錬金《れんきん》術《じゅつ》師《し》の店舗《てんぽ》経営《けいえい》04

ちょっと困《こま》った訪問者《ほうもんしゃ》

令和２年６月20日　初版発行
令和４年９月10日　６版発行

著者――いつきみずほ

発行者――青柳昌行

発　行――株式会社KADOKAWA
〒102-8177
東京都千代田区富士見2-13-3
0570-002-301（ナビダイヤル）

印刷所――株式会社KADOKAWA

製本所――株式会社KADOKAWA

※定価はカバーに表示してあります。
●お問い合わせ
https://www.kadokawa.co.jp/（「お問い合わせ」へお進みください）
※内容によっては、お答えできない場合があります。
※サポートは日本国内のみとさせていただきます。
※Japanese text only

ISBN978-4-04-073749-2 C0193　◆◇◇

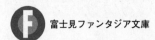

切り拓け！キミだけの王道
ファンタジア大賞
原稿募集中！
賞金
《大賞》300万円
《金賞》50万円
《銀賞》30万円
選考委員
細音啓「キミと僕の最後の戦場、あるいは世界が始まる聖戦」
橘公司「デート・ア・ライブ」
羊太郎「ロクでなし魔術講師と禁忌教典《アカシックレコード》」
ファンタジア文庫編集長
前期締切 8月末日
後期締切 2月末日
公式サイトはこちら！ https://www.fantasiataisho.com/
イラスト／つなこ、猫鍋蒼、三嶋くろね